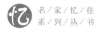
名/家/忆/往
系/列/丛/书

汪兆骞　主编

陈世旭　著

古塔的风铃声

中国文史出版社

图书在版编目（CIP）数据

古塔的风铃声 / 陈世旭著． —北京：中国文史出版社，
2023.6

（名家忆往系列丛书 / 汪兆骞主编）

ISBN 978-7-5205-4072-8

Ⅰ.①古… Ⅱ.①陈… Ⅲ.①散文集－中国－当代
Ⅳ.①I267

中国国家版本馆 CIP 数据核字（2023）第 071942 号

责任编辑：李晓薇

出版发行：中国文史出版社

社　　址：北京市海淀区西八里庄路 69 号　　邮编：100142

电　　话：010－81136606　81136602　81136603（发行部）

传　　真：010－81136655

印　　装：廊坊市海涛印刷有限公司

经　　销：全国新华书店

开　　本：880mm×1230mm　1/32

印　　张：10.25

字　　数：218 千字

版　　次：2024 年 1 月北京第 1 版

印　　次：2024 年 1 月第 1 次印刷

定　　价：52.00 元

个人印记的精神图景

——关于散文的絮聒之三

汪兆骞

　　记得壬辰年之春，曾应中国文史出版社之邀，为该社主编过一套"当代著名作家美文书系"散文丛书。所选皆与我熟稔的著名作家之散文名篇，每人一卷。经年老友多过花甲之年，正是"老去诗篇浑漫与"，其为文已到随心所欲之化境，锦心绣口，文采昭昭，自出杼机，成一家风骨。文合为时而著，本人性，状风物，衔华而佩实。我在总序中说："这些大家的散文，是血肉之躯与多彩现实撞击出的火光；是人性与天理对晤出的大欢喜、哀凉与哲思；是直面人生，于世俗烟火中，发现芸芸众生灵魂绽放出人性光辉的花朵；是针砭世事，体察生活沉重，发出的诘问。高山安可仰，徒此揖清芬，篇篇似兰斯馨，如松之盛，赠君以言，重于金玉，乐于琴瑟，暖于棉帛。"

　　该丛书面世之后，反响不俗，其中莫言、陈忠实两卷尚获重要文学奖项，可惜仅出版六卷，便草草收场。问题不少，但其主要原因，是我已准备十多年的七卷本"关于民国大师们的集体传记"《民国清流》系列的撰写，到了不能再拖的地步，实在无力分心旁骛，只能抽身。

忽忽六年过去，早已在眉梢眼角爬上恁多暮气的我，已成白头老翁，所幸七卷本《民国清流》，在晨钟暮鼓、花开花落中，陆续顺利出版，且另一长卷《文学即人学：诺贝尔文学奖群星闪耀时》，也即付梓。此时中国文史出版社再次请我主编"名家忆往系列丛书"，鉴于壬辰年所主编丛书，虎头蛇尾，一直心怀愧歉，便欣然从命。于是再邀文坛名家老友，奉献散文佳作。幸哉，老友鼎力相助，纷纷响应。惜哉，一贯为散文发展热情捧薪添火，"纵横正有凌云笔"的贤亮、忠实二君，已不幸驾鹤西行。"西忆故人不可见"，只能"江风吹梦到长安"了。

本人一生以职业编辑之身羁旅文学，在敬畏、精诚、庄严、隐忍中，为人作嫁衣裳，便有了与诸多作家和他们的文字相知对晤的机缘。哲人云"缀文者情动而辞发，观文者披文以入情"。徜徉于作家们"笼天地于形内，挫万物于笔端"的文字里，读出他们灵魂中的人文关怀、文化担当和审美个性。如芙蓉出水，似错彩镂金，辨而不华，质而不俚，风调高雅，格力遒劲，文里寄托着他们太多的人生思考，太浓的文化乡愁。

在中国现当代文学创作体裁格局中，散文承载着民族文化和民族心理的丰厚蕴涵，但综观当下散文创作，呈现一种浮躁焦虑状态，缺乏耐心解构，"过于正确与急切的叙事"

抒情，其面目无论多么喧嚣与璀璨，都不过是"现实的赝品"，致使一端根植在现实大地、一端舒展于精神天空的散文艺术，弥漫着文化废墟和精神荒原的气息。

编这套名家"忆往"散文丛书，所选皆是作家记住或想起保留在脑子里过往事物印象的文学书写。人生天地间，若白驹过隙，忽然而已。往事俯仰百变，人生如梦，"人生到处知何似，应似飞鸿踏雪泥"。那雪泥上留下的爪痕，便是人生行旅的印迹。作家在回忆人生往事时，举凡小事大道，说的都是自己对过往的所思所悟，其间自有人生的哲学睿智、思想境界和灵魂风骨。他们在山河人群和过往的历史中寻找自己，确证自己的命运过程，从中可看出行于江湖的慷慨悲凉、缠绵悱恻的种种气象。他们是带着哲学思辨意味的作家学者的气质，赋予个人印记以精神脉络的，忆往便构成共和国历史生活图画的一部分。

文者，言乎志者也，散文之道，理性与感性、世俗与审美、形而上与形而下之间的穿梭徘徊，胡适先生云："有什么话，说什么话。"说真话，说新话，说惊世骇俗之话，说"人人心中有，个个笔下无"的禅机妙语。另又想起壬戌年岁尾，去津门拜望孙犁先生，寒暄之后，知先生刚为我就职的人民文学出版社要出版的《孙犁散文集》写完序，即向先生请教散文之道。先生笑而不语，遂将其序示我。其序简约，语言平实，只谈了三点"作文和做人的道理"。年代虽久远，先生关于好散文的标准，仍铭记于心，便是：要质胜于文，质就是内容和思想；要有真情，要写真相；文字要自然，若反之，则为虚伪矫饰。先生之于文，可谓闳其中而肆其外。灵丹一粒，合要隽永。如何写好散文，胡适、孙犁两位大师以三言两语警策之言，已说得明明白白。但让人不解的是，总是有些论者，把散文创作说得神乎其神，看似格韵高绝，然如雾里看花，终隔一层。诸如异想天开，鼓吹什么体裁层面上移形换位的跨界写作便可商榷。

编此丛书，无意匡正散文创作的现状，只想向读者推荐货真价实的好散文。于是从他们的作品中，揽片羽于吉光，拾童蒙之香草，挑出"天籁自鸣天趣足，好文不过近人情"的既有人间烟火气，又"有真情""写真相"的"尽美矣，又尽善也"（《论语·八佾》）的美文，编辑整合，以飨读者。

诗书不多，才疏学浅，序中难免有谬误之论，方家哂之可也。对中国文史出版社和诸作家为构建书香社会捧薪添柴的精神，深表敬意。

戊戌年初秋于北京抱独斋

目录

第二辑

第一辑

多少年过去，我的耳边依然那么清晰地响着那座古塔的风铃声。

燕子与麋鹿

一

我上小学五年级时，学校为六年级毕业生举办了很隆重的典礼，学生们上白下蓝，着装统一，整整齐齐地排着队，跟着火红的少先队队旗和金光闪闪的鼓乐队，在大操场上绕场一周，最后肃立在主席台下。

其他年级的小屁孩学生都围在操场四周。我头一次清清楚楚地看到了校少先队的大队长——不论老师还是学生、年龄大还是年龄小，大家都喊他在家里的小名"祥子"。

在全市小学，祥子是一个传说：他从来没有课本，作业本都是用到处收集来的纸片装订的；不管天晴下雨，热天冷天，总是打着赤脚，裤腿勉强遮住小腿肚，上身穿着大人的衣服，又长又大，皱巴巴的；"书包"是一只发黑的藤篮，篮子的提耳已经脱落，另外用麻绳扭了两只。篮子里装的是一些谁也说不清的东西，我有一次见它装的是满满一篮煤球。

当时在学校附近的邮政局有个老长的报栏，我下了课经常去那儿抄录各种报纸副刊上登载的古诗。那次很偶然地看见祥子也在那儿，很专注地看着报纸。不知是因为脚背痒还是脚板被扎疼了，他的两只赤脚不停地互相摩擦。我只能看到他被长长的头发遮住的侧脸，看着他不时甩一下头发，不住地吸着鼻子。

不久前，语文老师给我们上作文课，在黑板上挂了一大篇用毛笔抄在大白纸上的作文，标题是《城市的黎明》：

> 窗外响起了汽车的喇叭声，自行车的铃铛声，邻居胖婶的开门声和木拖鞋的踢踏声，她撬开了街边的火炉，预备烤烧饼，很快就有了"呼呼"的火苗声。
>
> 屋子外面，安安静静江水的尽头，深蓝色的天空泛出鱼肚的白色，然后渐渐发红，有了霞光。
>
> 黎明来到了我们的城市。
>
> ……

接下来，是城市的历史、故事、许多好玩的地方。

老师津津有味地给我们念着，一边念一边"啧啧"叫好，把同学们听得目瞪口呆。我好像是第一次知道，我生活的城市原来是这么美好。

"这篇作文是全市各个小学的范文，许多初中老师也在用它给学生讲课。"

老师提高声音：

"写这篇作文的人就是我们学校少先队的大队长，大家都知道的'祥子'。"

现在，这位少先队的大队长就走在队伍的最前面，手里举着鲜艳的星星火炬队旗，依旧打着赤脚，裤腿勉强遮住小腿肚，上身穿着大人的衣服，又长又大，皱巴巴的。长长的头发遮住了半边脸，不时往上一甩。他好像总是在伤风感冒，不住地吸着鼻子。在一种庄严的气氛中，显得有些滑稽。

一年后，我上了祥子上的那所中学。有一次忽然远远地看见祥子穿过操场，除了高些，他还是老样子，只是脖子上多了一圈围巾。大冷的冬天，他一只手抓着围巾，捂住鼻子和嘴巴。他依旧是全校成绩最好的学生，他的作文常常登在学校的《语文辅导报》上。一个烟瘾重的老师悄悄换一个作者名字，把祥子的作文送到外地的报刊发表，赚钱买烟。

我像印第安人崇拜太阳一样崇拜祥子，只能远远地仰望，没有任何接近他的机会，也没有寻找这种机会的勇气。

初中三年级的一个下午，我值日打扫教室，离开教室的时候，楼道里已经没有什么人，在空荡荡的走廊上忽然被一个人拦住去路。我吓了一跳，面前这个比我高半个头、背着光拦住我的人，就是我一直崇拜着的偶像——祥子。

"我看到了你贴在墙上的诗，来认识认识你。"

祥子用力吸着鼻子，"嘎嘎嘎"地大声笑着。

我一下慌了，不知所措，很狼狈。

祥子说的"墙上的诗"，是我昨天给班上出的墙报，就在教学楼入口一侧的墙上，所有进出教学楼的人都要经过那儿。那些年我最热衷的是成为诗人，常常写许多的"诗"寄给大大小小的报刊，当然都没有结果。在街道工厂做工的母亲每天带回一大堆计件的零活，做到很晚，不明白我在瞎忙什么。我说："写诗。"

如果登了报，说不定一次赚的钱比你一个月的工钱都多。这当然是小孩大话。倒是老师知道了，让我负责编写班上的墙报，也就让我的表现欲多少得到一点安慰。

但没有想到会被神一样的祥子注意到。

"今天作业多吗？去街上走走？"

没等我回答，祥子就转身走在了前面。

那天晚上，我像一只怯生生的小狗似的跟着祥子，在街上走到半夜。大街上已阒然无人，只有路灯沉默的光亮和梧桐树寂寞的"沙沙"声。我噤若寒蝉，始终摆脱不了最初的惶惑。

"你喜欢写诗，跟我一样。不过你那样的不是诗，诗并不是标语口号加上个啊字就行了。当然，大诗人也有拿标语口号写诗的，不过从那样做开始，他就不是诗人了。"

接下来祥子说了一大串名字：拜伦、雪莱、普希金、莱蒙托夫、惠特曼……

祥子扬起脸，"嘎嘎"笑起来，笑声在空寂的街上特别响亮。

二

与祥子的夜行后来越来越经常。一个又一个我从没听过的诗人作家的名字和作品像水一样汩汩流淌。我无法跟祥子对话，只能老老实实听着，尽最大的努力记在心里。我文学的理想就在这种怯生生的聚精会神的聆听中一天天成长。

城市中心有一座很另类的建筑，高大的树和碧绿的草坪烘托着堂皇而庄重的欧洲风格。每个周末的夜晚，里面最多容纳四五百人的小影院放映两轮外国影片。为了能看这些影片，我常常在下课以后和周日，守候在马路边，帮忙拉板车上坡，每次得到几枚分币，一旦积攒得够数了，就去这里买票。然后，在夜晚的昏暗光线中，小心地掩紧衣服上的破绽，局促、紧张、忐忑不安地进入挂着厚重窗帘、铺着柔软地毯的小影院。我并不是害怕自己的寒伧，而是害怕亵渎了这里的高贵。

我记得最清楚的一场电影是《漫长的路》，是祥子掏钱买的票：

年轻的海军士官与美丽的女友在海滨亲密相依，被散步的将军遇见。将军看上了士官的女友，夺走了士官的心上人。士官刺杀将军失败，被流放到西伯利亚看守驿站。很多年后一个暴风雪的夜晚，驿站进来了一辆押送十二月党人的囚车，车上的人用过餐后就要继续上路。已经白发苍苍、衣衫褴褛、佝偻的海军士官把食物端上餐桌，忽然看见了囚犯中早年的爱人，她已经认不出他了。押送的士兵不许他接近囚犯，把他赶出了屋子。囚车离开了驿站，他追出去，疯狂喊叫，囚车迅速消失在暴风雪里。

爱情，强权，抗争，生离死别，蔚蓝的大海，忧郁的灯塔，黑暗的雪野上孤独的驿站和马灯，狂暴的大风雪中渐渐消失的马车和绝望的呼号……

在士官被深雪埋住的时候，几乎还是少年的我，泣不成声。我当时完完全全地进入主人公的命运世界，在痴迷的状态里迷失了自己。

我们最后走出影院。大街渐渐恢复了寂静，祥子一直默默走在我身边，忽然说，"我念诗你听"。

我轻松愉快地走上大路，

我健康，我自由，

整个世界展开在我的面前，

漫长的黄土道路可引我到我想去的地方。

从此我不再希求幸福，我自己便是幸福，

从此我不再啜泣，不再踌躇，也不要求什么，

消除了家中的嗔怨，放下了书本，停止了苛酷的责难，

我强壮而满足地走在大路上。

地球，有了它就够了，

我不要求星星们和我更接近，

我知道它们所在的地位很适宜，

我知道它们能够满足于属于它们的一切。

但在这里，我仍然背负着我多年心爱的包袱，

我背负着它们，男人和女人，我背负着他们到我所到的

任何地方。

我发誓，要我离弃了他们那是不可能的，

他们满足了我的心，我也要使自己充满他们的心。

……

是惠特曼的《大路之歌》。

祥子不时地用力往后甩一下长长的头发，用力吸一下鼻子。

充满了神秘感的句子一长串一长串地在夜晚的大街上肆意挥洒。

我照例是呆呆听着，有一点明白：

《漫长的路》《大路之歌》其实就是人生的路，人生的歌。

而现在我更知道，那其实就是对我追求文学的一种启示。

祥子后来领我去过他的家，在穿城而过的河边上，一幢老旧的挤了很多户人家的楼房。他父亲是普通工人，他们家兄弟姐妹多，他在靠墙的楼梯底下搭了一张床：几块没有刨光的木板架在两堆垒起的砖头上，木板上铺着一块破烂发黑的床单，枕头是一块从河里捡来的红砂石。他说，他一年四季都是这样睡的，再冷的冬天，木板上也没有棉絮。这不算什么，有本俄国长篇小说，名字是《怎么办》，里面一个叫拉赫美托夫的人，把钉子满满地钉穿一块木板，每天就睡在木板满是钉脚的那一面，早上起来，浑身是血。为的是磨炼意志。

我暗自咂舌。我的家境不比他好，但我绝对受不了这样的"磨炼"。

板床靠墙的一边堆了一长排书。

只要手上有钱，祥子都拿去买书了。

这让我惭愧：如果有钱，我决不会买书。吃饱穿暖了再说。加之生性浅薄，心浮气躁，根本没有读书的耐心。

"你想看哪本，随便拿。"

祥子看出了我的心思。

我选了一本《莱蒙托夫诗集》，因为里面的空白有许多祥子写的长长短短的句子。

"喜欢就拿走好了。"

祥子说。

我紧紧抱在怀里，归还前，我要全部抄下来。

但这个心里发的誓，最终未能兑现。

祥子像拉赫美托夫那样磨炼，似乎是在为流浪做准备。他认识一个跟他差不多大的北方流浪者，晚上就睡在他家门外河岸的石堤上，背着一把吉他，已经走遍大半个中国。为了证明这种选择不是没有意义的，他接着跟我讲起了 20 世纪 30 年代作家艾芜的《南行记》：

> 一位瘦弱的青年，为了摆脱家庭安排的婚事，身上带着哲学、经济学、社会学著作，远走他乡去流浪：
>
> ……滇缅灰色的大道，蜿蜒地从群山里伸下来，峡谷里由中国奔来的大盈江，在深谷里独自歌唱，仿佛远出故乡，远来异国，正是非常快活地、高兴地……
>
> 索桥……神祠……傣楼……飞在山峰顶上的岩鹰……
>
> 瘴气……斗笠……雨……马灯……整夜山行见不到人的恐慌和对人的渴望……
>
> 红艳艳的罂粟花……偷马贼……稻草的干香、马尿的浓味和马粪浸烂的脚……月光和火堆……
>
> 私烟贩子……打花鼓的母女……逃出妓寨的姑娘……
>
> 衣衫褴褛的背盐巴的马帮……燃指献佛赶走邪恶的和尚……沦为乞丐的残废士兵……
>
> 害肺痨的算命先生……杀了恶人躲到彝地寂寞过日子的老人……懂礼信的强盗和饥不择食的令强盗生畏的逃荒者……

一个个惊险离奇、闻所未闻的奇异故事，由一个个异类独特的粗犷、野性的下层人物——流浪汉、小商贩、强盗、小偷、店伙计组成的一个与"文明世界"相对抗的陌生、奇特、令人惊奇而又悲愤的世界。那是一群桀骜不驯的灵魂，一种独有的是非标准和人生哲学，他们蔑视现存的秩序和传统的道义，面对严酷的现实，既不抱怨，也不沮丧，而是"钢铁般顽强地生存"，无一不体现出一种强悍的生命本色。他们的多情重义、济危扶困与"上流社会人物"的虚伪、自私、贪婪适成对照。他们对社会的反抗也许多是盲目的、畸形的，但他们追求光明的勇气及刚强坚毅却让人深深震撼。那个聪明狡黠，天不怕、地不怕的山贼的女儿"野猫子"，那个总"抱着一块木头人儿，亲昵地偎在怀里"，唱着"江水呀慢慢流，流到东边大海头。那儿呀，没有忧，那儿呀，没有愁"的"野猫子"，那个只要她的油黑脸蛋一出现，"黑暗、沉闷和浓郁都悄悄地躲去"了的"野猫子"，我一生都不会忘记。

一个饱经沧桑的智者，如传奇般遥远，又像一条河一样亲切，流淌着，歌吟着，不屈不挠地走在坎坷不平、起伏曲折的路上。而在他身后，便是一个永远不能实现却执拗的梦想。

"有一天，我也会去流浪。"

祥子突然说，神情很凝重。

当时我使劲眨着眼睛，有点吃惊。好多年后，我才稍稍懂得这其实是一种哲学意识：人的生存本身就含有某种流浪的意味——人被不可知的力量放逐到尘世，然后受制于各自的命运四处漂泊。

没有必要评判这种意识的正确与否，它对我的意义在于：由此表现出的祥子远远高于我的早熟，对我思考人生的意义是莫大的启发。

三

初三下学期，发生了一件让我恐惧不安的事。

周一，中午放学，大雨倾盆。我没有雨具，站在教学楼口等着雨停。班主任从后面拍拍我的肩，让我跟他走。我们去了校园偏僻角落的一幢二层小楼，很多年前，这里上一层是解剖室，下一层是停尸间。现在解剖室改为了实验室，很阴暗，角落里站着跟真人一样高的教学人体模型。他是生物老师，在这里办公。他有一双很锐利的眼睛，一坐下来就盯着我问：

"昨天你来学校了？"

"来了。给同学补课。要期中考试了，她让我帮她复习……"

"复习？"

班主任笑起来。他笑比不笑可怕。

角落上那个人体模型的头从中间劈去了一半，暴露着血红的脉络和白色的脑髓。一只眼睛、半边鼻子和半边嘴巴。

"你们是从什么时候开始的？"

"什么开始？"

我不知怎么回答。

几乎是上中学的第一天，我就注意到了她。当时我们分别站在一大堆男同学和女同学中间，一下就互相发现了。后来，互相张望的次数越来越多，上课、下课、放学在街道上，在安静的和攒动的人头之间默默地互相看一眼，莞尔一笑。后来这不知不觉地成了一种习惯。有一次班级文艺汇演，我领着同学排练唱歌，歌谱挂在黑板上。她老看着我。我说："不要看我，看黑板。"结果"不要看我"成了被同学们广为传播的笑料。也就是这样了，我们并没有一点越轨的地方。初二下乡支农，晚上我去通知住在另一幢屋子的女生开会。我喊了一声，听见答应，推门进去，她正光着身子站在澡盆中间。我催着："快点。"她答道："就来。"那时候，我们一点没有想到各自的性别。

那个星期六，全校运动会。她塞给我一张小字条，希望帮她补课。第二天上午，我们自始至终隔着一张桌子坐着。起先真是复习功课，很快就说起各自的故事：我的爷爷，她的婆婆，夏天的竹床和流萤，冬天的雪和过年的灯笼，老房子墙缝里的蛇和窗台上搬运饭粒的蚂蚁，打架和撒谎，受欺负和欺负人，零食、弹子、压岁钱……终于觉得要回家了。

班主任的眼光穿透了我。昨天谁先到校，走哪条路，进哪个门，在教室里待了多久，又从哪里出去，又在哪里分手，他一清二楚。

"你跟高中的祥子是不是经常接触？"

班主任稍稍停顿，突然问。

"是。"

"他早恋，你知道吗？跟他好的那个女同学已经转学了。"

一个闪电惨白地划破屋子里的阴暗，接着是一长串炸雷。

我忽然记起，有次说到英国诗人唐璜，祥子"嘎嘎"地大笑："因为跟一个贵妇好，拜伦被赶出家乡，就是你现在的年纪。"

我从头到脚一阵冰冷，牙齿"咯咯"地响起来。

这个下着瓢泼大雨的中午之后，我的日子再也没有晴朗过。很快就改选了班委会，我不再是学习委员。差不多所有的同学都回避我，就像躲避传染病。几个一直要好的同学被班主任叫去谈话，断绝了同我的来往。连外班的同学也对我指指点点。我像真的做了见不得人的事，抬不起头，浑身时不时一阵作冷。夜里常常在噩梦中醒来，冷汗淋漓。

下学期剩下的时间，我再也没有跟那个女同学说过话，一旦照面，她那样无辜地看着我，眼含泪水，脸色苍白。

我也坚决地躲开了祥子。我想去到一个很远很远的地方。那里没有现在的班主任，没有现在的同学，没有跟我讲唐璜和贵妇的祥子。我将重新生活一次，没有一丝阴影，没有任何人的疑虑，轻松地、坦然地、光明磊落地重新生活一次，像那个下大雨的中午之前那样受人爱护，受人羡慕地重新生活一次。

初中毕业，家里无力供我上高中，母亲领着我先后去找过一个木匠和一个铁匠，希望他们收我为徒，他们都没有答应：木匠说我拉不动大锯，铁匠说我拿不起大锤。这都是事实。一个农场到省城招工，我没有问过母亲就自作主张报了名，第三天就提着一只网兜走了。网兜里除了几件换洗衣服，最珍贵的就是祥子借给我的《莱蒙托夫诗集》，我已经翻看了无数遍，上面那些长长短短的句子，零碎但是优美，我已渐渐看懂，那是倾心爱恋着一个女孩的心迹，真率、纯净、深挚。让任何一个读到的人都会动心，深深地激发着我朦胧的青春的萌动。

我是那么害怕见到祥子，又是那么渴望见到祥子。

邂逅祥子是在两年以后，庐山脚下的城市。当时我在一家商店的檐下避雨。雨很大，街上行人不多。一个人浑身淋得透湿，却依然慢悠悠地在大雨里走着，忽然发现了我，加快了步子走来，劈头问：

"你下乡怎么不告诉我？"

他紧皱着眉头。好像我们分别，只是头天晚上的事。

我紧紧地咬着牙，什么也说不出。跟他说什么呢？跟他说，在乡下染上的血吸虫病差一点要了我的命？跟他说，他的《莱蒙托夫诗集》被我一把火烧了？

两年，从省城到乡村，我已经完全成熟。两年很短，事情太多，说不清不如不说。

"你怎么来这里了？"

我问。

"上庐山。"

祥子仰起脸"嘎嘎"地笑起来，又使劲地吸鼻子。完了，从裤兜里掏出一团脏兮兮的红布擦鼻子。

"我快走完大半个中国了。"

雨声很响。

我不知该说什么，只是想着两年前与他的一次又一次夜行。

此后我再没有见到祥子。过了将近二十年，我回到省城。有一天晚上他的几位朋友来访，带来了他的一叠诗稿，字迹跟写在《莱蒙托夫诗集》空白上的句子一模一样。

诗稿里有一首《告别》：

哦，我多么希望，又多么害怕

最后一次，再听见你的声音

不用担心它会引起我的痛苦

我已走进了绝望的平静

一切我都想过了

我决定顺从命运

我知道再不能使你幸福

而你带给我的快乐或是不幸

都太强烈了

太能摧毁我脆弱的心灵

你是一只候鸟

永远不能缺少温暖和光明

而我一天比一天更麻木而混乱

在孤独和寂寞中沉沦

我还是决定走了

让我带走所有的阴影

而在别前，我是多么希望，

又是多么害怕

最后一次听见你的声音

　　诗没有留下完稿的日子，但我想这该是祥子最后的诗作。他告别的是恋人，但我想也该是他温柔地和敏感地爱过的所有的人。

　　那叠诗稿中有一首是祥子朋友为他写的祭友诗，描写了他最后的那段日子：

黄昏来了，

你常常沿着堤岸独自徘徊

一只天鹅从头上飞过，又飞远了

你陷入迷惘，久久望着天边的暮霭

　　祥子的生命停止在 23 岁。头天晚上，他在宿舍后面的小山坡拉小提琴到半夜。他的行为向来乖僻，因此当时没有人特别注意到他的异常。他是脆弱的。因为脆弱而不能同纷繁的生活相处；他又是热烈的，曾经有过怎样的年华、怎样的憧憬和怎样的爱。祭友诗表达了这种沉重的追惋：

太透明就容易破碎

太美丽就容易衰败

太热烈就容易熄灭

太纯洁就容易悲哀

你仿佛天生就是残废

只能拄着双拐不能丢开

那支撑着你的双拐

一根是诗，一根是爱

　　几位朋友随后带我去了那个掩埋祥子的土堆。土堆已经陷塌，难以辨认。唯一的标识是一株枝干粗壮虬曲的紫藤和紫藤下的遍地丁香。

绣球已开出一团团的绿

丁香和紫藤花照耀幽暗像星一样

夜色静穆得要微微颤抖了

树木都在寂寂地悲伤

这样的夜里她也在做着梦吗

半闭着眼睛做奇妙的飞翔

你梦的翅膀一定是雪白的

它的张开有安宁的声响——

天仙一般缥缈地

舞蹈在湖边的草地上

周围的空气清凉

空中一片银色的安详

只有我守住这空虚的阁楼

离开多久了，你是不是已把我遗忘

不是因为年轻的残忍

是因为太多此刻一般甜蜜的辰光

而我，今夜的梦又会像月光一般流动

依恋地流动在你纱掩的小窗

　　诗题《绣球》，是祥子诗稿中的一首。

　　春红已谢，没有赏花的人群，也没有蜂群蝶阵。过了这么多年，藤萝还在开花，而且开得又盛又密。藤萝花一串挨一串，一朵接一朵，彼此拥挤，兀自热闹！一片辉煌的淡紫色，遮住了枝干，像瀑布一样从高处垂下，深深浅浅的紫色哗哗流淌。除了光彩，还有淡淡的芬芳，香气似乎也是浅紫色的，梦幻般地飘散。下面的丁香花丛像云一样仰面拥抱，柔枝百结，难拆难分。

我在那个陷塌的土堆前站了很久。

古人说"芭蕉不展丁香结"，紫藤也一样。丁香在中国是愁苦，是哀婉；在西方是初恋，是不幸。紫藤和丁香，是谁也逃不脱的生死关、儿女劫。

曾经有过怎样的年华，怎样的憧憬和怎样的爱！也许恰恰因此，他是脆弱的，因为脆弱而不能同纷繁的生活相处。

作为一个无名诗人，祥子死后没有墓碑，没有花环；没有哀乐，没有送别的泪水，只有爱他的人心中无限深长的痛惜。

> 云雀跳跃在高峭的瓦棱
> 啁破林中古老的寂静
> 麋鹿温驯地伏在绿草上
> 听燕子讲远方的事情——
> 我们的燕子刚从远方归来
> 双翅上扑满了异地的风光
> 它背后，有一条悠长的驿道
> 驿道上滚动着沉重的车轮
> 它说远方有一座茂密的树林
> 少女在寻找昨夜的脚印
> 它说远方有一幢满是青藤的小屋
> 月光浸湿了不眠的眼睛

多么愿意自己是祥子诗中的那只伏在绿草上的麋鹿，多么愿意祥子像燕子一样从远方重新归来。我们一起重温《漫长的路》，重温《大路之歌》。在我的写作生涯开始之前，他最早在我心里种下文学的种子。他像传奇般遥远，又像兄长般亲切。他和他的诗，他的"嘎嘎"的笑声，伤风的鼻息，永远不铺棉絮的硬板床，红砂石的枕头，装满煤球的藤篮以及所知的关于他的一切的记忆、他所拥有并使我一直向往的一切，是我永远的财富。已经走过半个多世纪漫漫的文学长路，我历经无尽的艰辛，却没有多少值得告慰他的成绩。但是，无论如何，我会永远记住跟随他走出中学校园，走上城市寂静的大道的最初的那个晚上。

古塔的风铃声

——中国作协第五期文讲所回忆

多少年过去，我的耳边依然那么清晰地响着那座古塔的风铃声。

入 学

1979 年 12 月，《人民文学》编辑部组织了一个小型笔会，约了天津的冯骥才、河北的贾大山、河南的张有德和我到京。所约的几个人都有作品可能在中国作协举办的全国优秀短篇小说奖评选中获奖。这个奖去年举办了首届，今年是第二届，将在明年春天颁奖。《人民文学》希望我们每人写个短篇，在颁奖的那个月刊发。

将近一个月过去，其他三位作家如期交稿，我交了白卷。羞惭无地。

初中毕业我下农场种了八年棉花，之后借调到县城写了五年公文，之后有了国营工人编制，被安排进了县文化馆，之后结婚成家。半间小屋徒有四壁，两个年轻人把各自的衣被搬到一块，安起了小窝。工资都是最低一级，我十分眼馋馆里的同事不时有稿费收入。在报上看到上海的一个大学生写的小说，觉得写小说大约不是什么难事，蠢蠢欲动。

我读过的书屈指可数：小学、初中课本，几本中外诗选，一本《鲁迅杂文选》。怕人笑话，写作偷偷摸摸、鬼鬼祟祟。两年里稿子写了退，退了写，总算撞了大运：在好几个退稿的基础上拼凑出来的《小镇上的将军》，几经退稿最后被《十月》采用。

这样简单的人生经历，这样苍白的文学准备，再写新作，哪里是可以想有就有的！

就在这次笔会上我听说：中国作协决定恢复停办已久的文学讲习所，培养文学新人，我在推荐名单中。

真是一个好消息！

中国作协文讲所之前办过四期，现在恢复，顺序为第五期。借用了朝阳区左家庄一处空校舍。从大门进去，穿过院子，是一幢"土"字形结构的平房。从"土"字底部进入中间通道，顶头是课堂兼食堂；"土"字的两横是学员寝室和教工办公室。每间寝室住三人或四人。

围墙外面是大片空地，只有几家灰蒙蒙的农户。院子蛮大，后院是一个核桃林。晚上，除了几个特别活跃的人出去社交，其他人三五成群，在院子里转悠。之后，多数回到各自寝室写作，少数挤在一个小房间看电视。14寸彩电，声音和画质都不怎么样。

从全国各地来的三十多位文学新人，在这里展开了各自一段喜怒哀乐、酸甜苦辣的人生。

同　桌

正式开课那天，我早早走进教室，没想到还有比我早到的人。

事先没有规定座位，先来后到，各人自选。她坐在讲台下面的第二排。这恰是我预想的位置：离讲台不太远也不太近。

老式的课桌，一桌两屉。我在她旁边的空位坐下，知道了她的名字：王安忆。

接下来将近四个月，我的座位没有变化，心情却跌宕起伏。我从一开始的有眼无珠，好为人师，到后来的诚惶诚恐，五体投地，出尽了洋相，也深受了教训。

王安忆课堂听讲全神贯注，密密麻麻的笔记像是恨不得连讲课人的喷嚏也记下来。我觉得颇傻气，就指点说老师的这段话可以记，那段话不必记。她认真听完，依旧是全神贯注听讲，依旧是恨不得连讲课人的喷嚏也记下来。

我这样的指手画脚，不是不自量，是十足的愚蠢。等我明白过来，错已铸成。

以王安忆的教养，她当然不会在意我的浅薄。为了记住这个教训，我在后来写的王安忆印象《永远的雨》里详细记录了我的愚蠢。我有过一丝犹豫：这么难堪的事我要不写出来，不会有人知道。但我还是写了，并且公开发表了。一则算是对王安忆表示歉意，二则是警告自己不要再犯这一类的低级错误。多年之后，王安忆名满天下，中国作协创研室主任、著名评论家胡平先生在鲁迅文学院（文讲所是其前身）讲课，援引拙文告诫学员：认真听课并且认真笔记才能成为王安忆那样的大作家，像陈世旭这样不认真听课、不认真笔记所以写作没有进步。

讲稿后来登载在中国作协的《作家通讯》上。胡平先生在一次会上见到我，问我是否介意，我对他表示感谢。尽管我对认真听课并且认真笔记就能成为王安忆那样的大作家或王安忆之所以成为大作家是因为认真听课并且认真笔记，多少存着疑虑，但我觉得，胡平先生把我作为一个负面教材，首先是对我的教育，一是可以让我避免再做类似的蠢事，二是可以最大限度地减少这种蠢事对别人造成困扰。善莫大焉。

事实上我向王安忆卖弄小聪明的当时，内心是极为落寞的。因为老也没有像样的新作，很郁闷，常常独坐在院子角落的一块石头上发呆。我以为没有人注意到我，多年后在一本杂志上看到吉林作家王士美回忆文讲所的文章，其中写到我的发呆：

"他常常岩石般地独坐在黑暗中，像将军一样沉着、坚定、冷峻……"

我只有苦笑。王士美高大强壮，但说话轻言细语，有一种母性的温和。我们几乎没有过交谈，他对我的认识友好但表面。

王安忆则在当时就看出了我在写作上的窘迫。她后来在关于我的《印象记》里写了当时的心情：

"……打开刊物，先看目录，凡是讲习所同学的作品，都要细细地看一遍。难得有陈世旭的，即便有，也叫人忍不住地失望……怕是陈世旭的大势，已如大江东去，再不复返了。"

有一天她在报上看到一篇关于我的很空泛的好话，问我："你高兴吗？"我无言以对。

文讲所结业后，各自回老家，她不止一次给我来信，说：你最好出去走走，换一个异质的文化环境——比方青藏——试试，之类。

三年后，《人民文学》发表了我的《惊涛》。王安忆似乎看到了某种希望，在《印象记》里高兴地写道：

"……看到了他的《惊涛》……我又想起那天的早晨，他游得那么远，让防鲨网绊住了脚又挣脱生还，心想，那兴许真是个预兆呢！"

"那天的早晨"是在北戴河，文讲所组织学员去海滨休了几天假，我每天早上下海游泳。

我心里明镜似的：以我的才情，王安忆对我只能是期望过高。《惊涛》正面反响寥寥，批评很尖锐。

文学世界与自然世界一样，品类之盛，千差万别。有人是大鹏，一飞冲天；有人是小雀，跳不出草蓬。梦想固然是奋斗的动力，没有梦想也不会有梦醒的失落。自知之明，定位切实，从不好高骛远，善于自我解脱，是我这辈子最自豪的长处。在乡下只想进城，进城了只想"铁饭碗"，有了"铁饭碗"只想成家，成了家只想日子别太难。始终是过日子第一，爬格子第二。爬格子是为了过日子，而不是伤害过日子。

这种次序我一直保持到现在：妻子体弱，我每天黎明即起，家务优先，拖地、买菜、做饭、洗涮，间隙上电脑。锅碗瓢盆消永日，鼠标键盘送流年，乐此不疲。写作完全是一种对身心的愉悦。作品得到褒奖，是意外之喜。得之我幸，不得我命。没有癞蛤蟆想吃天鹅肉的野心，也就不会有猴子捞月亮的痴心、狐狸吃不到葡萄就说葡萄酸的窝心。颇为自得。

写作的压力主要来自外界，自己并无大志。回到别离十八年的省城老家，去时尚是少年，来时拖家带口，我已觉到了人生的巅峰。

这样的满足当然很平庸。但我失在平庸，得也在平庸。做不了出色的作家，可以努力学做懂生活的生活家。健健康康、自自在在地活着，也是幸福。世界如此广大，除非别无选择，不在一棵树上吊死，是最起码的明智。

写作到了山穷水尽的地步，我给王安忆的信撇开了写作的话题，大谈儿子已经会讲长句子"我是爸爸的好崽崽"了云云，有故作的得意，也有真实的成分：作品是儿子，儿子不也是作品嘛！妻子剖腹产，炎症卧床，没有奶水。半年里，我一面熬粥煎药照料她，一面给儿子喂炼乳，洗尿布，白天黑夜怀抱着他。儿子是我最大的骄傲！

就不说一个男人的生命并不完全属于自己，还负有儿子、丈夫、父亲的责任了，人各有志，最重要是认识自己。我肯定不是那种为了功成名就可以牺牲一切的人，因为知道没有相应的才华，牺牲了也没用。对许多不惜为文学献身、写出了"可以垫棺材的砖头"的作家，我很是敬仰，但禁不住对他们英年早逝的惋惜。

有篇评论文章激情记叙：一位盛年作家为了完成一部巨作心无旁骛，对自己几近残酷，呕心沥血，废寝忘食，巨作完稿，已形销骨立，"手瘦得像黑色的鸡爪"，推窗掷笔，厉声悲号："我这是为什么呀！"

作家生命意识的突然苏醒，震撼心灵。虽然应该说追求杰出是人的一种本能，生命的价值并不取决于生命的长度，为理想透支生命有可能获得一种更高的生命价值，作家的自我折磨造就了文学的光荣和社会的裨益，文学成就是作家留在世上的另一种生命，等等，但眼睁睁看见活生生的血肉之躯为了文学的成功干枯以致消殒，而旁观者盛赞这样的"献身"，我还是有说不出的难受。更别说那些过早"献身"了却没有得到自己渴望的成功的人——本期文讲所，这样的同学，就不止一位。岂一声叹息可以了得！

基于这种世俗的生命观，儿子高中分科想听我建议的时候，我的答复是你先睡觉，明早醒来你的第一个念头就是最后选择。儿子选择了理科。多年后工作、结婚，从事喜欢的专业，安于本分，不做"著名专家"之类的黄粱梦，活得轻松快乐，足以让我庆幸。

假　日

文讲所开学不久，逢"五一"假日。不回老家的几个人相约出游。不记得是谁提议去"八大处"。我那时对北京两眼一抹黑，去哪都新鲜，欣欣然。

同行有黑龙江的张抗抗，上海的叶辛、王安忆，新疆的艾克拜尔。

张抗抗比我年轻好几岁，我还在做稿费梦之前她就出版了北大荒插队生活的长篇小说。对我来说，她曾经像天边的星星。她很直率，第一次交谈就跟我说："我们东北有作家觉得《小镇上的将军》是赶上了气候。"我的头"嗡"的一响：小说中的人和事多是镇街上流传的，我不过搜罗串到了一起。以我当时的懵懂和生涩，哪来赶气候的心眼啊。但话到嘴边还是吞回去了：若不是真诚相待，谁会当面说这种可能让对方不高兴的话呢。后来我也知道了，东北作家的说法并非没有道理。

叶辛正当红，他的长篇小说《蹉跎岁月》名躁一时；两年后，由小说改编的同名电视剧上映，其主题曲《一支难忘的歌》满大街流淌。与叶辛同寝室的蒋子龙后来在他的印象记中说道：有一次他们在郊区一家农民的屋檐下避雨，主人听说有叶辛，热情万分地把他们请进屋里。

艾克拜尔是哈萨克族人，我那时分不清哈萨克、哥萨克，感觉像外国人，在我心里，外国作家都了不起。

王安忆的作品我还没有看过，但知道她是大作家茹志鹃的女儿，与有荣焉。

我从行李中翻出叠得平平整整的结婚"礼服"——一件深蓝色的中山装。我结婚没办婚礼，两家长辈和兄弟姐妹坐一桌吃了顿饭了事。吃饭那天，我和妻子都穿上了新衣：

我穿的是这件中山装，妻子穿的是一件颜色鲜艳的小棉袄。

两件都是化纤面料，很挺括。帮我们买这两件衣服的是县文化馆同事的妻子，她是插队在县里的上海知青。我结婚前，她正好回上海探亲，我就按小镇的时髦拜托了她。

这两件"时装"很便宜，但花光了我当时所有的积蓄。我们很珍惜，穿过了，洗净，小小心心地压进箱底，不到我们觉得重要的日子不穿。

出游那天，几个人一早从市区坐车到西郊的苹果园，转乘去八大处的公交。那天阳光很好，等车的时候，我的化纤中山装在阳光下闪闪发亮，我自觉颇有仪式感。艾克拜尔也很欣赏，说："挺好看的。"叶辛见的世面多，好意提醒："这种料子的衣服上海人是不要穿的。"

我愕了一下，马上意识到自己的土气，亦即上海人讲的"阿乡"：在小镇上是时装，在大城市可能是垃圾。想起念书时学到的成语"井底之蛙"，脸上不由一阵发热。

但那只是一瞬间的感觉。我穿"礼服"是想表达对几位作家也是对自己的尊重，并没有显摆的意思。不管别人要不要穿，在我心里永远是郑重其事的礼服。

几年后，插班上大学，读到庄子的《逍遥游》：人必须从狭小的个体生存环境中摆脱出来，看到世界的宏大，打破认知的限制，才能进入高远的境界。

无疑，这看法是十分积极的，有利于人生的进取。但我更倾向另一种解读。

老师特地提醒大家注意《逍遥游》中的"有所待"三个字：

绝对的精神自由是无所待的。"背负青天"的鲲鹏神通够广大了，却仍然称不上"逍遥"，因为无论其起飞的场面怎样惊心动魄，前提却是必须有大风，也就是受到了外在条件的制约——"有所待"。而真正的"逍遥"是"无所待"的，什么也不用依靠，什么也束缚不了，顺应天地万物的本性，驾驭六气的变化，遨游于无穷的天地，从而达到"无己"的境界，获得精神领域的绝对自由。由此看来，与抟扶摇而上者九万里的鲲鹏相比，无拘无束地在小树丛里活蹦乱跳的小鸟，一样是快乐的。

《庄子》的"小大之辩"，不在于评判鱼鸟之类的孰高孰低，而在于打开人们精神的视野。在庄子那里，世间万物，其实都是可以做到"逍遥"的。

我自然达不到《庄子》那样的逍遥，但不以别人的好恶为好恶，不过分看重别人的褒贬，还是可以做到的。

那件中山装我后来穿了很多年，一直到没法再穿为止。

此后假日无数，这个"五一"假日因为一件中山装而难忘。去年我给《上海文学》写短篇《琴与鹅》，把这个中山装故事送给了聪明而温和的主人公。

班　会

首都是文化首善之区，得风气之先。社会上停止了多年的合法舞会渐有所闻，终于有一天出现在了文讲所。

场地很简陋：食堂兼课堂增加一个功能——舞场；阵容很豪华：除了文讲所本身的积极分子，还有广东青年作家孔捷生邀请来的京城媒体和演艺界美女。

我是小地方人，拘谨而虚伪，对上流趣味满怀好奇却又胆怯，没有走近的勇气。

作家到底是对时代气息敏感的群体，与我同寝室的古华，刚发表了短篇小说《爬满青藤的木屋》，广受好评，正在写《芙蓉镇》，虽然长期生活在偏僻的湘西，却毫无迟疑就投入了现代潮流。同寝室的另一位河北作家申跃中，醒着的所有时间几乎都趴在桌上写作，虽然跟我一样不去舞场，但对先锋们还是充满了艳羡。听着课堂那儿响起的舞曲，止不住走神。

很快就有了关于舞会的佳话：

"文学讲习所不习文，却习武（舞），岂非咄咄怪事！"

诸如此类，金句迭出。

金句的作者是贾大山。几个月前，我就陶醉过他的冷幽默。参加《人民文学》编辑部组织的那个小型笔会的四个人中，我和张有德基本哑口无言，成天乐呵呵地傻看冯骥才与贾大山的口头艺术。冯骥才眉飞色舞，口若悬河，妙语连珠；贾大山面带微笑，正襟危坐，久不出声，一旦开口，则必是经典。津门急才与冀中慢功，风姿各异，精彩纷呈。

在文讲所，贾大山很自然成为一群农村题材作家的中心。他们一有空就左右跟定了他，等着他口吐莲花。他则照例慢条斯理，不动声色，一本正经，忽然金口开启，一众前冲后仰，哄然大笑，所言不胫而走。

班会，交流创作。轮到他发言，他沉吟着，极为认真：

最近研究新潮小说颇有心得，也试写了一篇，念给大家听听，以求指教。小说的内容是描写一个水利工地上学大寨动员大会的场面——草帽句号草帽句号草帽句号藤编的草帽句号竹编的草帽句号布的草帽句号麦秆儿编的草帽句号白色的草帽句号黄色的草帽句号新的草帽句号旧的草帽句号半新半旧的草帽句号破了沿儿透了顶儿的草帽句号写了农业学大寨字样和没写农业学大寨字样的草帽句号……

大家起先屏息静气听着，以为贾大山真得了方外秘籍，忽然让人要刮目相看了。渐渐地，大家就有了疑惑，就皱眉思索，就面面相觑，终于恍然大悟，满堂地震般轰动。他只是凝然不动，"句号句号"地继续他的"新潮"，直到有人求他别"句号句号"了，再"句号"下去，肠子要笑断了。

我并不完全认同贾大山对舞会、对新潮小说的调侃，但百分百佩服他大山般的沉稳不移以及根植于深厚民间智慧的过人才气。

有一天，蒋子龙参加一个报纸的座谈会回来，告诉我，他听到一种说法：我是文讲所最傲慢的人。他当时很惊讶，因为在他的印象中，我在班上属于特别沉默、懦弱的那种。他很清楚我根本"傲慢"不起来。之前他为《天津文学》约稿，我交的稿子实在没法用，沮丧不已。

进文讲所后，除了去《十月》的责编家蹭过两次南方饭食，平时大门不出二门不迈，连其他寝室的门也没有串过，开会也从不发言，散步聊天也只是竖着耳朵聆听。我怎么也想不出开罪谁了。

那天下午没有课，我把贾大山请到宿舍后面的核桃林，向他讨教。

我头一次看到贾大山纯粹的严峻神情：

"你谁也不拜访，就是一种傲慢。"

"我哪敢去啊。"

我很委屈。

"不是谁都会这么认为的。我原来也以为你少年得志，很张狂。没想到你挺老实。"

"我哪里老实？只是在你们面前不敢不老实罢了。"

我急了。贾大山笑了。

那天下午我们踩着树叶，踢着土块在林子里走过来走过去。一直都是贾大山在说话，说了些什么我已不能详细记得，但有句话我印象特别深：这里太闹，学习结束，他永远不会再来。

我当时不太懂得这句话，只隐隐感觉他指的应该是文坛的复杂。于是问道：

"我来京前，省里已经决定调我去专业写作。你觉得我该去吗？"

"当然该去。过了这村就没这店了。我就习惯老家。省城是你老家，你应该回到省城去。"

"可我怕写不出东西，交不了差。省里有人背后笑我'只生一个好'呢。"

"别听那些。你还年轻，往后的日子长得很。我专门给我们县的作者讲过你的《小镇上的将军》，是跟《杜十娘怒沉百宝箱》一块讲的，杜十娘一把一把往水里扔珠宝，最后纵身一跳，真是荡气回肠。"

那天下午多云，太阳若有若无地照耀在林子里，温暖而柔和。我的喉头老是涌动着，一肚子话说不出来，只是不时抬眼看他，又不愿他发现我的眼睛里感激的泪光。

文讲所结业后，贾大山回到滹沱河边的老家，真的再也没有去过北京，连只有不到半小时车程的石家庄也没有去过。中间我路过石家庄专程去看过他一次。他还是那么风趣，优哉游哉，思维敏捷，改清代杨应琚书楼联为："小径容我静，大地任人忙"，并奉为生活的圭臬。回家我写了一则记叙这次探望的短文，题为《常山高士贾大山》。

多年后，贾大山作品全集出版，有关部门在北京隆重召开了出版发行会。因为那则短文，河北作协的负责人事先来信邀请我参加，我婉谢了。以我对贾大山品性的理解，我愿意内心丰富的老大哥像他生前喜欢的一样清静。

指导老师

因为疏于与同学接触，消息闭塞，文讲所酝酿给学员请指导老师，事先我一点不知道。教务处的陈珊珊老师让我去一趟陕西作家莫伸的寝室，等着跟指导老师见面，我才知道有"指导老师"这回事。

"所里给你们请的指导老师是王蒙同志。"

陈珊珊老师标准的行政干部语气，使"王蒙同志"这个称谓有一种特有的庄重，不容更改。

安排给王蒙同志做学生的是莫伸、艾克拜尔和我。

我一则以喜一则以忧。

喜的是有了一个特别充分的理由可以跟莫伸交流。他清瘦、文弱，一点不像我想象中的陕西人，交谈时安静地注视对方，微微点头，随时准备同意对方的看法。他的《窗口》在首届全国优秀短篇小说评奖中脱颖而出，接着《人民的歌手》又广获好评。好心的朋友在同情我的时候，常常会说："你要像莫伸那样就好了。"尤其可贵的是，在文讲所，大家叫他"活雷锋"，每天一早不声不响地把走廊上所有寝室门外的痰盂一一倾倒，里外涮洗得干干净净，放回原处。食堂开饭、名家讲座、集体乘车，他都站在一旁，等到最后。

忧的是王蒙同志当时是中国名气最响的作家，给他做学生，论创作成绩，莫伸最有条件；艾克拜尔还在上小学时，主动要求从北京去新疆、在自治区文联工作的王蒙同志下农村收集民间故事，在艾克拜尔家乡的公社住过，那时他们就熟识了。只有我是很不恰当的，这样上气不接下气的写作，说不定哪天就半途而废了，给谁做学生都只能给谁丢人。心里很迷惘，毫无兴奋，只有畏缩。

但文讲所领导既然定了，我只能硬着头皮服从。

下午是自学和写作时间。与莫伸同寝室的其他人都有事外出了，剩了他一个。即便如此，第一次跟大作家见面就在寝室，似乎过于随意。男生的寝室总是难免凌乱，虽然这间寝室被莫伸收拾得整整齐齐，对方显然的随和还是让人感动。而更让我们感动的是，王蒙同志是大老远地蹬着自行车来的。

"别什么'指导老师'了，谁跟谁呀。我们以后有日子聊。我这次就是来认认人。一会儿还得去一个大学讲座。"

王蒙同志很爽朗，快人快语。

我们很觉突然，但完全理解。像他这样的大家，一寸光阴一寸金。好在一切才开始，来日方长。我想好了下次要请教的问题：我只知道王蒙同志年轻的时候就很有名，但他的作品我基本没有读过，因为文讲所热议，我把他最近发表在报纸上的两个短篇《夜的眼》《海的梦》找来，反复读了几遍，始终没有读懂。如果他正式给我们几个讲课，我一定请他先讲这两个短篇。写不出小说也就罢了，读不懂小说，那在文讲所就真是滥竽充数了。而写小说都是独奏，根本没法滥竽充数！

再次见到王蒙同志，是在他家里。有天晚饭前，艾克拜尔叫上莫伸和我，商量说王蒙同志要出国访问了，是不是去送送他。莫伸和我想也没有多想就说："还用商量吗，赶紧走吧。"

王蒙同志当时住在前三门。我们风风火火地从左家庄坐将近一小时公交，到站下车，艾克拜尔领着莫伸和我搭电梯。我是头一次坐电梯，有点晕晕乎乎，不记得上了多少层，又走过长长的临街走廊，走进王蒙同志敞开的家门。

我们来得很不巧。王蒙同志去访问的那个国家的中国大使让他捎带东西，他吃过晚饭就要去大使在北京的家。我和莫伸本来就惴惴的，赶紧抱歉告退。艾克拜尔在后面追着，问："要不要坐下喝口水。"我们没有回头，做了贼似的鼠窜而去。

回文讲所的路上，莫伸一直沉默不语。他看上去文弱，内心其实矜持，这样的唐突，在他是不可理喻的事。但他比我沉得住气，不会轻易责怪人。我则忍不住埋怨艾克拜尔："你事先没联系就让我们跟着你瞎跑，太冒失了！"

教训刻骨铭心。从此不随便打扰人成为我的一条铁律，不论是多么亲切的师长，多么亲近的朋友，都绝对保持必要的距离。出差外地，就专心办事、开会，最多是请朋友有空来宾馆聊聊天，或约个地方小聚，决不稀里糊涂随便登门。这不是所谓西方绅士风度，是对他人的起码尊重。

这是我在文讲所学到的最重要的礼貌之一。

王蒙同志没有忘记几位晚辈。他公务繁重还著作如涌，忙得不可开交，有一次外访回来，见缝插针地在一个会议间隙，打电话到文讲所，让我们几个到宾馆，很生动地讲了外访的见闻。不到一个小时的谈笑风生，让我们大开眼界。正是老话说的：听君一席话，胜读十年书。

那之后，偶然在刊物上看到过艾克拜尔《陪王蒙老师上天山》的美文。我再没有机会面聆王蒙同志的指导，只是很少几次在文学界的会议上远远地看到他。但他对我的写作是关心的。我的一个短篇在《文汇月刊》发表，那小说极幼稚老套地写了一次巧遇。之后责编告诉我，曾接到王蒙同志电话，严肃指出："这样不够水准的作品不应该刊发。"他有点奇怪，王蒙同志为什么没有直接跟我本人联系。

责编不知道，我因为自卑，没有要过王蒙同志的联系方式，也没有给他留下电话和地址，他只能用这样的方式表示对我的关心。

这样的关心对我是如此重要，使我对自己的写作始终保持着清醒。1982年，文讲所结业的第三个年头，一家出版社来信，打算出我一本中短篇小说集，但必须请王蒙同志作序。我只能敬谢不敏。我那些拙劣的文字，能刊发就谢天谢地了，捏到一块，就算我不怕难为情，还不怕难为别人？

文讲所之后，跟许多同学一样，莫伸的写作如同井喷，大厚本的中短篇小说集一本接一本出版，而且发行量惊人；艾克拜尔从新疆调进北京；而我，依旧是"斯人独憔悴"。作为省里当时唯一明确的"专业作家"，我的写作状况很可悲地基本没有改观。省里的官员在报上撰文、评论家在会上研讨，探究我的"苦闷"，为什么写了《小镇上的将军》之后不能写出大城市元帅，为什么不能像蒋子龙他们那样一个接一个地发表轰动全国的作品，质疑把我调进省城、过早离开基层是否正确……

写与不写，已经不光是我个人的事了。

我进退维谷，痛苦不堪。除非有人问起，我在任何场合都绝口不提文讲所，对那个不恰当的"指导老师"安排更是讳莫如深，避免有损对方的名誉。曾经想向王蒙同志请教他的名著《夜的眼》《海的梦》，已经毫无必要。事情是明摆着的：像我这样艰难的写作，不过是因为生活的驱使入了歧途，既没有"夜的眼"，更做不了"海的梦"。

在一个人情社会，许多事可以仰仗人脉，唯独写作无法靠门面吓唬人。即使自称是古今中外天下所有大师的学生，写不出还是写不出，写不好还是写不好。任何攀附或者仅仅是攀附的想法，都只能是可笑亦复可怜！

1985 年，我怀着沉重的内心焦虑和社会期望，带上白底红字的学生校牌，插班挤到武汉大学的晚辈中间，老老实实读书、听课、笔记、答卷。像一个土里刨食的农人，以对知识大地的膜拜，匍匐下身体，脚踏实地，埋头耕耘，一点一点地铲除愚昧、妄想、轻浮、侥幸，一心指望勤能补拙，指望春种秋收，指望或多或少的年成，力争在文学赛场跑到最后也不落荒而逃。

中国作家协会第五期文学讲习所，让我在一个相对集中的范围近距离初识文坛，感知优秀，领略标高，成为最终决定这个迟到的系统学习的过门。

那个"五一"假日，离开八大处前，我随几位作家曾在一座古塔下小憩。四十三年过去，我的耳边依然那么清晰地响着塔上风铃的叮当声，明亮而悦耳，像极了我上小学时的校工的摇铃。

多情只有珞珈树

一

不晓得为什么，祖父在我一出世就认定了我只能做读书人。他把我的胎毛用红纸包起来放在胸口的荷包里。母亲没有奶，他把自己一件穿了几十年的大皮袄当掉，给我请奶娘。临终前，他把我的父亲和母亲叫到床前，交代说："以后不管怎样难，都要让这个孙子读完大学，考上状元。"那时候是1956年，科举已经是遥远的故事，但86岁的老人满脑子仍是一大堆旧梦。他的话不幸言中。以后的确有了很难的日子，以至初中毕业之后，我不能不失学。父亲和母亲为此终生都对老人怀了深深的内疚。

上大学成为我青少年时期最大的愿望之一，在大学上课和同异性的亲密接触一样充满了我青春期骚动的梦境。

因为家里无力供我升学，1964年暑假，一个农场进城招工，我报了名，第二天就下了乡。然后，整整八年，罹患血吸虫病；历经胆战心惊的恐怖；知青大返城后因为无亲无故孤单留下；经菩萨心肠的贵人帮助，进县城给各种各样的单位写总结、写报道，又近七年，得到一个国营工指标，成为赣北一个县文化馆的正式职工。次年春，结婚。不久，领导让我随两位同事去武汉，采购办公用品。

武汉是离我们那个小镇最近的大城市，镇上人稍有重要的采买，首先就想到去武汉。

我们一行三人到武汉后，找了一家收费低廉的小旅店住下，我没有记住那个旅店的名字，只记得出门不远就是三民路口。路口中间有一座雕像，黑乎乎的，蒙着厚重的风尘。我多少知道，武汉有许多名胜古迹，但两位同事都极认真，每天都专心照着事先准备的清单采购，我只好老老实实地跟着他们跑进跑出，能够仰望的名胜，就是那座雕像。也因此留下了特别深的印象。

我正在悄悄地写小说。馆里文学组的同事给出版社写小人书脚本，每次拿到的稿费相当于一个月的工资，我很羡慕。除了最低一档的工资，我一贫如洗，成家了，迫切需要增加收入。

我所在的小镇是有故事的地方。老街青石板的路面据传是明代官道的遗迹，从两边的门头上伸出来的、油漆斑驳的小吊楼，在向人们炫耀自己的长寿。这里是整个县城最热闹的去处，从上街头到下街头，熙熙攘攘，水泄不通：烟火腾腾的小饭馆，人头攒动的副食店，推车挑担的赶圩农民，大呼小叫的镇街妇女，饶舌的理发匠，寡言的老裁缝，补锅补碗的，修伞修鞋的，沿街拉琴的盲艺人，凝然肃立的老军头——最引人注意的就是这位老军头，一身军装笔挺，一根枣木手杖闪闪发亮，不屈不挠地站立在岁月的风尘中。

一天傍晚，我们疲惫不堪地走回旅社，路过三民路口的那座雕像，我脑子里刹那间灵光一闪，小镇老街上老军头形象的历史和文学的意义，忽然被那座雕像唤醒。

　　……

　　他常常拄着拐棍，挺直身板，不断地眨着那双有点昏花
的眼睛，一声不响地在那里一连站上好几个时辰。既不同谁
交谈，也不知在想些什么。

　　……而剃头铺的玻璃窗后面，剃头佬则饶有兴致地同
人们讨论着，这样呆立在尘雾中的将军，有什么可以相比
呢？"像站岗的"，剃头佬摇摇头；"像城里的交通警"，他还
是摇摇头。撇着嘴唇品评了好大一阵以后，他才郑重其事
地开口道："你们到过汉口吗？汉口三民路口有一尊铜像，
站得笔挺，拄着拐棍，就是这个样子。对了，全像，不走
二样……"

　　时间长了，站立在老樟树下的将军，好像真的成了汉口
三民路口的铜像……

　　这是我在这次武汉出差的第二年发表的小说《小镇上的将
军》中的段落。可以说，这个形象，是武汉三民路口那座雕像的
文学翻版。

二

　　《小镇上的将军》的发表，极大地改变了我的命运。然而，
这同时却是我一段悲惨日子的开始。

　　1981年，我带着妻子和儿子，如愿回到阔别近二十年的省

城，被安排在一个文化单位"专职写作"。但一两年时间里，我每天打开稿纸，脑子一片空白，什么也写不出来。

原是想在正式工作之外赚点外快补贴家用，现在被人当了真，反而成了正式工作，玩笑开大了，惶恐不已。想过改行，业内朋友正色说："想想你怎么来的！你不写了，人家干吗让你来？"

走投无路中，听到武汉大学同中国作协合作，招收汉语言文学插班生的消息。就像一个在茫茫大海挣扎的溺水者忽然看见了救生船，我一分钟也没有犹豫，立刻就向中国作协提出了申请。

1985 年暑期开始，我在武汉大学过了两年认真而忙碌的求学生活。

入学考试的考题是：

> "在圆周上，终点即是起点"（语出希腊哲学家赫拉克利特），请对此谈谈你的看法。

我那时对"希腊哲学家""赫拉克利特"云云一无所知，但我明白学校的良苦用心：来自全国各地的这些插班生，面临人生的一个新起点。

这样的教诫对我完全是多余的。来求学，本来就是我在绝望中抓住的一线生机。我的写作刚刚开始就现出江郎才尽的窘态，灰头土脸，狼狈不堪，哪有嘚瑟的资格？

考试之后，我去了校务处。学校出于好意，之前给我这种本科生长辈的插班生发的是教工佩戴的红底白字校牌，我坚持更换了学生佩戴的白底红字校牌。随后，其他插班生发动统一订制有特定标志的运动服，我自然不敢加入。进武大之前，我与他们毫无联系，也没有看过他们的作品，只是看他们在学校的活跃，意识到他们非同小可。像自己这样不堪的写作，应该像几年前在中国作协文讲所与那些名人相处一样，自觉保持距离。当时，插班生成为一个新闻事件，当地媒体采访、文学刊物组稿，颇为频繁，且常有宴请之类。我一概躲着——如果我真有那么风光，又何苦厚着老脸来挤占孩子们的学习资源呢？

我此来的目的只有一个：求学。我最大的愿望也只有一个：最大限度地抓紧时间实现这个目的。

三

当时的武汉大学校长是卓越的教育家刘道玉。插班生、学分制以及自主选课，都是他具有前瞻性、现代性、世界性的教育思想的体现。那时的武汉大学没有围墙，正值黄金时代，目光远大，胸襟开阔，各种文化形态交流融汇、砥砺激荡，充满了勃勃生气。

因为有选课的自由，我在中文系之外，还在哲学、历史、法律一类专业选修了课程。大多数日子，我每天早上五点以前起床，盥洗之后，开始写作。大约两个小时之后，去食堂早餐。然后就这里那里地去找教室，找座位。有些热门的课，去晚了，没有了座位，就只能坐在阶梯教室的台阶上。晚上时常有许多海内外著名学者的讲座，我因此有幸见识了一大批享誉国内外的学术大师。粗浅知道了《圣经》某种程度可以读作历史；《易经》反映了先民朴素的辩证思维；佛经同样是世俗学说的一种；中西人文思想以及法制思想各自的路径……课间的短暂间隙，我向哲学系的汤老师请教过《八卦》与心理，向安老师请教过基督教的流变……中文系的於可训、陈美兰老师是著名文学评论家，我自然更是时常向他们讨教。

中文系给我留下极深印象的有三位老师：

一位是罗老师。上课时他抱着一大卷纸进来，上面用毛笔抄好了当堂的讲稿，用图钉钉满黑板，随后每人一本，发给我们他自己用蜡纸刻印的同样内容的讲稿，这才开始讲课。他年过半百，瘦高，讲课时一忘形就身子前倾，两个手拐支着桌子。有时候干脆歪斜着伏在讲桌上，颇有点魏晋作风。他讲庄子《逍遥游》的那一课我记得尤其清楚：

《逍遥游》给了我们一个提示：人必须从狭小的个体生存环境中摆脱出来，看到世界的宏大，打破认知的限制，才能达到精神的超越，进入高远的境界。

无疑，上述看法是十分积极的，有利于人生乃至社会的奋斗与进取。

然而，也有另一种解读。

罗老师特地提醒我们注意《逍遥游》中的"有所待"三个字：

绝对的精神自由是"无所待"的。鹏鸟的神通够广大了，却仍然称不上"逍遥"，因为无论其起飞的场面怎样惊心动魄，前提却是必须有大风，也就是受到了外界条件的制约，即"有所待"。真正的"逍遥"是顺应天地万物的本性，驾驭六气的变化，遨游于无穷的天地，从而达到"无己"的境界，即"无所待"，什么也不用依靠，什么也束缚不了，割裂形体和本心的存在，这样才有精神领域的绝对自由。

显然，庄子的目的，不在评判鱼鸟之类的孰高孰低，而在于人的精神活动。他反复强调世间万物皆有所待，其实是在阐发追求无己、无功、无名的绝对自由的思想：修养最高的人能进入忘我之境，能够顺应自然的人无意求人，看透了人世真相的人不会热衷于功名。由此表达了对高官厚禄的鄙视，对以功名利禄笼络贤能的伪善，给予了深刻的揭露。

《庄子》的"小大之辩"，打开了人们精神的视野。以庄子的标准观照，世间万物，其实都是可以做到"逍遥"的。正是在这个意义上，《庄子》对后世文学发展产生了积极的影响。

这堂课对我是一次重要的启蒙。下课后我又跟罗老师对笔记，请教了好半天。回到宿舍，正好看到一家刊物让我写创作谈的信，我当夜写了几句话，又抄了一份，第二天交给罗老师，权当听课的心得。

那几句话是：

　　无事静坐，有福读书；
　　偶得所感，作文遣兴；
　　旧雨新知，淡酒薄茶；
　　到水穷处，看云起时；
　　鲲鹏扶摇，恭贺新禧；
　　蓬间雀戏，不亦乐乎！

罗老师阅罢批了一个字：

"然。"

一位是蔡老师。满头华发，戴着酒瓶底似的近视眼镜。他的学术专攻是《楚辞》，著作甚丰，在全国同行中颇有影响。他给我们讲课极用心，也极有激情。每次上课，不一会儿，脸就涨得通红，脖子老粗，呼哧呼哧地上气不接下气，恨不得把一肚子学问一口气倒出来。遗憾的是他的乡音一辈子也没能稍有变化，下面的学生几乎没一个听得懂。先是茫然，继而走神，继而交头接耳，继而有人离座，扬长而去。蔡老师满头汗如雨下，拼命板书。那黑板是三叠的，写满一板，可以拉上去，写下面一板，转到第一板了，又奋力把前面的内容擦掉再写。一边擦，一边写，一边不住口地念叨"虽九死其犹未悔"之类，板书声与讲课声共鸣，唾沫星与粉笔灰齐飞。周而复始。但不管他怎样努力，终是难挽颓势。

这让我对他有了一种格外的敬重。他是那么热爱他的专业，并且希望这专业和对这专业的热爱能够得到传承。看着他那么辛苦，却又那么无助，我心里有种说不出的难过。

与蔡老师恰成对照的是另一位年轻些的教师，英俊潇洒，据说任教以来是不少女生暗恋的"白马王子"。他讲课眉飞色舞，抑扬顿挫，以手势助语气，动作十分丰富，因而特受欢迎，再大的教室里外都挤满了人。听他讲课像看一场精彩演出，特过瘾。却渐渐发现我记住的是讲演的精彩，至于观点和结论，却不甚了了。当然，这完全有可能是因为自己弱智。

作为学生，我对前者难免惋惜，对后者很是钦佩。不过，说句实在话，如果我能退回去几十年，还有机会上大学，我仍然会选蔡老师的课。因为，既然是来求知，自然是希望老师的讲课硬核多于精彩，一个有可能传授扎扎实实的学问的老师更让人心生敬畏——虽然他讲课就如同茶壶装饺子倒不出来。

第三位老师我很遗憾没有记住他的名字。瘦削，苍白，举手投足恭敬如仪，只是眼睛里没有神采。轻轻地进了教室，把讲稿放在讲台上，回身在黑板上笔画纤弱地写下一行字：

温庭筠与《花间词》

然后转身从讲桌上拿起讲稿，讲稿却是背面朝上的。他并不纠正，煞有介事地瞪着纸背的空白，开口道：

"《花间词》是一种活跃在晚唐和五代的中国词派，从它的来源《花间集》得名。以温庭筠为鼻祖……"

说着，从讲桌后面走出，让自己全身呈现在大家的视线下，两臂垂直，贴着裤缝，弓起腰，抱歉似的看着偌大的梯形教室："我先给大家念几首温庭筠的代表作。"

小山重叠金明灭，鬓云欲度香腮雪。
懒起画蛾眉，弄妆梳洗迟。
照花前后镜，花面交相映。
新帖绣罗襦，双双金鹧鸪。

稍停，接着念道：

水晶帘里玻璃枕，暖香惹梦鸳鸯锦。

江上柳如烟，雁飞残月天。

藕丝秋色浅，人胜参差剪。

双鬓隔香红，玉钗头上风。

不知为什么，他的身子微微晃动了一下，抬眼看着教室上方，似乎在极力回忆接下来的词句。教室里略略起了一点骚动。他其实可以回到讲桌后面去，翻一翻他的讲稿。但他过于相信自己，讲稿上面的那些内容，早已烂熟于心。略略镇定了一下，他全力以赴继续背诵：

蕊黄无限当山额，宿妆隐笑纱窗隔。

相见牡丹时，暂来还别离。

忽然他身子一动不动。

翠钗……

声音消失得很突然，就像突然切断了电源。他保持着原来的姿势站着，开始眼珠还极力转动。良久，他的眼珠不转了，身子剧烈晃动起来，然后就是劈头盖脸的汗，然后嘴忽然扭向一边，豁口里流出了长长的涎水。

前排几个学生"嚯"地站起来，扑向讲台，把他抱出教室。

几天后，罗老师给他写了挽联：

四十华年一弦一柱谦谦君子竟长去才祚难偕非得已也
九千文字百学百教草草劳人今安在文德犹存有由来哉

在我随后沉痛写出的小说《马车》里，这位我不知道名字的老师的故事，是核心情节。

四

转眼几十年过去，武大所有我接触过的老师的一颦一笑，一举手一投足，至今历历在目。他们大都是谦谦君子，对后学极为友好。以我当时的心情，很希望能把与他们的密切的师生联系永久地保持下去。但自离校后，竟一直无缘相见。不过，这并不表明我的淡漠。在我的内心深处，永远有一个供奉他们的崇高位置。他们赠我的书，至今放在我的枕边；当时的所有听课笔记，包括那枚红字白底的校牌，我都完整地保留着。一次次搬迁，会失掉许多东西，但它们始终属于精心保存的部分。

武大求学两年结束，我最突出的感觉是陆游的"山重水复疑无路，柳暗花明又一村"。其后的数年时间内，我陆续写作并出版了多部长、中、短篇小说。其中《梦洲》是我的第一部长篇小说（人民文学出版社，1989 年出版）。这部以我在乡下务农生活为题材的小说，是在武大课余完成的；《裸体问题》（中国青年出版社，1993 年出版）的生活依据大多出自武大。小说中的"东方大学"当然并不完全等于武大，但我对武大所经历的一切的思考和感慨都寄托在"东方大学"了。两个长篇，集中反映了我在武大学习的收获。

所有这些作品，反响远低于我的奢望和所有关心我的人们的期待，其实不足挂齿，但我多少心安。写作虽然没有长进，但总算没有半途而废。

我这一生，以文学为目的的集中学习，只有两次。一次是1980年在中国作协文讲所的半年进修，一次是武大这两年的插班读书。

文讲所给了我文学的标高，授课的皆是文坛大家，同学皆是文坛翘楚，只能让我仰望；而武大给了我向这标高跋涉的指南。短暂的两年里，我像是被向导领进图书馆，浏览了一遍专业图书的目录，虽然只是触及皮毛，但对一个相对完整的知识系统多少有了一点切近的观感。与同辈同行比，我不算缺乏生活积累，但缺乏开掘和表现的必要素养，倘若没有武大两年的受教，我后来的写作怕是难以为继，再辛勤的努力，都只能是希绪弗斯的苦役，徒劳。

因为上课和写作的紧张，在校期间我较少外出。曾经打算游览武汉各大著名景点的计划未能实行，连武汉地标黄鹤楼也只是在过桥的车窗前一闪而过。偶有走动，喜欢重口味的豆皮、大筒骨炖藕，以及爽直、生动、火爆的市井方言"岔巴子""起篓子""弯管子""掉底子""蛮扎实""周么斯呀"。学校附近的洪山，那些乱草中的废墟，远胜于今天到处可见的粉妆玉砌的殿堂。长春观一个小道士读王安忆小说的全神贯注，给我留下极深的印象。

校园内，我时常流连的是樱园，花盛时，满园姹紫嫣红，纷飞如雨，遍洒樱花的大道上，人流如潮；还有桂园以及桂园外的东湖。我的宿舍在桂园尽头，门外东湖一碧万顷。不远处磨山野趣淳朴若村姑，月夜里湖心中静影沉璧映楼台。

最令人神往的自然是珞珈山。可惜我只在刚开学的时候上去过一次。杂花生树，楚天开阔，心旷神怡。以为会常来登临，却再没有上去过。我在小说《马车》里写道：

> 大观山下面，长江无声流过。
>
> 骞先生在望江亭的亭柱上倚了许久。
>
> ……
>
> 下着雨，一驾马车碾着泥泞，驶入树林深处。两边是似乎无穷无尽地闪动着的湿漉漉的浓绿。唯一的感觉是寂静。马铃声，车轮的滚动声，从树叶上滑下来又滴落在马车顶篷上的雨声，使人感到一种莫可名状的羁旅的孤单忧郁。
>
> 骞先生一时搞不清楚是自己正坐在那驾马车里，还是他看见了一驾马车正在驶来。前天散步他就仿佛见到一驾马车了，现在则感觉得更真切。
>
> 却又更恍惚迷离。

"骞先生"的感觉，就是我的感觉。刚进校的时候，我在开学典礼上听一位化学系的老师讲过，他当年在汉口的老火车站下了车，就是坐着一辆老式马车来武汉大学赴教的。

不记得在哪听到一个说法，把珞珈山的原名改为"珞珈山"，是当时在校任教的诗人闻一多先生的意愿。

"珞珈"者，美玉也。以美玉名山，当然是风雅了。但也许是基于接受大学教育的强烈初衷，给一家文学杂志写稿，落款的写作地点我写成了"落枷山"。

我的想法是：以人生智慧的角度，求知其实是一个解脱的过程——从无知带来的迷惘乃至枷锁中解脱，在纷繁复杂的世界获得最大限度的精神自由。我因此把求得解脱的愿望寓于"落枷山"。

小说发表出来，杂志把我写的"落枷山"仍改回"珞珈山"。这自然出于编辑的好心和责任感。我本想跟他们说这样做大可不必，作者落款的写作地点完全可以虚拟，无须泥实。但想想这是另外的话题，遂作罢。

2019 年夏，参加一家报纸组织的采访，有机会乘车沿武汉东湖的湖滨大道从珞珈山下经过，从车窗打量武汉大学严谨而崭新的围墙和建筑，陌生而疏远。三十二年间，院内的变迁不得而知，只有围墙挡不住的山坡上的树木依旧茂密而亲切。默默在心里祝愿当年所有尊敬的师长岁月静好。

脑子里忽然冒出崔颢的《黄鹤楼》："昔人已乘黄鹤去，此地空余黄鹤楼"，不由感慨系之，随口凑出四句：

> 一梦东湖卅二年，风流几许已成烟。
> 多情只有珞珈树，依旧纷纷下咏笺。

不意不到半年，武汉大难临头。我在第一时间给报纸写了《心香一炷望江城》：

北望江城，一炷心香。苍生何辜，遭此祸殃？

志士赴命，天佑我邦。春日已至，樱花将旺。

白云悠悠，不见黄鹤。龟蛇犹在，可期永昌。

终会有"江城五月"，终会有"黄鹤楼中吹玉笛"（唐·李白）！

武汉，一个平庸但真诚的学子，无论在任何地方，永远会为你祝福！

雅丽深宏　然后华章

——读赵丽宏的诗

赵丽宏是当代文坛卓有影响的诗人、散文家。他的作品多次获得国内外各种文学奖，收入全国各地以及中国香港和新加坡的语文课本，是作品收入教材最多的当代作家。

早年在中国作协开会，有缘一睹尊容。赵丽宏举止庄重，沉静少言，让我想起"君子有三变：望之俨然，即之也温，听其言也厉"（《论语·子张篇》）。工作餐偶尔坐到一桌，礼貌地点头问好，如此而已。给我深刻印象的，是一次文学座谈：一位多年不写小说的老作家说如今还谈论文学是很可笑的，他写几个毛笔字就赶上一部长篇的收入了。这类场合我一向拘谨，但那次不知为什么突然放肆，冲口而出："写字赚钱让人羡慕，但不必嘲笑文学。因为买字的人冲的是写字人的名声，而这名声，是文学给的，不应该过河拆桥。"语毕，四座皆寂。我意识到自己的"二"，干吗得罪名人？散会时，赵丽宏走到我面前，脸色凝重地说：

"你说得很对。"

我心里一热。但此后我们并无更多交集，我只是常常在报刊上看到他的诗歌、散文作品，常常受到莫名的触动，总想说点什么。

赵丽宏的诗文，语言朴素，叙事简洁，情感真挚，却又清新悠远，情怀浪漫，情采飞扬。不论诗还是散文，皆透出宁静、淳朴、真诚，充满着对文学的执着与激情。

在近两年抗疫的特殊岁月，阅读的价值在人们日常的生活中凸显出来。作为诗人，赵丽宏对人生有了更多的思考："因为疫情，我觉得很多事情不可捉摸，对这个世界不了解，对自己的生命不了解，我们遇到很多困惑，有一些诗就是在这种情况下写出来的。"于是有了由人民文学出版社出版的诗集《变形》。

《变形》是赵丽宏几十部诗集之后的最新成果。全书浸淫"变形"母题的精髓，探寻生命的意义，省察过去，告别旧我，揭示人性的深度，展现精神的气度，显示出历史、社会和文化的广度。数十年生命过程中的各种外象，被深入地转化为它们所暗示和象征的内在，许多平凡庸常的物象，被升华为生命的意象，连味觉和触感等无形的事物，都被巧妙地转化为浓稠而明亮的吆语。著名诗人欧阳江河因此感叹赵丽宏是个谜：

"我们这一代人经历中国四十年、五十年语言本身巨大的转折。在这个过程中，很多人，包括我自己，致力于语言本身风格的拓展，语言词汇量的拓展，语法的扭曲，表达的怪异和先锋，慢慢就写不下去，或是写到一定程度就玩花活了。因为这需要诗人在语言变化后面，还有深刻的人生观、宇宙观等坚实的东西。但赵丽宏可以一直不停地写作，他语言平实，忠实于他自己这一代人的语言，不玩花活，而且这个语言的表达和他的经验是配套的，他的语言和手写体也是配套的，他忠实于自己，反而可以把写作写到深处和背后……他或许是当下最具完整性及延续性的诗人之一。"

不仅如此，赵丽宏的思考更沉静内在，表达更具灵性，文字更具有弹性和活力。在他看来，"读书和写作并不是通向结论，更在于敞开过程……他们一辈子在不停地寻找、思考、追问，不停地回答，不停地否定……诗人真实的思想，通过他经历的时代和生活得出的不是终极真理的结论，却可以使读者产生共鸣，这就是诗的魅力。"

诗格即人格。诗歌艺术的重中之重，是诗人自身。诗人是我们这个世界的另一种命名者。传承高贵的人文精神和高雅的审美情趣，表现自己对生命、对人生、对自然的那些最富情感化人性化的独特感受，是诗人的使命和天职。赵丽宏正是在这个意义上宣称：写诗是他生命的秘密，诗歌是他的"生命史"。"写作……成为我一辈子的生活方式。"

赵丽宏的写作继承了古典文学中最具艺术价值的传统，同时又兼容了时代的敏感话题，形成了鲜明的个人风格。不张扬暴力，不纵横私欲，不粉饰黑暗，不歌颂邪恶，致力于人性美、人格美的表达。或即景生情，或观照内心，或直抒胸臆，或含蓄蕴藉，皆不出"古雅典证之美"。

汉王逸在谈到后人读《离骚》《九章》的感受时说："高其节行，妙其丽雅。"南朝刘勰在《文心雕龙·辨骚》中更是指出了"丽雅"在诗歌语言中的地位："然其文辞丽雅，为词赋之宗。"唐司空图的"惟公博厚深宏，端洁明懿，极天人之仪品，不陷于浮。"（《唐宣州王公行状》）和明刘基的"其学博，故其辞深宏而奥密"则强调了思维的深邃。

读赵丽宏的诗，我最突出的感受就是典雅与深邃。在"馒头体"与"屎尿体"堂而皇之被奖掖和热捧的诗坛，赵丽宏的诗是一股不折不挠的清流。

诗是一种精神现实，一种心灵体验，所谓灵感，就是诗的美感。没有美就没有诗！诗起于善，源于真，成于美，诗是真、善、美的一种特有语言架构。美是诗的躯体，是诗的光芒！

诗是语言的语言，追求极致的美感。文质彬彬，始可言诗；雅丽深宏，然后华章。诗不是时政公文的韵文体，更不是垃圾污秽的咏叹调。遵从诗的审美原则，坚守艺术对社会负责的底线立场，赵丽宏严肃正直的写作受到充分肯定，是读者之幸，也是诗歌之幸。

撒野丹青

——读《葛水平绘画》

　　一向折服于葛水平的文字，读小说，服其质朴；读散文，服其诗化。忽然听说她画画，这里那里开画展，猝不及防。疑惑她也忽然中邪，入了时下文坛其来势汹汹的书画野狐禅。前年岭南笔会，终于有幸亲眼见到她作画，不免惊讶：水墨涂染，笔锋恣意，说是画画，莫若说撒野。

　　这样的"野"，恐怕连"野狐禅"也说不上，本就没有非要修成正果的意思。

　　葛水平画的是人与动物，没有背景，没有拘束，没有矫饰，墨色焦黑，构图七颠八倒。看似胡涂乱抹的线条，于自由任性中透出一种绝对的自在：稚拙、单纯，姿态横生，洋溢着孩童般的天真。与学院教育的所谓绘画语言、技法、色调、构成关系、对人生与绘画的深度思考、上升到哲学领域的精神内容等，毫不相干。葛水平未必知道"外师造化，中得心源"之类老掉牙的话，只是任凭也许自己也不一定清楚的内在律动驱遣笔墨，指向只在一个率真。不知来处，不知模范，不知师承，一切都似乎自然天成，从心所欲没规矩。

　　所以谓之"野"，此其一。

葛水平画画，尽管似乎毫无学院式的理论讲究，但以学院式理论归类，显属重神似而不求形似的东方写意美学一路。她倾心于中国的民间艺术，闲时广搜乡间杂什，一身穿着几近一移动民俗博物馆。民间艺术偏重于实用，形象粗笨，造型简陋，色彩或浓艳或单纯，以民间大众的审美为取向，故为士夫文人所不屑，却是人类文化因子的千古承载。葛水平以民间趣味绘画；以绘画语言写民间，富于动感、乐感，气韵盎然。在乡间剧团演戏的经历，更直接感受民间戏曲不可言传的自然本色。正是来自民间的养分，使其画作身心俱到，举手投足，能传神，扣心弦。面貌各异的苍黑老农，滚地小儿，窈窕淑女，乃至温情猛虎，执拗犟驴，无不神态毕肖，呼之欲出。

所以谓之"野"，此其二。

葛水平一面写作，一面画画，文学与艺术的双重推衍，启开"我之为我，自有我在"的天性。她的画与传统的文人画有着明显的距离，径自呈现出一种鲜活趣味。尤以山鬼系列颇具野兽主义画风。作为符号形式映现原始人类图腾崇拜的山鬼，在职业画家那里是美轮美奂的仙妖化身。在葛水平笔下却是头插山花、丰乳肥臀的村妇，全然沉浸于自得其乐的喜悦，静寂里发散出一股莫名的热情。角色内心活动的特殊肢体语言，不掖不藏，明明白白。笔墨明快饱满，透着厚实的生命力。

决定艺术者，首当才情与性情——以后天的性情挥洒先天的才情。技术远在其次。多少人孜孜矻矻于技术的磨炼，终有工匠的精微，却无神性的灵光，难称大器。

所以谓之"野"，此其三。

艺术的品质，原是生活的品质。葛水平是作家，即便撒野，也野不出文人的风雅；葛水平是女人，即便撒野，也野不出女人的温婉。在微信上偶然见到山西诗人石头先生的诗作《献给鹅屋大山上的月亮》，对一帮三晋文友不让古人的生活行状有精彩的描绘：

"玄武提议，今年第一场大雪的时候从太原徒步回老家。""葛水平信息：下雪的时候，来喝场老酒。"于是石头"从太原出发，一路步行，往老家壶关，行程221公里"。六天后的一个午后"见到秦尧，然后是在车子里坐着的葛水平，后者傻傻地笑"。"晚上水平在家里炒了四个菜……萝卜是不用化肥的，山蘑是朋友采的，酸菜是她自己腌下的。她用今年的新鲜玉米面煮了一锅切疙瘩。喝的是1997年老汾酒。徒步二百余公里，来找朋友喝顿酒。我不想让古人小看。"

"古人"当指的是魏晋文人。那是一个浪漫率性的年代。

葛水平事后记叙：

"石头的诗歌不拿捏，如他人一样。石头的诗歌是我喜欢的诗歌。是石头和自己谈话的内省过程出现的结果，是他的悟性从晦暗到敞亮的过程，也是他人性深处的仁爱彰显。他说了：已厌烦所有的诗歌手段，所有的做作的。用最少的汉字、最明了的语言，在诗歌的临界点上写诗。一切皆从内心流出，流出即是。"

葛水平写的是朋友，我们也不妨读作写的是涉足绘事的她自己。不见其人，单看其画，便可知其日常生活的平和从容，总能在生活中发现新的兴趣，不喜狂，也不易怒，世事的纷乱和庞杂在她那里都被"画"化。得"意"忘"形"中藏着看似浅浅的却是甚深的对人生和世界的"悟性"。翻用一句上面她写朋友的话：用最简单的笔墨、最明了的颜色，在绘画的临界点上画画。一切皆从内心流出，流出即是。

第
一
辑

把小说还给小说

　　自 20 世纪 70 年代末开始写作，究竟什么是小说，一直是困扰我的问题。

　　呻吟、控诉、呼唤、高歌、思考、探究、梦幻、窥视、宣泄、暴露、试验、变异……一个接一个的文学潮流，其来滔滔。小说像戏剧演员，浓妆艳抹，遍身披挂，扮演着各种角色，演员本人却不复辨认了。一个念完初中就在农场乡镇盘桓近二十年的青涩的文学梦想者，突然卷进激流，晕头转向。

　　什么是小说？

　　为了多少给自己一点信心，千辛万苦去找小说的来历。

　　翻到《汉书·艺文志》。原来先秦诸子百家就有"小说家"，是稗子般的小官，收集街谈巷语、道听途说造故事。圣人看作"小道"，君子不为，世人不重。但因为多少能反映下层民情四方风俗，还有点看头，得以持续。

　　显然，中国小说的出身并不怎样高贵。之后很长时间都不是什么正经事业。小说地位忽然提高，是近代的事。晚清梁启超提出小说界革命，使小说在文坛上开始占据重要地位。真正的革命性推动是"五四"新文化运动带来的现代意义的新小说。在改革开放时期的文学中，其影响得到极大高扬。东西方文化的撞击、激荡、交流和融汇，极大地拓宽了艺术思维的空间。然而，随着小说形式发展走向极端，新时期文学陷入了寻找和确定自己发展新起点所必然出现的困惑。有人悲观地把这种状况称作"几近式微"。

于是，传统叙事在现代语境中进入新的轮回成为必然。越来越多的作家开始将小说还给小说。

肖克凡是其中的佼佼者。

作为天津实力派作家，肖克凡已经写了多部长篇，数十部中篇，百余部短篇，其中不止一部被搬上舞台、银幕，多次获多种全国期刊奖、文艺奖。但所有这些似乎都没有充分反映他的艺术成就。评论家张陵颇为不平地指出："肖克凡是一个被严重低估的作家……电影《山楂树之恋》……对他来说，其实是一部可有可无的作品。他最有价值的作品是长篇小说《机器》。但这部当时中国最优秀的作品，产生在评论界最无知无能的时代。对中国当代小说第一次出现的人物形象的划时代价值，居然一无所知，任其自生自灭。少数论者对这部作品的确认根本得不到共识。直到现在，其提供的文学形象还没有被超越，仍然像教科书一样放在那里。"

全面解读肖克凡，是我的能力难以胜任的工程。我唯一能做的是从我接触过的文本中，试图窥其一豹。

我看得最清楚的是两个字：传统。

传统并不意味着活着的死亡，而意味着死去了的还活着。

哈罗德·麦克米伦这个鲜明文化保守的表述，仿佛是对肖克凡小说的一个特别认可。

在我看来，最深的道理都是最浅近的；最美的物事都是最简洁的；最大的底气都是最平和的。好的小说，首先就是好的人物，好的故事，好的语言。这里的"好"，指艺术。

肖克凡的小说，可谓此"三好"小说。

> 我拎起紫竹提盒跑出家门，身后追来祖母的声音："别颠！洒啦。"
>
> 沿着东兴大街，我跑过什锦斋饭庄，跑过华明理发馆，跑过白傻子布铺，一直跑向著名的"三不管"。

《紫竹提盒》就这样把我们带进作家的童年记忆，带进记忆中天津的大杂院，带到一个倾心向往、理解和追求美的旧时平民老人面前。

奶奶的人生包含了两个民间社会：梨园与市井。那只精美的紫竹提盒，是一个生动的文学符号，其中储满任何时代都不会缺乏的冷暖悲欢。时过境迁，仍然激起我们长久的怀想。淋漓尽致地表现民间世界的人性温暖和美好，是肖克凡小说最动人处。

回忆是肖克凡小说取材的一个来源。他记忆的禀赋令人惊叹。他能记得起他这辈子看过、听过、经历过的任何大小事件的几乎所有细节。他自豪于这种个人化记忆，认为这是他的小说唯一值得说道的东西。

然而，果真仅止于此，那么肖克凡就会是一个像我这样只能乞助生活原型的平庸写作者。事实上他同时又说过，他小说里所谓出自个人化记忆的故事，许多在记忆之中并不存在。

看似自相矛盾，其实不然。从最初的仅仅依赖个人切身经历的基本材料，到随着艺术素养和文化素养的提高，逐渐把有据可查的史料、民间流传的野史、俗谚、歌谣……所有这些早就哺育着他的艺术才华的千百年形成的群体记忆，作为小说创作的原料，证明了他在小说创作上的成熟。

无论是"个人化记忆"，还是"千百年形成的群体记忆"，这种对"记忆"的执着，表现出作家对真实的恪守。而正是这种恪守，造就了他的小说人物的立体感，可以呼之欲出，可以听到呼吸和血脉的流动，是有着独立品格的文学生命，而不是从属于某种使命的工具。

肖克凡小说的"个人化记忆"特性，带来了他的写作的"非功利性"。在他看来，小说从来不是简单地"说明"什么或者表现什么确定的主题。所谓小说的文化内涵，不过是作品自然生成的意义。他的小说不管是以哪个具体时代为背景，都不以所谓正统姿态发言，既不想为历史证明什么或者否定什么，也不想代表哪一个时代去批判什么或者颂扬什么。他只是恪守于自己的个人化体验，努力经由一个又一个活生生的文学形象，为人们展示一种尽可能真实的社会存在和人生图景。

这种"非功利性"在某种程度上给人造成了游离主流文化形态和中心话语体系的印象，却逼近了小说的本质，同时也就在真正意义上逼近了历史与现实的真实。

作为生于天津的作家，肖克凡对"津文化"的理解和表达，同样避开了那种极力与主流叙述协调的文化立场，而是揭开常规社会理性掩盖下的虚伪，在清晰地描绘天津底层平民生存画卷的同时，更深刻地剖析其生存方式的世俗性样貌，最真实地展示其生存状态和心理状态，既呈现出他对历史的独到概括，丰富了小说的文化内涵和历史内涵，也使小说人物形象饱满，丰神独具。

肖克凡的小说手法圆熟，调度若定，现实和象征叠加，形下和形上兼顾，情节结构精巧有致，细节刻画纤毫毕现，留白则给读者以想象空间，较少直接作哲理阐发，以情节的提纯与起伏跌宕，使平民传奇有了浓厚的艺术色泽。

> 我们顺利通过安全检查。妈妈特别佩服外祖母临场哈哈大笑，说您不愧是见过大世面的人。
> ……
> 我成了重要人物只好落座，怀里紧紧抱着小包裹。火车呜呜拉响汽笛，开往唐山方向。

《特殊任务》从一个平常得不能再平常的生活场景开始，把读者引进一种精心营造的神秘氛围，一个步步惊心让人提心吊胆的曲折故事。

肖克凡的小说多是平民传奇，他们的生命活力以极其本真的面目赤裸裸地袒露着。或自嘲地笑面生活，或沉默着忍耐生活，看透虚假和艰难，仍不失善意，依靠着人性中原始的坚韧，顽强而乐观地演绎一场场带泪的喜剧，获得艺术的升华。他善于设置悬念，用一个个紧揪人心的疑团，推动情节发展。叙述中他又善于隐藏自己，不露斧凿痕迹。读完全篇，才会发现，几乎每个情节都是下一个情节的伏笔。初读时隐约的触动，豁然明亮。他似乎在与读者较量智力。读他的小说，感觉是看一场精彩的演出，处处是聪慧机智的灵光。在引人入胜的世俗故事后面，是对生存环境的犀利体察，对生活真相的沉重叩问，对社会历史的冷峻思索。在家长里短中穿越沧桑世事，在市井烟火中透露哲理思考，在日常叙事中呈现历史变迁，显示出提炼生活素材和驾驭宏大叙事紧密结合的非凡才能。

肖克凡小说语言明显打上仅仅属于他的艺术烙印。天津人特有的语言优势与他个人出色的幽默感相得益彰。

> 车钳铣，没法比；电气焊，凑合干；要翻砂，就回家。王八瞪蛋是冲工，大锤震耳是铆工，溜溜达达是电工，轻轻松松是化验工。

这些来自产业工人的语言火花，让现代工业的钢铁棱角顿时变得柔和，也给肖克凡的小说增添了强烈的个性色彩。肖克凡的小说语言主要采用天津方言，"津味"盎然。独特的民间俚语作为叙述的最基本话语构成，极为生动地反映出地域的世风民情，"津文化"由此深蕴其中。

肖克凡不是有城府的人。他思维敏捷，多才多艺，伶牙俐齿，妙语连珠。争辩起来，言辞锋利，无可招架。也许正因此，他小说的文字反而力求平淡和隽永。不过在风平浪静、清爽利落的文字下面，却是强烈的情感冲动以及语言本身的张力。

肖克凡对语言有着高度的颖悟，相信语言是对生活本质的还原。与口头表达的娱乐性不同，他的小说语言力求过滤掉一切杂芜——种种流行的妆饰或是虚张声势的泡沫，最大限度地洗练至透明、近乎冷硬的境地。有时候为了暗示时代对人的价值和主体性的根本轻视，干脆对人物的外在形象不置一词。

肖克凡的小说追求高远，功力甚深。但传统的叙事显然背离了标新立异的时尚，在一个媚俗、跟风的浮华时世，难以发生轰动效应。作为一个职业作家，肖克凡保持着冷眼旁观的坚执，并不因此沮丧。他相信艺术是一种精神上的自我救赎，仅仅是真正发自内心的语言汩汩流动的韵律，就是对心灵的莫大抚慰。他说他的写作基本上处于"无目的"状态："写作是一种自律，同时又是一种自由。"这样的写作状态，使他的写作优游裕如，举重若轻。

罗丹说："艺术家这个词的最广泛含义，是指那些对自己的职业感到愉快的人。"（《艺术论》）

肖克凡就是这样一个人。

散文刍议两题

一、容易和不容易

不久前在微信上见到江苏作家陆永基的文章，谈及他所供职地区当下文学的状况：

"……能够活跃在小说创作（尤其是纯文学小说创作）领域的作家不仅屈指可数，年龄也大多在中年以上，情况堪忧。"

文章进一步指出：

"……小说创作，尤其是纯文学的小说创作，有着特别的难度……可以直接借助的东西相对就比较少，一般得完全依靠作者自身的文学感觉、创作想象、技能训练和各种素养积累，是特别艰辛的。就社会实用性和接受广泛度而言，小说和其他文学体裁也大不相同……小说作者……实际的生存处境相对也是比较孤寂的……选择纯文学小说作为自己文学志向的人非常难得。"

而散文创作的局面就大不一样了："大凡有了一定的文学素养，生活中有了感受，谋篇行文相对还是比较舒松的……许多文学爱好者，起笔创作为散文是最常见的……有的散文作者，涉及散文才几年就能出版多部的散文集。"

陆永基指出了一个值得思考的现象：写散文是一件相对容易的事。的确，只要识文断字，散文几乎人人可为。这样的例子并不鲜见：一封白字连篇的家书，因其情真意切，不知胜过多少坊间鼓噪的美文。

不过，恰恰因为这"容易"，散文写作在事实上并不"容易"。世界上凡是最容易做的事，都是最不容易做好的事。下象棋容易，要下到谁与对弈都先自小心三分谈何容易。写父爱的散文不计其数，有多少可比朱自清的《背影》？

散文历经中国古代文学的广义阶段，进入近现代，受外来文化影响，趋近纯文学，向狭义转变，成为与诗歌、小说、戏剧并行的一种文学体裁。随着文学的日渐式微，尤其20世纪80年代曾经独领风骚的小说黄金期成为遥远往事，在大为萎缩的读字人群中，散文作为一种写作方式灵活的记叙类文字，拥有了相对多的读者，散文作者作品因此日渐增多。但也许正因此，具有相当思想和艺术水准的作者作品并不多见。

看到陆永基谈论散文写作的微信不久，有机会参与深圳一个散文创作的研讨会。会前，我心里不免嘀咕，最怕遇见类似"散文"：或借助搜索引擎，将街头标语口号、报章豪言壮语、单位数据资料杂烩，满满一锅"大格局""正能量"，这类文字，除了让人知道作者是位"立在地球边上放号"的豪杰，余皆眉目不清；或一本正经，无限深沉，情怀爆表，开口"家国"，闭口"时代"，完全忘记了没有独特的个体经验和人性观照，"家国"就只能流于空泛，没有切实的现实感受和思想深度，"时代"就只能是虚无缥缈的梦幻。这类文字，让人望而生畏，敬而远之；

或炫耀摆谱，拐弯抹角地凡尔赛：饭局上如何意外发现有权贵名流同桌并居然蹭上合影，扫床时惊喜发现了一根猫毛，并举之于阳光下见到其如何的光怪陆离。这类文字，似乎是刻意表现自己内心的猥琐和无聊；或孤芳自赏，无病呻吟，要么斯人独憔悴，要么像让书童扶到园子里咳一口血的才子。这类文字，常常是满篇人世慨叹，隽言睿语，心灵鸡汤，让人口舌发腻，肠胃直翻；或故作高深，彰显"品位""格调"，说域外，则必有文化比较，说吃喝，则美食家非其莫属。这类文字，不免鹦鹉学舌，拾人牙慧……凡此种种，不一而足。

散文写作的种种流弊，让人对散文不免轻视。

然而，好散文是有的。

不久前，我在深圳的一个研讨会上，读到一位名不见经传的作者毫不做作的文字，甚觉愉悦。那些文字清新流畅，像生活本身一样自然，在寻常物中发现乐趣，在寻常人中发现美好，在寻常事中发现激情，文字平白而不苍白，叙述朴素而不失灵动，经历颇丰而不浮华，才情充沛而不张扬，殊为难得。作者正值青春年华，散文写作尚在起点，如此的不媚不俗，不趋不时，让人对散文优秀作家作品的出现有了信心。

二、写小说的与写散文的

多年前为一家出版社编散文年选，知道了小说作者对散文写作的介入，居然曾经是一个问题。有的散文作者认为是"非专业"搅了"专业"的局，弄得散文失了纯洁。

"散文专业作者"的说法，让我颇感困惑。就写作而言，小说、散文乃至各类文学体裁都同样是文字活儿。非要画出圈子，除去徒劳地想要占山为王，毫无实质意义。说写小说的不可以写散文，等于说卖白菜的不可以卖萝卜。因此就要清理门户，这在市场上叫欺行霸市。有时候，两者的区别还远没有白菜与萝卜那么明显。契诃夫咏叹的《草原》、沈从文描绘的湘西，无论看作小说还是看作散文，谁能说不是最佳的范本？托尔斯泰小说中的大量散文化的景物描写，有几个散文家可以企及？"有了小感触，就写些短文……得到较整齐的材料，则还是做小说。"在鲁迅看来，小说是大制作，散文不过是"小感触"的抒发。至于"小说帮助我们理解世界，散文则帮助我们拓展人生"这样的话，就更让人费解了。举凡文学，哪种样式的好作品不可以帮助我们"理解世界""拓展人生"呢？

事实上，散文写作的主力中不乏小说家的身影。作家们凭着独有的感性，沿着独特的通道，进入我们的心灵世界。如王国维所言："大家之作，其言情也必沁人心脾，其写景也必豁人耳目，其辞脱口而出，无矫揉妆束之态，以其所见者真，所知者深也。"

杰出小说家的散文，语言优美，自由灵活，熔哲理、诗情、画意于一炉，各具风格：鲁迅精练深邃，《纪念刘和珍君》锋利如匕首；《好的故事》绚丽如云锦；《风筝》凝重如深潭。茅盾细腻深刻，巴金朴素优美……新时期以来许多我敬仰的作家的小说，因其思想和美学的力量，常常激动文坛，并引领着潮流。读他们的散文，同样可以清晰地感到其思想视野的开阔和哲学意识的深刻。其立意的庄重和语言的诗性，以及萦绕在文字中的忧郁与思虑，总是让人赞赏的同时止不住叹息。有的作家如李国文，其晚年的散文写作已不是小说写作的余兴，而是倾注了巨大的精力。他在《文学自由谈》的专栏，以其深厚的学养和洞察世事的锐利，于混沌的时世激浊扬清，于说古论今中，对中国文人的丑陋，尤其那些人格卑劣、左右逢源、油嘴滑舌以博上位的名流，痛下针砭，揭露真相，剖析劣根，毫不留情。文坛的成败得失、丑态媚骨，波诡云谲尽在其中。其纵横捭阖，切中肯綮，令人每读必击节。其方正刚直，很容易读出鲁迅的味道。冰火渊海终成国文，嬉笑怒骂尽显风骨。在物欲横流的今天，这样的文字也许有些寂寞，但正因此而显得难能可贵，让人觉得社会良心一息尚存，令许多风头十足的"散文家"逊色。

散文作为一种最自由的文体，给予作家语言驰骋的空间是最大的。散文品质的高下，除了真善美抑或假恶丑可以作为基本的衡量标准，追求理性与耽于感性、精雕细刻与大刀阔斧、冷静叙述与热烈抒发、沉稳练达与灵动率真、简洁明了与扑朔迷离、口语化与书卷气、小女人的柔肠百结与大男人的心雄万夫、浅斟低唱的婉约与铁板铜琶的豪放、精致唯美的歌吟与自然质朴的言说，孔子的辞达而已与庄子的汪洋恣肆、含蓄收敛惜墨如金与激情澎湃语言狂欢，千姿百态、异彩纷呈。思想抵达各有深浅，学养积累各有厚薄，作家各有个性，读者各有喜好，散文阅读如入山水胜境，峰回路转，皆有可观，万紫千红，目不暇接。

忽然想起一位早年的朋友，他因为在书法杂志当编辑，也跟着写毛笔字，便对其他各行各业书法爱好者写的毛笔字颇为不屑：文人写的叫"文人字"、干部写的叫"干部字"、军人写的叫"军人字"……总之是非我族类，算不得书法。我于是请教：王羲之的字该叫什么字？他的《兰亭集序》进了《古文观止》，是文人；他当过会稽内史，是干部；晋朝的中军、右军之类虽通常为虚衔，但多少跟军人沾着边儿，后人直接就叫他"王右军"。朋友白我一眼，说："你这是抬杠！"

我不禁莞尔。

文学是语言文字的艺术，谁写得好谁牛，写不好只能努力，是"小说家"还是"散文家"或什么"家"都不是，皆无所谓。以为占了某种位置，得了某种名头，就一定是那名头所指的角色，就一定要像阿Q，拿个吓人的名头去对吴妈说："我要跟你困觉！"只能让人失笑。

文字固然有着伟大的作用，但有时候也不过是人类的一种玩具，不论相互欣赏，还是自我陶醉，开心就好。过于小心眼，恐怕自己也会觉得没有意思。

事情本来是秃顶上的虱子——明摆着，连"刍议"也不值得的。值得一提的是与此相关的一种文坛常见的挤兑：心怀嫉恨，自视颇高，阴阳怪气，冷嘲热讽，尖酸刻薄，不留余地。这样的负性情绪，伤害的其实首先是自己。

在文学边缘化的今天，除了对品质特别不堪的人，同行之间如果做不到善意帮衬，至少可以不恶意相煎。

格 局

我国素有尊老的传统。其中，逢年过节，领导走访本单位退休老人；下了基层，走访当地本系统的退休老人，就是一个证明。尤其社会团体，礼节上更是力求周到。我退休之前在社团任职，陪同上级领导走访，遇见过各种情状：受访者有无比荣幸的，诚惶诚恐，欢天喜地，事后将合影照片高悬中堂，或转入微信朋友圈，广而告之，当作寂寞晚年的一大盛事；也有性情乖张的，不冷不热，不咸不淡，言不由衷，虚与委蛇，让走访者不尴不尬。一圈下来，多是没话找话的客套，身心俱疲。我自幼甚欠教养，某次忍不住私下嘀咕。领导不知我的二杆子性格，好意安慰：过两年我也要走访你的。我冲口而出：我这里就先谢了，到时千万省点力，不然您辛苦，我也麻烦。因为话说得太不像话，让人觉得不识抬举，颇让领导不悦。好在退休不逾月，我即迁居外省投靠儿子，索居独处，悠然自适，免去了别人也免去了自己的许多不必要人事。

愚见以为，人与人生来平等，进入社会后或有职业和地位的不同，但人格并没有天然的高下之分。在文明社会里，所有人的生命都是等值的。古代社会的尊卑，是人为的。以权贵之身看望布衣之士叫"礼贤下士"，布衣之士受宠若惊、感激涕零是奴性使然；进入现代社会，谁看望谁不过是人际交往的一种。非要发掘出什么意义，最多是表现出看望者做人做事的某种追求和需要而已。

某年中国作协组织采风，路过某省。车上带队的中国作协负责人不久前曾到该省公务，专程看望过当地老作家。湖南作家彭见明见一车人长途跑得疲乏，便拿那位中国作协负责人打趣，说你专程到该省看望老作家，这车上连我在内的两位外省作家你没看过啊——"两位外省老作家"其中一位是我。惹起一车欢笑。笑过了，大家一阵轻松。

彭见明以获全国文学奖的《那山那人那狗》出名，把一位长年在深山跋涉的乡邮员写得极为感人，也表明了作家本人对故土的熟悉和热爱。这种熟悉和热爱，除了让他写出了好小说，也使他本人有趣。我多次在笔会之类的活动上与他相遇，每次最让我也让大家喜悦的，是他用家乡方言讲的各种充满乡土气息的奇闻逸事，每每让一众人笑得前仰后合。他又喜欢调侃打趣，但绝无心机和刻薄。

作家协会是一个群众团体，负责人利用工作之便看望地方作家，表示一种礼节性尊重，被看望的作家，自然高兴，当作一种友好亲善，再自然不过。负责人没有机会看望的外省作家，也许压根儿就不知道发生过这样的事情，就是知道了，也最多就是知道了而已，不至于觉得有多么大的失落。否则，做人的格局也就太狭窄了。彭见明如果真把这当回事，以文人的好面子，就绝不会当众拿来打趣。倘若把一种礼节弄得正儿八经，把一个乐子弄得有了严肃性，那其实是一种低级趣味。

　　然而，我和彭见明都没有想到，当时在场的一位作家事后在公开发表的文章里把彭见明明明白白的调侃说成了没有被领导看望的委屈。用意很明白：颂扬领导的礼贤下士，却顾不上两个"士"的躺枪。

　　把调侃当真，无论是有意还是无意，显出的都是一种与调侃者有天壤之差的品位。

　　社会学家认为，一个人品位如何，很大程度取决于他的低级趣味在所有趣味中所占的比例。通常情况下，内心充实，天性良善，寡欲少求的人，总是较为有趣，好尚呈多元化，不太会去注意那些过眼云烟的客套，低级趣味的比重也就较轻。这种人常常把自嘲发挥得恰到好处，不仅自己身心健康，也让朋友和不一定是朋友的人快乐。让自嘲真正成为一种"最高层次的幽默"。

微信说文

冗 余 码

读大作前半部分时，我完全被你质朴得像生活本身却又充满诗意的悲悯带入一种深不见底的寂静，不断地为你的叙述的贴切、生动、深刻惊叹不已。然而，有一个代表外部世界的"村长"足够了。下半部却突然出现了几个城市男女，把一个有哲学意味的主题一下子拉低到已经滥俗的"反腐"。我不由跌脚。

大作本是一首纯净的低沉的忧伤的暗黑的凝滞的时代挽歌。一切都应该是自然的、必然的发生，不需要外加的偶然的有明显意图的事件。

记得前些时你把这小说的创作构想（当时你没有说明）发给我，我引了你文中的一句话回复你："无边无际的寂静来了，他站着不动。"这句话当时那么深地震撼了我。现在却因为那几个冗余码的画蛇添足从一个高度直落下来了。

许多社会题材的作品，很轰动，但文学价值有限，就因为描写的表面化，和对同类题材和主题的有意无意的趋同，远不能达到超于常人的思想高度。知道这一点，并不一定能成为大家（比如我这样的）；但具备了较高艺术素质的人忽视了这一点，无论如何都是一种遗憾。

大家提供范式，小家制作摹本。一种有开创性的内容或形式获得成功，跟风者云集，这是文坛曾经的痼疾。你是可以走得很远的，应该不受此羁绊。我胡说这些，不过是一个提醒。

另，发来乡村空化的文章，你看看即可。人类生存方式的演变谁也无法更改。世上任何状况，说到底都没有最好的，也没有最坏的。一切都自有因果。时尚的"乡愁"云云，如果是真的，很可悯；如果是装的，很可恶。

温故知新

花了一天时间，把两篇大作又读了一遍。我喜欢直话直说，对你就更不会吞吞吐吐了。总的印象是不太满意。具体讲几点：

1. 生平。关于两位古人，历来的各类文字很多，再写，就必然有个走出前人窠臼的问题。详写其生平似无必要，那些事件可作为你确立的文章主题的言证、事证。

2. 主题。李贽为异端之尤，陈子昂为唐之诗祖。这两点写透了，写酣畅了，足可醒人耳目。

3. 叙述。做人贵直，作文宜曲。这是通例。如写李之死，不可在前，把自己的所有激情耗尽。而应步步为营，从容达至终局，一刀见血，令人扼腕；写陈亦然。登幽州台应放在后部，作为全文高潮，一声长啸。

4. 大悲无声，大哭无泪。应尽可能避免声嘶力竭。许多场面可留白，给读者想象的空间。

5. 文章不必太长，抓住要害即可。

6. 写历史，就是写现实；写古人，就是写今人。否则，写他作甚？

上述都是大家熟知的常识，不妨温故知新。

最重要是心态好

一段时间了，我一直在想着怎样把我早想跟你说的话说出来，既说明白，又不至伤你。

第一次见到你是很多年前在一次文学会议上，你当时很腼腆的笑容让我觉得你是个善人。那以后，听同行说到你童年时代的压抑，另外，出道后作品也写得不多，所以全国各地的活动，只要我受到邀请，我都会向主办方推荐你。有时候，对方不同意，我就极力为你争取。那时没有"红包"一说，主要是让你出门散散心，跟朋友多一些交流。生活太过封闭，容易引起心理疾患。

但不知为什么，你常会有一些让我摸不着头脑的反常举动：

那年陕西朋友约我去他老家，我在电话里请他也邀上了你。其间，他让我们给一个民营学校的学生讲课，我在你们几位讲完后最后拿起话筒，没想到刚开口你就把话筒拿了过去，重复你刚刚已经讲过的话题，一直到学生躁动起来，主持会的老师不得不宣布讲课结束。在场的一位评论家很奇怪，悄悄问我是怎么回事，我也很纳闷，只能理解你可能是平时这样说话的机会太少，有表达欲望吧。而我正好不想说话，这帮孩子根本没听说过我，那个学校也不过是看朋友的面子待我们以礼罢了。过了些年，湖南朋友让我找几个人给当地一个纪念馆题词，我马上就推荐了你。但我又一次没想到，跟当地作者见面时，你突然指着我那本给他们的赠书说，那是你推荐出版的。我当时真有点不知所措。首先，你说的不是事实。之前你在电话里告知打算向编辑推荐我时，我那本书已经付印了，当时我为了不驳你的好意没告诉你。即便你说的是事实，你觉得这样做有必要吗？当场我没有任何表示，事后我曾想问你这样做的原因，但放弃了。毕竟那就是一本小册子，出版了也就那么回事，较真很没有意思。以后有活动，只要我受到邀请，照样为你力争机会。

这一次笔会，因为你的稿子没有采用，我把其他作家的稿子发给你，让你了解这类稿子的叙述方式，一连发了几次都没有发进去。这才发现你设置了对我的文件的拒收。意识到，我一定让你不愉快了。如果真是这样，请谅解。我很浅薄，不懂得有时候好意也是可以伤人的。但作为老友还想多句嘴：一个人最重要的是心态好。心态好了，不光思维活跃，也有利于身体健康。打心里希望你心胸开阔，精神放松，快乐写作，安享晚年！

未知的世界

收到视频。谢谢你的好意。这类神乎其神的东西我不会看的。不止一位同行告诉我他或她通灵，我一律付之一笑。对世上所有的学说教义，我都保持尊重，也都保持距离，从不进庙门道观之类。

混迹大学的时候我认真念了两年宗教课程，多少知道一点皮毛。不搞专业，这种"学问"不需要"学富五车""皓首穷经"，抓住本质就行了。任何经典，只要是人写的，就都是世俗的见识。神秘主义者常常声称所谓"天书""神谕"之类，本身就没有底气。

一切不能证伪也不能证实的，都只能存疑，要不是善意引导，要不是恶意欺骗。我同意康德说的：超出我们的逻辑框架去认识事物本质是痴心妄想。

未知世界永远比已知世界广大。面对未知的世界，无疑应该保持谨慎和谦卑。我们可以做的是，一、认清自身局限；二、努力扩大已知的边界。对超出自身能力以外的事情可以想象，却不必迷信任何妄念臆说。

当然，人各有信仰，别人无可非议。你信这些，我无意反对，作为老友，只愿你从中得到真正的心灵平静。这才是最重要的。

好文章不问出处

几个信息都收到了。因为忙乱，一并作复：

一、认真读了你发在报纸副刊上的散文，挺好的。叙述流畅，用词准确，也有见地。你说贵省文学社团负责人说在报纸上发表而不是在纯文学刊物发表的散文不算散文，我莫名其妙。报纸刊物不过是媒介，文字是什么由文字说了算。唐宋根本就没有"纯文学刊物"，唐宋八大家写的是什么？岂不荒唐！文学有公认的普遍的标准，不是由哪个小圈子定的，我们的眼光应该看到真正的目标，不必被狭隘的心理局限。小圈子只能孤立自己，并不能像小圈子期待的那样抬高自己。

二、你转来的批评一位获奖作者散文病句连篇的网文，我没有看完。多注意别人的长处而不是短处吧。谁都不是一开始就成熟的，要学会善待同行的不成熟。专心写好自己的作品就好了。

三、很高兴你说最终会转到写小说。古今中外除了那些思想、学养、文采杰出的大家把散文提高到辉煌高度具有独立审美品格之外，一般散文更多的是一种大众化的基本的文字叙述。记得茅盾先生有一个很幽默的比喻：恋爱是诗，结婚是散文；作为一种辅助手段，小说中的环境描写、气氛渲染、情感抒发、心理独白单独成篇都是散文。诗不分行可读作散文；散文分行未必是诗。继叶芝和艾略特之后英国最重要的诗人奥登说：纯粹的诗的语言是学不到的，纯粹的散文语言则是不值得学的。所有的诗和小说作者都可以写散文，但所有的散文作者都要写出达到一般发表水准的诗或小说恐怕不容易。正因此，现代小说自出现以来，一直是文学的重镇，也一直是一个地域文学水准的标志。贵省新时期以来没有在全国有重大影响的小说家，不能不说是一种遗憾。就文学的整体而言，各类体裁无疑都应该得到平等对待和鼓励，但这并不等于它们之间的艺术成分没有任何差异。

期待你的小说成果。

原因在自己

读罢长信，很理解你的心情。我也不止一次遇到这种奇葩的事。人生在世，不如意事常八九，处理的方式大体有两种：从自己身上找原因和从别人身上找原因。有人说，这两种方式之别，是云泥之别。

《礼记·乐记》把事情说得更严重："好恶无节于内，知诱于外，不能反躬，天理灭矣。"

遇事不能反躬自省，反而无节制地表现自己的好恶，是不符合天理的。

这说法未免有一点上纲上线。遇到不如意的事，发泄不满乃是一种人之常情。我看待所谓"遇事不责备于人"，更多的是一种实用主义；责备他人，只能让事情恶化。是犯傻。

我迁居外省时，只带走了必不可少的衣物，其他的诸如书籍、收藏如果觉得别人用得着，就全数送人，余皆作废物处理。因为决定戒酒，把两箱酒让人帮忙分送给单位与我一样有刘伶之好的下属同事。那是一位知道我喜欢烈酒的高校教师受原产地朋友馈赠又特地转送我的，我因为珍惜而存放多年。收到酒的同事纷纷来电话表示谢意，只有一位晚辈不见回音，我以为他没有收到，打电话询问，对方明白告知："收到了，很便宜，我放在办公室。"我懵圈了好久。这样对别人好意白送并无须回报的礼物的反应，我是头一次遇到。

因为迁居忙乱，我随即就忘记了。十多年后，我把一本新书的书影发给微信朋友，回复自然多是祝贺，唯独这位晚辈回复的是"省级出的"。我再次蒙圈，很无奈地回了一句"不入法眼，抱歉"。

其实，静心想想，冲口而出的多是实话：酒价不属最高档，书出在某省出版社，都是事实。很正常。我觉得不正常，本身就是一种自以为是。继而想到：我之前的赠酒，并打电话询问，有没有曾经的上级对下属的施惠感呢？在微信上发布出书信息，有没有收获祝贺的潜意识呢？

我由此释然：错在自己老也摆脱不掉的凡尔赛恶习！友好是

情感，不是义务。除非真正亲密的人，世界上没有人是必须欣赏别人的。

当然，把自己出书的消息告诉同行，未必都是为了炫耀，有时候只是为了帮助出版社扩大作品的发行量，尽可能不让人家为自己赔钱。但即便如此也还是应该考虑对象的。作家大概是最不愿看同行作品的人。我对自己并不认可的作家也一样。这次教训，让我牢牢记住：从此打死也不要做自我广告这样的蠢事。

《孟子》说："行有不得，反求诸己。"网上有句话说得比亚圣生动："从自己身上找问题，一想就通了；从别人身上找原因，一想就疯了。"遇到不顺的事情，反躬自省，至少会少了许多烦恼。

上述心得，不知是否对你有用。见笑。

行文简浅显

20 世纪 70 年代末，我冒冒失失地闯进文坛，对眼花缭乱的文学世界一片茫然。有几年风行的"现代派""意识流""先锋主义"，我一头雾水，字都认得，就是不知道说什么。特地去听讲座，那一课讲的是卡夫卡的《变形记》：

一个以微薄薪金支撑家庭的旅行推销员，忽然变成了甲虫，没法赚钱了，于是被一家人厌弃，痛苦死去。故事反映了资本主义制度下唯利是图、漠视人性，人被挤压变形的悲惨现实。

讲课人罗列了"变形""潜意识""存在主义"以及弗洛伊德、萨特、荣格一大堆概念和名字，我越听越糊涂，觉得卡夫卡自己就很"荒诞"。不喜欢资本主义，像巴尔扎克们那样王瞎子算命照直说不就行了？何必这么麻烦？这个疑窦我一直搁在心里。四十年后，我在今年第二期《文学自由谈》读到你的"《变形记》的开头"，豁然开朗：

> 人在机器制造时代正不知不觉地被一点点物化，人性与灵性正被一步步侵蚀，人作为本体的存在越来越体现出一种虚无感。

"物化"和"虚无感"！一语中的。

我喜欢这种不虚不玄、明白畅晓的文字。启功先生书法联语"行文简浅显"我记忆甚深。曾读到一则关于青年题材小说的评论，万字篇幅，繁富概念，说明的只是青年读者常常从这类题材的作品中"窥"到作家的私密从而感同身受。也许理论就该这样，但是不是还该想想读者的辛苦呢？既然希望接受，就该尽量减少接受的障碍。大道至简，要言不烦。《老子》只有五千言；《庄子》是寓言；《论语》是语录；我本家高僧玄奘千辛万苦取经，到头却竹篮打水一场空。盖因其法相宗教义深奥烦琐，大众难以理解。而净土宗一句"阿弥陀佛"简单明了，禅宗干脆主张"不立文字""立地成佛"，自然大行其道。

另外，你的幽默而不油滑、深刻而不尖刻也是我极喜欢的。

不是稿子太多

这个书评是我去年写的，先给了一家行业报纸，编辑说正在评鲁奖，这类稿子太多，发不了。

我隔世久矣，早忘了评奖这回事，那本书的作者也根本不知道我写了这个书评，稿子并没有时效性，一时发不出，可以在评完奖后再发，"发不了"，是让我下台阶罢了。之前我曾有过担心，拙文认同的"典雅纯正"，说的是灯泡，有可能惹起秃顶的不快。果然编辑敏锐。文学似乎到了不容批评的时代。但我又如鲠在喉，不吐不快。得知贵报刚开了个评论栏目，稿子再发你一试。终被采纳，非常感谢！

不需要序言

老弟请我为小说作序，是看得起我。但我想说句掏心窝子话：最好不要请人作序。我这辈子出书不多，没有一本请人作过序。1983年有家出版社打算出我第一本小说集，要求有名家作序，我当时就谢绝了。出版社当然是为我好，但小说好，用不着序言说好；小说不好，序言说好有用吗？结果那本书没有出。我一点也不后悔。我后来出的书，有一二本是自序，最近将出的一本随笔集，用了一位同行四十年前的旧文做了"代序"，那旧文基本说的是我写作的囧况。

作序当然并不一定是"人之患"，我也给朋友作过序，但他们都不是文学同行，我说的也都不是跟文学有关的话。

我以为，作家最好让作品说话，不必借重任何人，行就行，不行拉倒。有一年参加"茅奖"评选，请名人作序的参评作品我一概不看（不一定对），那只能证明作者自己先就没有信心。况且我在文坛算不上什么角色，未必能给大作增色。不如你自己写一个前言，讲讲写这部作品的追求和甘苦，对读者更加有帮助。

以上看法供你参考。祝创作丰收！

到了总结的时候

这次你鼎力帮我出书，我极为感激。我才具贫乏，但颇多幸运。在我人生和写作的许多节点上，总会遇到真诚相助的贵人，你是其中一个。这次不能去京参加新书发布会（十年前参加作代会我就告诉过几位朋友是最后一次来京了，当时借古代同乡的"云无心以出岫，鸟倦飞而知还"说笑，其实是真心话），我觉得特别对不起你，但相信你会理解。

很感谢你让我写"创作谈"。但我的写作一直只有数量的增加，没有质量的提升。防疫期间把多年积累的零散文字编了几个集子，承蒙几位出版界师友眷顾，陆续出版。一时出书似乎较为密集，其实是一种假象，不值一谈。

忙忙碌碌快一辈子，到总结的时候了，我很为始终无法改善文字的夹生状态沮丧。最初获得一些好评的作品，其实是原型的成功，而那样的原型可遇不可求。今年出的那几本书，书名无意中构成了一种隐喻：在半个世纪写作的《漫长的路》上，像一叶《孤帆》挣扎在文学的河流，将消失于《无影无踪》。前些时《人民文学》给了我一个作者奖，显然是对一种认真努力的写作态度的鼓励，我很觉温暖。犹豫再三终于决定克服拘谨，去现场领奖，为的是当面感谢主办者的良苦用心。

小说散文随笔之类我肯定还会写的，大的作为则完全不可能了。能够认清这一点，放平心情，偏安一隅，是一种福气。这是我唯可自负的地方（一笑）。

精神到处文章老

大作拜读。五体投地。

一、如话家常，举重若轻，返璞归真，已入化境。

二、人生，世事，艺术，宗教，哲学，熔于一炉，炉火纯青。

三、儒释道，进得去，出得来。

四、中篇的长度，长篇的厚度。

五、精神到处文章老，学问深时意气平。

第
一
辑

第二辑

任何一个时代都不可能灭绝一个艺术家的基质。

庄子的魅力

对庄子的注意始于《史记》。据司马迁说，国王让人带了很多钱去请庄子做宰相，他居然说我宁愿在脏兮兮的小沟里自寻快活。这么个牛人，据说激动了一代又一代文学巨匠，其作被鲁迅盛赞"汪洋捭阖，仪态万方"，让秦汉以来的一部中国文学史差不多大半是在其影响下发展。就为这，有机会上大学时我特地选修了先秦的课程，直奔他而去。

庄子的时代，各类野心家、阴谋家"……争于气力"（韩非《五蠹》）。"无耻者富，多信者显"。但这一切都被所谓"仁义"的帷幕遮蔽了起来："彼窃钩者诛，窃国者为诸侯，诸侯之门而仁义存焉……"（《胠箧》）

庄子不仅看穿了"仁义"的虚伪，同时揭露了"仁义"的残酷：所谓"仁义"，乃是对人性的扼杀。他十分鄙夷地说："余愧乎道德，是以上不敢为仁义之操，而下不敢为淫僻之行也。"（《骈拇》）采取了他所在的那样一种时代那样一种社会地位的士所能采取的最积极的处世态度：不同流合污，不趋附权贵。同时提出了保持心灵完善不被扭曲、使精神获得充分自由的法则：物物而不物于物（《山木》）。不管荣辱毁誉，或进或退以顺任自然为原则，抱朴而行，耻于周旋俗务，"……不利货财，不近贵富；不乐寿，不哀夭；不荣通，不丑穷；不拘一世之利以为己私分，不以王天下为己处显"（《天地》），守持自己的人生信念，执着专一。显示出一种极高的人格美。

作为哲学概念，庄子的"道"包含着两个方面的意蕴，一是超越世俗，二是自然无为。挣脱一切精神桎梏，将自然作为心灵的归宿。真正体现了"道"的精神的人，把握六气的变化，游于无穷的境域，就是"抟扶摇而上者九万里"的大鹏也比不上。大鹏只有乘着风力才能飞往南海，"风之积也不厚，则其负大翼也无力"（《逍遥游》）。而真正的精神自由是"无所待"的，没有任何物质条件能够限制。

庄子说过许多否定艺术的话，也说过"彼知矉美而不知矉之所以美"（《天运》），说过"淡然无极而众美从之"（《刻意》）。他显然在事实上并没有排斥美；相反，他把他极力推崇的那种美认定为"天地之道，圣人之德"，他所说的"众美"没有理由认为不包括艺术美。

庄子对美的指斥和对美的推崇，同样基于他的愤世嫉俗。他指斥诸侯贵族用粗鄙的感官享乐取代精神性审美愉悦，赞赏洞庭之野的"咸池之乐"，说这种大自然在广袤的原野上奏出的乐章是阴阳的和谐来演奏，日月的光明来烛照的天乐（《天运》）。

美是自然之乐。自然是无为，亦即无意识无目的。美是按照这个自然无为的规律化育而成的自然美，无意识无目的自然而然地达到美的境界，而且是美的最高境界："朴素而天下莫能与之争美。"（《天道》）

摆脱了功名利禄缠缚的庄子，心神融化于自然，绝对排斥世俗的目的论，心灵获得无限自由："且夫乘物以游心，托不得已以养中，至矣！"（《人间世》）

从"原天地之美而达万物之理"（《知北游》）的逻辑出发，庄子提出了一系列的美学主张：

一、反对以伦理教化为艺术的唯一目的而戕害美。庄子指出：因为圣人出现，汲汲于求仁为义，天下就开始迷惑，人心失去朴实。礼乐离异了人的真性情，宣扬"仁义"体现礼乐的六律破坏了与天地之德相和谐的色彩和声音（《马蹄》）。强调"不刻意而高"（《刻意》），"覆载天地刻雕众形而不为巧"（《天道》），大力提倡艺术的真诚。

二、针对儒家理性对心灵活动的钳制，庄子指出并肯定了艺术直觉的存在和作用。"若一志，无听之以耳而听之以心，无听之以心而听之以气。听止于耳，心止于符。气也者，虚而待物者也。唯道集虚。"（《人间世》）艺术家有了这样一种感觉与理智相融合的超越性的艺术直觉，才能真正做出自己的美学选择。

强调美与真的统一。庄子要求"法天贵真，不拘于俗"（《渔父》）："真者，精诚之至也。不精不诚，不能动人。故强哭者虽悲不哀，强怒者虽严不威，强亲者虽笑不和。真悲无声而哀，真怒未发而威，真亲未笑而和。真在内者，神动于外，是所以贵真也。"（《渔父》）

庄子是浪漫的。他对自然、对真性情的崇尚，同南方"洞庭之野"的楚文化生气相通，最典型地体现了与儒家古典主义相对立的充分的浪漫主义。商周文化凝重典实，楚文化则奔放飞跃。

正是后者孕育了"寓真于诞，寓实于玄"（清·刘熙载《艺概》）的庄子。"文之神妙，莫过于能飞。庄子……殆得'飞'之机者。"（《艺概》）

庄子是雄浑的。庄子论美，时常同"大"联系在一起："天地有大美而不言"（《知北游》），天地何其广大邈远，这是最大的美。这似乎成为美的一个法则。这是一种观念，也是一种度量，一种气魄。使一切视野促狭，趋炎附势，蝇营狗苟于世俗名利者形容卑琐。

庄子是潇洒的。他"与物为春"（《德充符》），将自己的身心、性情、情感的表达直接转移到外物，使自己同对象化为一体："昔者庄周梦为胡蝶……不知周之梦为胡蝶与，胡蝶之梦为周与？……此之谓'物化'。"（《齐物论》）庄子并且由此希望别人读他的文章也应该"……得意而忘言"（《外物》）。

庄子在自己的生活和艺术中悠然裕如，一如庖丁解牛（《养生主》）。为人则一任洒脱，卓然自在，不随流俗俯仰；为文则极尽飘逸，"咸其自取"，如同"天籁"（《齐物论》）。

"夫得是，至美至乐也，得至美而游乎至乐，谓之至人。"（《田子方》）至美，恣肆的艺术表现；至乐，极度的心灵自由；至人，透彻的人生信念。正是这些，使得庄子及其美学观在中国真正的艺术家心目中产生了极为广大、极为深刻的魅力。

螳螂捕蝉本义

"螳螂捕蝉，黄雀在后"是人们耳熟能详的成语。其出处，一般的说法是西汉刘向的《说苑·正谏》："园中有树，其上有蝉，蝉高居悲鸣饮露，不知螳螂在其后也！螳螂委身曲附欲取蝉，而不知黄雀在其傍也！黄雀延颈欲啄螳螂，而不知弹丸在其下也！此三者皆务欲得其前利，而不顾其后之有患也。"以此警告利令智昏者遇事要深思熟虑，想到后果：蝉欢叫饮露——螳螂想捕蝉——黄雀要啄螳螂——下面的弹弓正对着它，蝉、螳螂、黄雀三者都为了得到眼前的利益而不知身后潜在的危险。目光短浅，没有远见，必有后顾之忧。

是对官员"匡君之过，矫君之失"的劝谏。

其实早于刘向一百年的韩婴《韩诗外传》就有"螳螂方欲食蝉，而不知黄雀在后，举其颈欲啄而食之也"。提醒当时的统治者"福生于无为，而患生于多欲"，必须节制欲望，"轻徭薄赋""使民以时"，避免战争；以"谦德"为立身行事的准则，即"德行宽裕守之以恭者荣，土地广大守之以俭者安，禄位尊盛守之以卑者贵，人众兵强守之以畏者胜，聪明睿智守之以愚者哲，博闻强记守之以浅者智"。

借以阐述谋士的策略主张。

再后来，清代纪晓岚的《阅微草堂笔记》记载一个"淫杀过度"的山东道士遭雷击"伏天诛"的故事后评论说："螳螂捕蝉，黄雀在后，挟弹者，又在其后，此之谓矣。"

援引而为拿因果报应吓人的道德教化。

总之，在儒学家们的演绎中，这个成语的本义逐渐被泛化、世俗化，因而浅薄化。

上面的几种理解和袭用，除了韩婴的"福生于无为，而患生于多欲"较为靠谱外，其他都与这个成语产生的初始境界相去甚远。

这个成语的源头当在先秦伟大思想家、哲学家、文学家庄子的《山木》：

庄子在雕陵转悠，看见一只奇异的鸟鹊从南方飞来，翅膀宽七尺，眼睛大一寸，碰着庄子的额头落在果树上。庄子觉得很怪：这鸟翅膀大却飞不远，眼睛大却视力差。于是快步上前，要用弹弓打下它。正静等时机，突然看见一只蝉，在浓密的树荫里美滋滋地待着；一只螳螂利用树叶遮掩就要扑上去捕蝉；那只奇异的鸟鹊紧随其后就要去抓捕螳螂。却不知道身后就是庄子的弹弓。庄子忽然惊觉：天哪，世上的物类原来是这样以利相诱，而相互牵累、相互争夺的！于是扔掉弹弓转身离去，让人哭笑不得的是，看守栗园的人又在他后面追着责骂。

回家后，庄子闷了整整三天。弟子问他为何"不庭"——就是不爽，庄子说：

吾守形而忘身，观于浊水而迷于清渊。且吾闻诸夫子曰："入其俗，从其令。"今吾游于雕陵而忘吾身，异鹊感吾颡，游于栗林而忘真，栗林虞人以吾为戮，吾所以不庭也。

白话大意是：我专注于外物而忘记了自身，看着混浊的水流而迷失了清澈的渊潭。而且我听老师说过："到一个地方，就要遵守一个地方的习惯与禁忌。"如今我来到雕陵就忘乎所以，奇异的鸟鹊碰上了我的额头，我在游玩中丧失了自己的真品性，以致受到管栗林的人的侮辱，因此很不开心。

这则寓言里，庄子不仅"睹一蝉，方得美荫而忘其身，螳螂执翳而搏之，见得而忘其形；异雀从而利之，见利而忘其真"，发出惊恐的感叹："噫！物固相累，二类相召也！"还看到了自己的"游于栗林而忘真"，以及身后的"虞人逐而谇之"。

经由这则寓言，庄子表现了高迈的哲学境界：彻底摆脱"物固相累"的人生魔咒，超脱于世俗利害，从而获得逍遥无恃的精神自由。他的一生也的确践行了这一观念——贫穷困顿，却鄙弃荣华富贵、权势名利，坚决拒绝了同宗楚威王做大官的聘请，不为物欲所累，在混浊的尘世中始终保持着自己人格的独立。

这是其后那些冠冕堂皇假仁假义的权谋、瞻前顾后患得患失的机心、蝇营狗苟谨小慎微的世故无可企及的。

"桃花源"在哪里

有史料载，柴桑（今九江）是晋朝大诗人陶渊明的故里。很多年前，我在这个县务过农，后来又参与过县里的文物工作。在我的印象中，因为没有社会地位，有关陶渊明的生平，除了他自己不算太多的传世文字，见诸其他社会历史文献的记载很少。

陶渊明死后十四年出生的沈约在《宋书·列传·隐逸》里列上了陶渊明，说他"曾祖侃，晋大司马"。此外，关于他的家世再无一言。陶渊明显然是沾了做过大司马的曾祖陶侃的光；陶渊明生前诗友颜延之写过《靖节徵士诔》，感慨多于史料；昭明太子萧统倒是编过《陶渊明传》，所依据的材料主要仍是陶渊明本人的夫子自道："渊明少有高趣，……尝著《五柳先生传》以自况，时人谓之实录。"

但那"实录"录的其实是精神情状，关于他本人的履历，仍是语焉不详。别人除了从中知道他的"宅边有五柳树"，并"因以为号焉"；知道他"闲静少言，不慕荣利"；知道他"好读书，不求甚解"；知道他"性嗜酒"，"期在必醉"；知道他的家"环堵萧然，不蔽风日"；知道他总是"短褐穿结，箪瓢屡空"；知道他"常著文章自娱"，"以此自终"。之外，则不知他是"何许人也"，闹不好是上古时候的老百姓："无怀氏之民欤？葛天氏之民欤？"

陶渊明显然不指望有谁会给他写悼词，也就不必留下写悼词的材料。他是清高了，却给靠他吃饭的后人留下了许多麻烦：

关于陶渊明故里，学者们歧义颇多，一直争论不休；陶渊明的生年，我在正式出版物上起码看到过三种不同的说法；至于"桃花源"在哪里，说法就更多了。

一说是在庐山脚下。依柴桑栗里为其故里说，以陶渊明那样贫穷的一个有文化的老农民，即便有雅兴旅游，能走多远？喝醉了酒，兴之所至，跌跌撞撞地在附近山垄转悠，"既窈窕以寻壑，亦崎岖而经丘"（《归去来兮辞》），忽发奇想，是再自然不过的事。当地文旅部门居然真的发掘出一处山林溪流村舍，称其酷似《桃花源记》中"先世避秦世乱"的"康王谷"，随即在交通要道俨然矗起高大的"桃花源"金字牌坊；而邻省湖南，不仅有桃园县，还真有像模像样的"桃花源"。某年，参加湖南文艺出版社办的笔会路过那儿，不由一愣；之后听说，皖赣接壤处又发现了一个"桃花源"。想想，一过彭泽就是安徽地界，当年还没有"不为五斗米折腰"的彭泽令在不得意的公务之余散心逾出了现今的省界，也不是不可能的事。

类似的公案看来永远不会有了断的时候。后人不过是借题发挥罢了。醉翁之意不在酒，甚至也不在山水，而在山水可能带来的经济效益。《桃花源记》所"记"，是否实有其地，实有其人，实有其事，并不重要。认真了，就不免迂阔。

然而对陶渊明来说，"桃花源"确实是有的——不在任何别处，就在他的心灵里。

陶渊明"是个非常和平的田园诗人。他的态度是不容易学的，他非常之穷，而心里很平静……还是'采菊东篱下，悠然见南山'。这样的自然状态，实在不易模仿……这是何等自然"（鲁迅《魏晋风度及文章与药及酒之关系》）。

鲁迅在这篇并非专门研究陶渊明的讲稿里用一再的强调明白而准确地给了陶渊明一个定位：

自然。

这自然是静穆的："暖暖远人村，依依墟里烟"，也是激动的："刑天舞干戚，猛志固常在"；是一种极度的简朴："甘天下之淡味，安天下之卑位，不戚戚于贫贱，不汲汲于富贵"，也是一种极度的奢侈："怀良辰以孤往，或植杖而耘耔。登东皋以舒啸，临清流而赋诗。"是一种释放："久在樊笼里，复得返自然"，也是一种选择："问君何能尔，心远地自偏。"

总之，是一种内在精神的富有，一种生命活力的蓬勃，一种健全人格的独立。

这样的"自然"，便是陶渊明心灵中的"桃花源"。

"桃花源"是文学想象，但并非虚无缥缈；是社会乌托邦，但并非不可企及。

在物质主义高涨的生态中间，一个身心疲惫的人果真能不在万丈红尘中迷失自己，复归本真，复归质朴，复归自然，那么恭喜，你就找到了"桃花源"。

回家的快乐

很多年前，我的一位同行一度改行从政，中途去职，回归写作，心里很不平衡。朋友为帮他散心，邀他参加采风，他自然应约，但特别要求：每到一地，必须有跟他在任时相同级别的领导宴请。朋友乃一介布衣，与当地领导八竿子打不到边，事情只好黄了。

我听说后觉得匪夷所思：权力哪里真是海洛因，那么容易让人上瘾，而且一旦上瘾就那么不容易戒掉？我那时涉世不深，听过几次名家以陶渊明作为人生楷模的讲座，以为文人，尤其是有名的文人，多少总有点傲气——说是酸腐气也行，不至于如此下贱的。

陶渊明是我的同乡先贤。他当年受不了官场的窝囊气，在职才八十多天就自己请求免去官职，收拾行装连夜离去，是多么的快乐："久在樊笼里，复得返自然"，就像飞出樊笼的鸟儿，开心得不得了。他那篇记载回家心情的《归去来辞》，我像无数人一样，读了又读，爱不释手：

船儿在水上轻飞，衣袂在风中轻飘。不住打听前面的路程，恨天亮得太慢。家里的田园快要荒芜了，为什么不早点回去呢？

刚刚看到简陋的家门，心里便一阵狂喜，奔跑上前。守候在门前的孩子们也飞跑过来迎接。

院子里，松树、菊花还长在小路旁；屋子里，美酒已经盛满了酒樽。端起酒壶、酒杯自斟自饮，倚着窗户，观赏庭树，深知这里才是寄托傲世之情的地方。一个人的本性是勉强不得的。曾经走入了迷途，违背本意去做官，为了吃饭而役使自己，身心都深感痛苦。好在走得不算太远，已经觉悟到现在的做法是对的，而之前的行为是错的。过去已不可挽回，未来还来得及补救。

回家后的陶渊明，重新做回了农民："种豆南山下，草盛豆苗稀。晨兴理荒秽，带月荷锄归。道狭草木长，夕露沾我衣……"；"……农务各自归，闲暇辄相思。相思则披衣，言笑无厌时……"（《归园田居》）；最惨的时候"饥来驱我去，不知竟何之。行行至斯里，叩门拙言辞……"（《乞食》）。即便如此，他也不求闻达，只愿结交志趣相投的朋友，与外界那些志趣不合的人断绝交游。小园的柴门经常关闭，听农夫告诉春天的消息，愉悦地跟亲戚朋友谈心；弹琴读书忘记了忧愁，园中散步成为乐趣。拄着拐杖走走歇歇，时时抬头望着远远的天空。无心的白云从山峰飘浮而出，倦飞的小鸟知道飞回巢中；日头即将落山，流连不忍离去，手抚着孤松欣赏良辰美景。有时驾着有篷的小车，走过高低不平的山丘；有时划着无帆的小船，探寻幽暗深邃的沟壑。树木欣欣向荣，泉水缓缓流动，登上东边的山坡放声长啸，傍着清清的溪流把诗歌吟唱；万物恰逢繁荣滋长的季节，而人的生命是如此短暂。

在陶渊明看来，身体寄托在天地间能有多少时候？为什么不随心所欲，听凭自然的生死？为什么心神不定，老想生活在别处？富贵不是我的愿望，升入仙界也非我所求。姑且顺随自然的变化，度到生命的尽头。乐安天命，还有什么可疑虑的呢？

比较古今两位文人的异同，都从过政，也都半途而废。一个是主动离职，一个是被动去职；都有著作问世，一个流芳千古，一个难免速朽；都有人生追求，一个重精神，一个重物质；都讲究品位，一个是质性自然，一个是质性庸俗。总之，一个是"羲皇上人"，一个是凡夫俗子。二者形同云泥。

陶渊明的《归去来辞》脍炙人口，千古传诵。可惜的是，许多人只是用它装点门面，就像鲁迅说的"……雇花匠种数十盆菊花，便作诗，叫作'秋日赏菊效陶彭泽体'"。很可笑。而可恶的则是，一些恨不得天下风光占尽的利禄之徒，却总喜欢请人书"云无心以出岫"之类挂在客厅里。

《荔枝赋》感叹什么

每年六月荔枝挂果的季节，岭南各地都会举办盛大的荔枝文化节。地处亚热带的广东，河网交织纵横，土地肥沃，全年气温较高，雨水充沛，林木茂盛，四季常青，各种水果终年不绝，"岭南佳果"品种多达五百多个。其中的荔枝与香蕉、菠萝、龙眼同称"南国四大果品"。

自古以来，荔枝就是贵族、平民均皆喜悦的美食，更是文人墨客乐于吟咏的题材。

荔枝最早出现于文人笔下，见诸汉代司马相如的《上林赋》，时称荔枝为"离支"。"离枝之后，其变甚速"（白居易《荔枝图序》）。唐朝杜牧的"一骑红尘妃子笑，无人知是荔枝来"（《过华清宫绝句》），宋朝苏东坡的"日啖荔枝三百颗，不辞长作岭南人"（《食荔枝二首》）句出即不胫而走，是脍炙人口的千古名句，而今几乎成为岭南和荔枝的名片。

早在杜牧和苏东坡之前，张九龄在任桂州都督、充岭南道按察使的公务之暇，就饱含激情地写了《荔枝赋》，以生花妙笔对荔枝作了最为全面的礼赞，大意如下：

荔枝是果中美者。受东方的气韵，得南方的精华。顺应着自然，生长于偏远，安静平和地经历冬寒暑夏而不凋零。下方主干粗大可合围而挺拔，上方树阴浓密可遮田亩而浑圆。紫色的纹路中透出深红，青黛的叶子立于浅黄的树枝，蓊郁葱茏又如繁露鲜润，盘绕重叠而又缠绕飞扬，像车盖铺张，像帷幔漂浮，云霞烟雾升腾，仿佛栖息着孔雀与翠鸟。有灵气的树根盘踞的地方，不高也不低，既鄙视洼地的低湿，又厌恶层崖的高险。

木神来临，南风吹送，水气蒸腾，馨香溢发，绿色的花穗一串串，浓郁的芬芳一阵阵。花朵不事张扬，只为果实甘美。有意培育敦厚的根本，没有文采而有奇妙的品质。果蒂像芍药的子房聚集，外皮像龙鳞一样紧密，内膜饱含润洁的水分，明玉一般的果肉，还没有沾上牙齿就仿佛要融化。世有五味，荔枝的味道无与伦比，胜过琼浆玉液，再精彩的语言也不能说尽。听到的人会欢喜而企望，见到的人会惊讶而扬头。愤怒可平息，疾病可忘却，比天降的甘露还要神奇。与柑橘、葡萄之类相提并论，是古人的一个过错。

敞开厅堂门窗，嘉宾好友会集，时节的炎热让人烦躁，只要有了荔枝，人们便身心舒畅。荔枝是华美宴席上的珍品，更能补益元气，调理内脏，谁都不会餍足这种甘美。

四时果品中最珍贵的荔枝，荣耀决不该只局限于某一个地域。以它的高贵，可以敬献宗庙。可惜难以逾越十里长亭，九重宫门。五岭山高入白云，千里江岸生清枫，这么美好的生物处于偏僻之地。柿子可得到梁侯称赞，梨子有幸被张公赏识，只因机遇的不同，荔枝的命运令人嗟叹。其中的奥秘有谁能说清楚？

张九龄是唐朝韶州曲江（今广东韶关市）人，7岁已有文名。他的诗作《感遇》二首，列《唐诗三百首》第一。其中"草木有本心，何求美人折"一联，是他高洁情操的写照。他的五言律诗情致深婉，《望月怀远》一句"海上生明月，天涯共此时"唱绝千古。他的语言素练质朴，对扫除唐初所沿习的六朝绮靡诗风，贡献尤大，被誉为"岭南第一人"。他同时是一位有胆识、有远见的政治家，尽职守责，直言敢谏，选贤任能，不徇私枉法，不趋炎附势。作为开元盛世最后一个名相，唐代唯一由岭南书生出身而位列中枢的高官，他深受时人尊崇，王维、杜甫都作有赞美他的诗篇。作为既有权位又受人钦慕的文坛宗匠，一直为后世敬仰。

然而张九龄的仕途却并不平坦，不止一次遭到排挤和贬谪。《荔枝赋》的写作，便是在他的人生低潮时期。

荔枝是作者家乡的特产，色、香、味俱佳，且营养丰富，药用价值极高，"岂一座之所荣，冠四时而为最。夫其贵可以荐宗庙，其珍可以羞王公"，但却"亭十里而莫致，门九重兮曷通……何斯美之独远？嗟尔命之不工，每被销于凡口"。在这里，作者找到了荔枝与才智之士的契合点，为荔枝亦为遭受不公正待遇的人叫屈，对不能做到"人尽其才""物尽其用"的社会加以痛切的质疑。表面写荔枝，实际写人才；表面波澜不惊，实则静水深流。正所谓有感而发，不平则鸣。没有个人命运的切肤之痛，就不会有如此意味深长、发人深省的不刊文字。

作为朝廷命官，张九龄借荔枝呼吁重视人才为世所用；作为岭南之子，张九龄对家乡的物产饱含挚爱。因了如此的大力推介，荔枝名扬天下，赢得代代青睐无数。这是九泉之下的张九龄应该欣慰的吧。

鳄与驱鳄

一千二百多年前的潮州，是闭塞的化外之地。溪流中的鳄鱼随时噬食人畜，为祸猖獗。

公元 819 年———一个特地选择的黄道吉日，天高云淡，阳光灿然。到任不久的潮州刺史在万千民众的簇拥中，立于高坡，俯临鳄溪，声色俱厉地宣读讨伐鳄鱼的檄文：

维年月日，潮州刺史韩愈使军事衙推秦济以羊一、猪一，投恶溪之潭水以与鳄鱼食，而告之曰……

接下来是条达、顿挫，宽紧相济，气雄势深的传檄。以"正正堂堂之阵"，奉天讨罪，义正词严，又有礼有节：

……羊豕以食之，礼也；导之归海，仁也；不听则强弓毒矢随其后，义也。享其礼，感其仁，畏其义，安得不服！

（储欣《唐宋十大家全集录·昌黎全集录》）

待之以礼、晓之以理之后，就是凌之以威、绳之以法了：

倘若不肯"俛首远退"，继续"杂处此土"作恶，那刺史就要挑选有才干、有技能的官吏和民众，操起强硬的弓弩，安上有毒的箭镞，来消灭"为民物害者"。

必尽杀乃止。其无悔！

判决极为严正、果决、犀利。不仅要杀，而且要斩尽杀绝。诛杀的方法，也写得明明白白，以示绝对的把握。以"其无悔"三字作结，斩钉截铁，戛然而止，尤见峭劲。正是韩愈自己说的"气盛则言之短长与声之高下者皆宜"（《答李翊书》）。

"公至末年，道气益壮厉，文益雄搜。"（蔡世远《古文雅正》卷八）《鳄鱼文》纵处辞约，擒处辞峻，雄健一以贯之。以致有人说："韩公前身当从神道中来，其精神通鬼神而走风雷。"（郭正域《韩文杜律·韩文》）

然而，谁能想到，这位威严端肃的地方首官在出发来这里的时候是一个戴罪之身。

正月，皇上迎佛骨，长安掀起信佛狂潮。从来坚定正派、心直口快、不畏强权的韩愈上《论佛骨表》，居然说佛骨误导天下，奉佛就位会短寿，云云。皇上大怒，要处以极刑。幸得一干重臣乃至皇亲国戚说情，才改作贬谪。

离开京城的时候颇为凄惨。韩愈已年过半百，离去世只有六年了。被押送出京不久，家眷即被赶出长安，年仅12岁的小女儿染恶疾死在驿道旁。策马行出蓝关，后来成为传说中八仙之一的侄孙韩湘赶来送别，韩愈写下著名的《左迁至蓝关示侄孙湘》，将胸中块垒化作笔底波涛：

> 一封朝奏九重天，夕贬潮州路八千。
>
> 欲为圣明除弊事，肯将衰朽惜残年。
>
> 云横秦岭家何在？雪拥蓝关马不前。
>
> 知汝远来应有意，好收吾骨瘴江边。

前路茫茫，此去九死一生。心灰意冷，悲从中来。

韩愈是里程碑式的人物，有"文章巨公"和"百代文宗"之名。作为唐代古文运动的倡导者，他"文起八代之衰"（苏轼），作为语言大师，他创造的许多词语，成为后世享用的成语。这样一位巨儒，依然命乖运蹇。

从公元 792 年登进士第，韩愈开始了仕途跋涉。十一年后，不顾安危上疏关中大旱灾情，被贬到粤东阳山任县令。十三年后，又遭贬谪，去的又是粤东。

然而，韩愈毕竟是韩愈。他会痛苦，却不会在痛苦中倒下。

流放的风尘尚未抖落，韩愈便导演了一场当地旷古未见的大戏。

驱鳄鱼只是开天辟地的首场。

当地人农事不知水利为何物；女子沦为奴婢终身不得自由；人文教育更是无从谈起。凡此种种，对别人可能是一种打击，对韩愈却是一种激发。他把蛮荒当作戏台：驱鳄鱼，奖农桑，修水利，放奴婢，兴教育，选人才，对一片化外之地以文化之，给潮州大地染上中原文明的浓墨重彩。一片原始、悠远、荒凉、沉寂的土地，开始发生亘古未有的巨变。

潮州是我母亲的故乡，我多次去过潮州。每次去，都会在韩山韩公祠镌刻的《鳄鱼文》前停留。

对《鳄鱼文》，历来也有不同看法。一说《鳄鱼文》呆气，"试问鳄鱼一无知嗜杀之介虫"，岂知"天子""文章"？（林纾《韩柳文研究法·昌黎文研究法》）一说《鳄鱼文》虽然文章好，但"因时代文化科学的隔膜，木然无味"；一说韩愈作文"好游戏"（清·李光地《榕村语录》卷五），《鳄鱼文》不过是一篇游戏文字；等等。

其实《鳄鱼文》已经说清楚：鳄鱼"冥顽不灵，刺史虽有言，不闻不知也"。韩愈明摆着是借题发挥。十分认真地探究一种装出来的"呆气"为什么是"呆气"，岂不是更可爱的"呆气"？

鳄鱼和驱鳄鱼是一种象征：前者是一种恶，后者是一种仪式，《鳄鱼文》则是宣言，宣示文明一定战胜野蛮。恰因此，它才是如此气势如虹。

最为让人感动的是有幸受韩愈关爱的潮人。他们蒙昧但知道谦恭，闭塞但向往文明，淳朴但懂得感恩。没有夜郎自大的拒绝和排斥，没有自作聪明的投机和取巧，没有过河拆桥的蛮横和无情。韩愈去后，他们立祠千年祭祀，将韩愈奉若神灵：祭鳄之地名"韩埔"；渡口名"韩渡"；鳄溪易名"韩江"；江岸山峰易名"韩山"；街、店、校、树以韩为名；民众竞相易姓为韩。韩文更被神化，民间传说言之凿凿：因为《鳄鱼文》，恶溪之水西迁六十里，潮境永绝鳄患。

韩愈在潮州未满八个月，却给潮州打下了不可磨灭的烙印，注定要在潮人心里永远住下去。当地文人仿韩愈《左迁至蓝关示侄孙湘》，写道：

一封朝奏九重天，夕贬潮州路八千。

八月为民兴四利，一片江山尽姓韩。

韩愈"诚心实政，自足感人。山水易名，流风百世，伟哉！"（蔡世远《古文雅正》卷八）

这是韩愈的成就，更是文明的胜利。

所以动人是至情

我国诗歌中，我特别喜欢唐诗。喜欢的原因也有些特别，就是它明白畅晓，不像《诗经》《楚辞》中有那么多不认得的字；也不像今天有的白话诗，字都认得，却不晓得说的是什么。

李白的《赠汪伦》应该是最为人熟知的例子之一，全文四句发之如顺流之舟，平实得跟今天人说话一样，完全用不着现代汉语翻译。中国诗的传统讲究含蓄蕴藉，宋代诗论家严羽就归纳了作诗"四忌"："语忌直，意忌浅，脉忌露，味忌短。"然而，《赠汪伦》的特点恰恰是语很直，意很浅，脉很露，坦荡，真率，毫不含蓄。古人写诗，忌讳在诗中直呼姓名，以为"无味"。而《赠汪伦》从直呼自己的姓名开始，以称呼对方的姓名作结，不仅不"味短"，反而因其亲切而格外"味长"。整首诗也恰恰是因其"意浅"而格外"情深"。

《赠汪伦》历来受推崇的是它的质朴："直将主客姓名入诗……亦见古人尚质，得以坦怀直笔为诗。"（《唐诗摘抄》）"……何等气力，何等斤两，抵过多少长篇大章！又只是眼前口头语，何曾待安排雕镂而出之？此所以为千秋绝调也。"（《此木轩论诗汇编》）"相别之地，相别之情，读之觉娓娓兼至，而语出天成，不假炉炼，非太白仙才不能。"（《唐诗笺注》）林林总总，不一而足。

关于《赠汪伦》的原委，清代袁枚的《随园诗话补遗》说道：唐天宝年间，泾县人汪伦听说李白就在邻近，写信给李白："先生好游乎？此地有十里桃花。先生好饮乎？此地有万家酒店。"李白欣然前往。到了泾县，汪伦才说："桃花"是潭名，并无"十里桃花"；此地只有一家酒店，店主姓"万"。如此而已。

桃花潭在今安徽泾县西南百里。某年采访泾县宣纸厂，主人特地领我去过。一个偏僻老旧的小村，一条小街在残照里懒懒地卧着，街上少见行人，两边的门板大都关闭，一二杂货小店，门庭冷落。不由暗想，一千多年前这里会是怎样的景象呢？

如果袁枚的"补遗"是有根据的，那么汪伦显然是用谎言把李白骗去的。然而这却是一个美丽的谎言，恰恰是出于对李白极其真诚的崇敬。李白临别，汪伦多有馈赠，船要离岸，又领着村民在岸上踏歌送行。

晚年的李白，穷困潦倒，身患恶疾，投靠族叔李阳冰，终逝于当涂。泾县之行是他壮游天下之后见诸文字的最后一次旅行，对这时的他来说，不论桃花潭水是否"深千尺"，汪伦的盛情都是怎样形容也不为过。

这种朴素无华但是发自内心的情感，我有过一次亲身的经验。

那年我在鄱阳湖一个渔岛小住，岛上只有一个村小，一位教师，十来个留守儿童，分一、二年级两个班，教师在两个班来回讲课。人少，但语、数、体、音、美一样不少。有一天教师家里临时有要紧事，我正好闲着，便去代课。

二年级那个班的语文课上的是李白的《赠汪伦》。

我让学生跟着我朗读。拢共六个孩子，声音杂乱，有一句没一句。有个女孩两只手抱着头，扑在课桌上，肩和背很厉害地耸动。

朗读暂停。几个孩子抢着告诉我：她娘老子在外地打工，今天就要接走她了。

外面有人敲窗玻璃，说是来接女儿的，我只好宣布下课。

冬天才过，水还枯着，湖湾浅，篙子撑着湖岸，船缓缓移出湾子。船上的女孩紧抱桅杆，不肯下船舱。几个孩子拉着我一直在岸上跟着。

"老师，莫让她走！"

有个孩子忽然揪着我的裤腿尖叫了一声。跟着响起一片哽哽咽咽却整整齐齐的朗读声：

李白乘舟将欲行，忽闻岸上踏歌声。
桃花潭水深千尺，不及汪伦送我情。

"好句好意，放之又放，达之又达。只'桃花'之情，千载无人可到。"（《批点唐诗正声》）

我的眼睛一片模糊。

"太白于景切情真处，信手拈来，所以调绝千古。"（《唐诗解》）"……不雕不琢，天然成响，语从至情发出，故妙。"（《唐诗选脉会通评林》）

是的，从心灵最深处发出的情感就是诗情。诗情不需要矫揉造作，正如至情不需要花言巧语。

"诗不必深，一时雅致。"（《李杜二家诗钞评林》）又岂止诗，举凡天下文章，不发自至情，再怎样庄严神圣，精深雅致，都打动不了人心，相反只能露出骨子里的虚伪和机心。

千杯少与半句多

　　一位朋友发来很伤感的微信，说他在微信朋友群突然发现许多同事和学生在一些重大的社会性问题上，表现得十分极端，使他"震惊而且悲伤"，甚至"绝望"。他曾经在大学教书二十年之久，从未想过会出现这种情况："我以为我以前的同事和教过的学生，都像我上大学时那样，至少是把斯文当回事的。想不到也会变得如此粗鄙、野蛮、狂妄、凶狠。"尽管有朋友劝他"不妨看看多方面的思潮，更多了解社会"，但是他觉得这种劝说"也许有道理，只是我不习惯。因为我比较有洁癖"。

　　我很理解这位当过大学教授的朋友的"洁癖"。

　　由此想到九百多年前的大诗人欧阳修的《春日西湖寄谢法曹韵》：

　　　　　酒逢知己千杯少，话不投机半句多。
　　　　　遥知湖上一樽酒，能忆天涯万里人。

　　这是欧阳修非常有名的一首诗，其中的"酒逢知己千杯少，话不投机半句多"，收入了中国古代儿童启蒙书《昔时贤文》，中国人几乎家喻户晓，耳熟能详。此诗明白畅晓，表现了诗人的内心世界以及处世的态度，堪称一绝：如果遇到与自己心灵相通的人，就好好畅谈。如果彼此不投机相契，说半句话都嫌多。

与前面那位朋友相比，我更喜欢欧阳修的旷达。人海茫茫，遇人无数，不可能全都会与你成为朋友。每个人都各有经历，各有故事，各有因为这些经历和故事带来的社会认知，即便是相同的社会地位、教育背景，因为思想方法的不同，人生追求的相异，也未必就一定能说到一块；即便曾经有过密切的交往，也难免有一拍两散的时候。

网络是一个公共平台，各种各样的信息汹涌泛滥。严肃的，无聊的，高尚的，卑鄙的，深刻的，浅薄的，文雅的，粗俗的，善良的，恶毒的，林林总总，无所不有。但微信却是可以选择的：与谁交友，不与谁交友；接受邀请，不接受邀请，或交了友、接受了邀请又加以删除；进群，不进群，或进了群又退群；等等，把握全在自己。

不能合拍的人，无论师长、学生、同行、同事，还是微信上认识不认识的朋友，不与交往就是。与其把时间浪费在无用的社交上，不如静下心来，调整好自己的社交方向，结交有素养有见地的优秀人物。因为跟优秀人物相处，不仅能开阔视野，相处也不累。

人与人之间，难得是真心，难觅是良友。支点不同，就无法相处；三观不同，就无法沟通；志趣不同，就无法相融。所谓"道不同，不相与谋"就是这个意思了。所以，完全用不着"绝望"。

看到一则网文，说人生有两者必须具备：一是合脚的鞋，一是合拍的人。

合脚的鞋，让脚舒服；合拍的人，让心舒服。合脚的鞋，能护你前行；合拍的人，能暖你心灵。合拍的人就是懂你的人，一句话语就能让你长精气神。人这一生，可以不富有、不成功，但是一定得有合脚的鞋、合拍的人。鞋子漂不漂亮不重要，重要的是合脚；朋友是多是少不重要，重要的是意气相投。泛友多多，莫如知己一二。合拍的人，就是能够走进你心里的人，哪怕只有一个有质量的知己也足够了。这就是鲁迅说的"人生得一知己足矣"。

某位高人曾送我几句让我茅塞顿开的话：

我们活在世上，不是为了求人理解。

有对立面并不是错事。完全没有必要与对立面苦苦争执。

清者自清，浊者自浊。无论什么事，做好了，自觉对得起社会良心就足够了，没有必要争取认可。

用不着的东西，再好也是垃圾。别人怎么看你，和你毫无关系；你要怎么活，也和别人毫无关系。

人们在社交中之所以痛苦，往往是因为交错了朋友。

窃以为，自身具有价值的人并不需要跟太多的人挤在一块。从根本上说，一个人只能与自己达致最完美的和谐。懂得尽量减少需求以保存或扩大个体自由，是真正的人生智慧。

对那些趣味庸俗、道德欠缺、智力低下或者反常的人，不与其交往就是不稀罕这些人。任凭他们唾沫四溅，张牙舞爪，最好的态度还是鲁迅说的：无言是最高的轻蔑，连眼珠也不转过去。

虽然欧阳修的年代与我们相距很远，但"酒逢知己千杯少，话不投机半句多"一样使人感同身受。穿合脚的鞋，交合拍的朋友，走自己选择的路，也就成为与人交往的一个重要原则。

第
二
辑

庐山真面目

一千六百多年前创建的庐山西林寺，为庐山北山第一寺。自晋至唐宋一直鼎盛。建寺近四百年后的一天，贬谪中的苏轼由此经过，与友人逛了几天庐山。在西林寺的一面墙壁上，题写了传为千古的《题西林壁》。

国中名山，庐山拥有的历代歌咏数量恐怕居于首位，而在我的心目中，苏轼的《题西林壁》又居于所有歌咏的首位。儿时第一次听说庐山，便是因为《题西林壁》：

横看成岭侧成峰，远近高低各不同。

不识庐山真面目，只缘身在此山中。

苏轼在庐山写下的记游诗不止一首。《题西林壁》是全部感受的总结：正、侧、远、近、高、低，所处方位不同，得到印象不同，庐山的真正面目，端的是没法认清。这里不单是诗人对自然的审美，也是哲人对社会的审视，是在宦海沉浮中的感叹，也是对世道人心的穿透——由于各人地位不同，出发点不同，同样无法认识世间的全貌。

宋以前诗以言志、言情为特点，宋之后出现了言理诗风，另辟唐诗之外的蹊径：因物寓理。《题西林壁》就是一个范本：语言异常浅显，寓意十分深刻，说出了前人未曾说出的意境："当局者迷，旁观者清"，即受制于认识条件，当事人无法看清事物的真相。

这一揭示，让一位文学家在不经意间成了哲学家。从主观与客观、心理与环境各个角度探究"真相""遮蔽""视野"，一直是古往今来中外哲学探究的重大命题。当下的疫情中，我就看到一个十分有益的见解："幸存者偏差。"

"幸存者偏差"针对的是一种常见的逻辑谬误，即正反两面，只强调一面，忽略另一面。最明显的例子莫过于交通事故。根据统计，飞机失事的数据远低于其他交通工具。但因为飞机失事的每一次数据都被记录，并被媒体大肆报道，让许多人都怕坐飞机。而其他交通工具的事故因为报道较少，大数据沉默，反而给人以更安全的感觉。

另一个最常见的非理性现象是只看到经过某种筛选之后的结果，忽略关键信息。如"长年卧病的亲戚用了某名医的祖传秘方立刻就痊愈了"之类，这些似乎可靠的数据都属于偏差数据，并不包括可能更多的同样求过那位名医、用过其祖传秘方而根本无效的数据。

与小骗子的直接造假不同，"幸存者偏差"是大骗子的生存密码。他们的惯技就是极力夸张一面，绝对屏蔽另一面，通过强化个别案例，让人关注看得到的，忽略看不到的，无视甚至视而不见那些沉默的有效数据。多年来，各种神乎其神的万能药、保健品、养生经，甚至酒和茶都利用了这种"幸存者偏差"大行其道，"吸金"以至"吸血"，造成悲剧。

耳听未必真，眼见未必实。需要的是打破惯性思维，看到显性证据后面的隐形证据，在各种超常识的喧嚣里，注意到那些无声表达；在骗子煽起的群情骚动中，去发现隐藏的真相和那些被有意遮蔽的部分。

古罗马思想家西塞罗讲过一个故事：有人展示一幅信众祈祷拜神的画，说："这些拜神的人在随后的沉船事故中都活了下来。"有听者问："那些祈祷后被淹死的人有画像吗？"

显然，如果淹死的人能复活，骗子就没戏了。

可惜生活中常常有许多人缺乏这样的清醒。

而对《题西林壁》的重温，正可以让我们在艺术欣赏的同时获得这样的清醒。

《题西林壁》高远的意境闪烁着哲理的光芒，既有峰岭的形象予人美感，又有隽永的哲理启人心智，是感性的花朵，也是理性的果实；是文学的杰作，也是哲学的收获。对我们廓清历史迷雾和分辨现实是非无疑有着深刻和深远的意义。

西林寺元为兵燹，明修又毁，此后长期不复。20 世纪 90 年代初，听说西林寺重建，特地去参观过一次。我对寺庙素无兴趣，心心念念的是那面《题西林壁》之壁。自然是痴心妄想。不过，我并不因此遗憾，因为"西林壁"是可以与《题西林壁》存世的。

善恶是非终须论

"吾上可陪玉皇大帝，下可陪卑田院乞儿，眼前见天下无一不好人。"我最初看到苏东坡这段话是在林语堂的《苏东坡传》，最初的理解是体现了苏东坡的平等思想：我高高在上时可以陪玉皇大帝，落到贫民收容所时也可以陪乞丐，在我眼中天底下没有一个不是好人。就是说，他眼里人都是平等的，没有高低、尊卑、贵贱之分。

后来渐渐看到越来越多的后人评论，这句话的意义已远不止于此，而是无限放大为苏东坡儒家仁爱、佛教慈悲的博大胸怀的佐证了。在这些评论中，苏东坡首先是个大好人，可以让人拿他的字去换羊肉、帮人家画扇子卖钱还债等，更主要的是对屡次迫害他的政敌毫无恨意、毫不报复，反而在人家倒霉时写信去劝慰，介绍自己流放的经验以使对方也能在流放中过好日子甚至养生。因为他"眼前见天下无一不好人"。不仅文章"大"，人格更"大"。

无论有意无意，苏东坡这一说法都有某种针对性。生活中不乏跟他截然相反的人："眼前见天下无一不坏人"，心里堆满了垃圾情绪，活着的最大兴趣就是背后说别人坏话，即使实在没有非议的口实，对方也从来没有招惹过他，只要觉得有优于他的地方，也至少要毫无根据地说人家一句"品行不好"。这样不负责任的阴暗诋毁，自然是一种很不幸的心理疾病使然，听的人未必相信，但对当事人则构成一种很消极的困扰。倘若我遇到这种事，一定是如芒在背，总会想着睚眦必报。对照苏东坡的器量，一面惭愧自己的狭隘，一面又难免嘀咕：他真的是"眼前见天下无一不好人"吗？

而历代的许多文人对此的肯定是毫无保留的。

林语堂在《苏东坡传》里几乎把苏东坡说成了一个神话：伟大的人道主义者，皇帝的秘书，百姓的朋友，巨儒政治家，好法官，大文豪，创新书画家，工程师，造酒师，养生家，月夜徘徊者，酒仙，小丑……比中国其他的诗人更具有多面性天才的丰富感、变化感和幽默感，智能优异，心灵却像天真的小孩……

上述种种加起来，苏东坡就是蛇的智慧和鸽子的温文的合体。这样的"多面性天才"是不可复制的，至少我们常人还是趁早死了这条心的好。

而且，我还有一种愚见："无一不好人"的"天下"，乃是无差别境界。这样的境界除了存在于苏东坡式的幽默，实际生活经验中并不存在。如果这样的"人格"被普泛化，那么世上大大小小的各种善恶、是非还要不要有个分辨呢？如果"不好人"都被看成好人，那是不是对好人的不公呢？如果完全不讲是非，不讲为人正直，不讲主持公道，那是不是世故、圆滑、懦弱乃至猥琐呢？如果一个社会普遍崇尚世故、圆滑、懦弱乃至猥琐并且自以为聪明，会不会构成对社会正义乃至见义勇为、仗义执言的嘲弄呢？

苏东坡"眼前见"的是不是真的"天下无一不好人"，我们无法由亲见加以证实，只能姑且认可他本人的文字和其他文人的颂扬。只是有一个基本事实不能不存疑：果真如此，他何来差点丢了性命的"乌台诗案"和后来一而再再而三的流放呢？

某年我出差苏东坡流放过的广东惠州，在资料上看到一个故事：有一天他拍着肚子让身边的人说说里面装着什么，大多数的人回答自然是一肚子学问、一肚子文章之类，只有厄难中与他不离不弃的下层歌女说是一肚子不合时宜。苏东坡大笑，说："还是你知道我！"这当然也是传说，但我愿意相信它的可能性：苏东坡先后跟朝廷上政见对立的两派都闹别扭，正是"一肚子不合时宜"，也就是一肚子好恶，一肚子臧否，一肚子是非。"天下"谁是不是"不好人"，心里明镜儿似的。至于表不表达，怎样表达，那是另一回事了。

西班牙作家葛拉西安在名著《智慧书》里说，对无端加害自己的人，最好的报复是忘记。忘记是最彻底的蔑视。比他早出生近六百年的苏东坡更早阐发了这样的智慧。我想，这才是千年以来人们仰慕苏东坡的理由之一吧。

文化巨子与小人物

"苏轼"是一个被说得太多的话题，无数人对他的崇拜无以复加。他像阳光一样耀眼，以致人们注意不到贯穿在他人生中的那些微尘般的小人物。

好在，苏轼不是薄情人。这些小人物的身影，不时在他的诗文中闪现。

1079 年，晦暗的春天。九死一生的诗人走出御史台，由仕宦而成流人；由繁华京都到偏远小城。

整整四年又四月，竹笠草屐，晨兴暮归。黄州团练副使为养活一家二十余口必须开垦荒芜的坡地，中国最伟大诗人的行列中有了"东坡居士"。与渔樵杂处，与僧侣烹茶，与同好饮酒或夜游，不知东方之既白。

散文佳构《记承天寺夜游》真实记录了其中片段。开篇的月色写得极富人情：门庭冷落，唯月光毫无势利，来与"罪人"作伴。诗人睡意顿消，披衣而起，欣然相迎。随后与寓居承天寺的张怀民"相与步于中庭"。

"何夜无月？何处无竹柏？但少闲人如吾两人者耳"。"闲人"者，看是自嘲，实是自负：月夜处处有，弄月有几人？不无悲凉，也不无欣慰："怀民亦未寝"，正在意料中。一个"亦"字，二人意趣的相投尽出。

由苏辙《黄州快哉亭记》可知，文中的张怀民，名梦得，字怀民，河北清河人，在苏轼谪黄州快满四年时也被贬到黄州。

所谓人生得一知己足矣。一个清冷的深夜，一个郁郁失意的放逐者，有一个同样不汲汲于名利而能从容流连光景的人，陪伴自己徘徊于"如积水空明，水中藻荇交横，盖竹柏影也"的"庭下"，是多么难能可贵！

倾心友人，江上明月，山间清风，伴随诗人纵情挥洒。一词二赋，震古烁今，一段绚烂的文学史凝固成"赤壁"。

1094年，苏轼又一次因言获罪，被贬到当时的蛮荒瘴疠之地惠州。

苏轼一生，构陷者无数，仰慕者亦无数。无论顺境逆境，纵使天各一方，后者皆对他一往情深，不离不弃。

《昙秀相别》《别王子直》《卓契顺禅话》见于苏轼的惠州杂记。昙秀、王子直、卓契顺，先后不远千里来惠州看望落难的苏轼。前两位是苏轼老友；第三位是寺院杂役，奉的是其学佛的老师苏州定惠寺守钦长老的派遣。昙秀与苏轼做伴十天；王子直待了七十天；卓契顺与苏轼见面即返。

他们交往的表达，在极端的平淡中见出极度的真挚。

分手的场景皆感人至深：昙秀"将去"，苏轼问，你回去，带点什么给你那些"山中"人呢，昙秀说"鹅城清风，鹅岭明月"，只怕他们没处放呢。与王子直作别，苏轼特赋七律：你我隔着万里白云山，你来到时一身衣衫已经破烂，我真想头戴幅巾随你而去啊。

最富戏剧性的是卓契顺。涉江度岭，风餐露宿，徒步数千里，到达惠州时已鼙面茧足，形同野人。刚见面，苏轼笑问：带礼物了吗？卓契顺两手一摊（"顺展两手"）。苏轼假装失望：可惜你跑了几千里，却是空手而来。卓契顺做了个挑担的姿势（"顺作荷担势"），转身即去。卓契顺说的是禅话：空手而来，满载而归。

读过苏轼多少诗文，这个寺庙杂役，最是难忘。

苏轼在惠州最重要的伴侣，无疑是王朝云了。

微贱的钱塘歌女，声色艺慧兼备，抛却大好青春，认定了命乖运蹇的诗人，不惜随之万里投荒。从钱塘到岭南，从繁华跌落凄凉。朝为云而暮为雨，几多柔情！

> 花褪残红青杏小。燕子飞时，绿水人家绕。枝
> 上柳绵吹又少。天涯何处无芳草。
> 墙里秋千墙外道。墙外行人，墙里佳人笑。笑
> 渐不闻声渐悄。多情却被无情恼。
>
> （苏轼·《蝶恋花·春景》）

诗人拙于谋身，直道而行，一再被贬，"多情却被无情恼"是自我解嘲。只有王朝云，能唱出诗人最深的心思；只有王朝云，知道他"一肚子不合时宜"。

"朝云不久抱疾而亡，子瞻终身不复听此词。"

十二入苏家，二十为侍妾，三十四竟长去，带走了失子的哀

伤和病苦，连同妙曼的歌吟和灿烂的笑。照亮暗淡岁月的最后一抹亮光，熄灭在岭南的松林。

"不合时宜，唯有朝云能识我；独弹古调，每逢暮雨倍思卿。"

月华如水，空照湖山。再没有执手，再没有多情风月。"伤心一念偿前债，弹指三生断后缘。"（苏轼·《悼朝云》）

苏轼没有辜负他们。惠州三年，诗词文章，名篇迭出。贫瘠之地因而流光溢彩。"一自坡公谪南海，天下不敢小惠州。"

敬者仰止，妒者切齿，威权莫可奈何。庙堂的对头唯一能做的是将其推入绝境。

相去京城几千里的海南，是中原人眼中的天之涯、海之角。俗谚："鬼门关，十人去，九不还。"唐宋流人经此而死者迭相踵接。有宋一朝，放逐海南是比满门抄斩仅轻一等的处罚。

1097年，62岁的苏轼，孤身携幼子，踏上琼海的万顷波涛。他告诉亲人准备好了"生还无期"；告诉友人"某垂老投荒，无复生之望……今到海南首当作棺，次当作墓。乃留手疏与诸子，死则葬海外。"

对于一个年逾六旬的老人，这是一段相当艰难的日子：

> 此间食无肉，病无药，居无室，出无友，冬无炭，夏无寒泉，然亦未易悉数，大率皆无耳。
>
> ……
>
> 岭南天气卑湿，地气蒸溽，而海南为甚；夏秋之交，物无不腐坏者；人非金石，其何能久？
>
> （《答程天侔书》）

一位朝廷使者到海南来探查谪官的情况，发现苏轼受到当时县令的礼遇，住在官舍里。于是，县令被免职，苏轼被逐出官舍。

当地百姓欣然接纳了苏轼。在自己的村庄边为他辟地架屋，帮他割草砍木（"借我三亩地，结茅为子邻"）；送给他黎被、吉贝布（"遗我吉贝衣，海风令夕寒"）；大清早，他还在床上睡觉，当地猎人就来敲门，把刚刚猎获的鹿肉分给他，或者是捧来制好的槟榔（"槟榔代茗饮"）。他在槟榔树下同农夫畅谈，他们给他讲鬼怪故事，"华夷两樽合，醉笑一杯同"。一位老农妇见他与土人一样头顶西瓜走过，打趣说："内翰昔日的富贵，有如一场春梦。"他笑着回敬，叫她"春梦婆"，并援以入诗："投梭每困东邻女，换扇唯逢春梦婆。"他去当地人家串门，下雨了，主人就给他笠帽、蓑衣和木屐。他踩着泥泞的村路回家，群犬争吠，村人大笑，他开心唱道："躄舌倘可学，化为黎母民。"

苏轼是活力强劲的树，黎母民是深厚的土地。站在文化的角度，落难者是胜利者：失去了帝王的恩宠，得到了民众的爱戴。

海南因此成为苏轼展示天才的舞台，其著述进入巅峰时期。"东坡文章，至黄州以后人莫能及，唯鲁直诗时可以抗衡。晚年过海，则鲁直亦瞠乎其后矣！"（朱弁《风月堂诗话》）

海南流放，让苏轼的文学成就冠盖群伦。

历史的悖论决定了：落寞者成圣。千年以来，多少帝王将相早已湮没无闻，而苏轼始终高高屹立。

成就苏轼的原因，是他的人生有着强有力的支撑。

卓越的才华、优异的个性和绝对的自信，是苏轼人生的三大支柱。而这自信，来自民间社会由衷的尊敬和热爱，其中除了正直的仕途同道和艺文同好，更多的是杂役、歌女、黎母民之类名不见经传的底层小人物。

这是一个历经磨难的文化巨子最大的骄傲！

《烧饼歌》《郁离子》及命运

小时候听大人们说过明朝刘伯温的《烧饼歌》。说是有一天皇帝正在吃烧饼，听说神机妙算的刘伯温要觐见，把刚咬了一口的烧饼盖在茶碗里，刘伯温进来后，问："先生深明数理，可知碗中是何物？"刘伯温掐指一算，回答："半似日兮半似月，曾被金龙咬一缺，饼也。"皇帝开心，随即问以天下后世之事。刘伯温讲了一通道理后，念出三首预言性的诗，便是后世所谓《烧饼歌》。

中国称文明古国，自然不乏满腹经纶的奇人异士，他们观天象、论五行，得知天数、窥探未来，为使先见不遗，能为后辈补赎，留下或歌或诗的预言，以引喻暗示为未来留下伏笔，指望后人能够心领神会其中的玄机。刘伯温的《烧饼歌》是其中之一。

其实，刘伯温正儿八经的著作很多，其中有文学性的是《郁离子》。郁，文采；离，八卦之一，表火；郁离，文明，意谓天下后世若用斯言，必可抵文明之治。"郁离子"则是刘伯温的托称。作该书时，他正值盛年，此前的半生很不得志，以致弃官归隐，发愤著书。《郁离子》共十卷，十八章，详细谈论了端正思想、谨慎行事、修缮法纪、推崇规劝、审时度势、任用贤才，以仁义道德治理百姓，明了吉凶祸福的苗头，通晓古今事业成败得失云云，包罗万象，解疑去惑，文辞富丽，比喻工巧，以道为本兼与儒家，立意与行文变幻奇诡，颇得庄子精髓。后人评价说其锋芒令人敬畏，其言之凿凿如同治病的药物、不可或缺的五谷。写这本书，本来只是寄望于为后世所用，没想到书成不久，他即出山，作为亲信谋士，助朱元璋建立了大明王朝。元朝不用他，元亡；朱元璋用他，明兴。真是天下兴亡系于一身。不愧为元明鼎革之际举足轻重的"政治家""军事谋略家"乃至"诗文大家"。

　　无论庙堂还是民间，刘伯温都被说得很神。说他有过目不忘的本领，一本天文书，看一遍马上就能背出，主人要将书送他，他说书已经在我胸，要书何用？20岁，已经获进士第，志在天下。其学问足以探究天、地、人的奥秘，学识足以通晓所有事物的情状，气足以改变军队的首领；民间传说中的刘伯温更是天神，因天下大乱，玉帝令其转世行辅弼之职，可以号令四海龙王，以定天下，造福苍生。他先知先觉，料事如神，"前知五百年，后知五百年""三分天下诸葛亮，一统江山刘伯温""前朝军师诸葛亮，后朝军师刘伯温"的说法广为流传；他本人对自己的评价也毫不客气。其《行状》说他年十四即从师受春秋经，且"默识无遗"。身居元之乱世，为官却刚毅不避强卫，不惜退隐，具战国豪士之风；按时序名列吕望、张良、孔明之后，出谋划策，西平江汉，东定吴都，席卷中原，一统天下；精通易学，识整体，辨阴阳，明天道，观气象，知象数。天文、地理、兵法、谋略，皆了然于胸。寰观天下，洞悉变迹，掌握先机，能测未来天下大势流变恒数百年。在天地之间卓然不群，与古代的豪杰并无差别。

的确，刘伯温的一生都在为历史戏剧推出一个又一个高潮，而最后的谢幕却未免让人慨叹唏嘘。

洪武三年（1370）十一月受封诚意伯。四年，赐归。居乡期间隐形韬迹，唯饮酒弈棋，口不言功。即便如此，还是难免攻讦而夺禄。入京谢罪，留京不敢归，忧愤致病，吃了朱元璋派胡惟庸带去的御医的药石更其不适。八年，遣使护归，自知来日无多，交代后事。让儿子在他死后向皇上密奏他的临终遗言，以贡献最后的心意与所学。一个月后，卒于故里，享年65岁。传其死后身首异处，不得不以黄金铸头。为了保藏真实的尸骨，葬时有三十六座墓冢。

一百三十九年后，明朝第十一位皇帝诰令，说他"慷慨有志，刚毅多谋，学为帝师，才称王佐""占事考祥，明有徵验；运筹画计，动中机宜"，是"渡江策士无双，开国文臣第一"，故"今特赠尔为太师，谥号文成"。文成县名即取自这个谥号。经纬天地为文，安民立政为成，合言之，文成就是经天纬地、立政安民的意思。

但这些，对一个消逝如烟的生命，毫无意义。

那天，我从静谧的小城走进幽深的百丈漈峡谷。经过盈川巨石、蔽天古枫、从二百多米的绝壁飞流直下的瀑布，攀上海拔六百米高的陡立的通天岭，来到刘伯温故里南田乡。

明清建筑刘伯温庙、参政公祠、忠节公祠、盘古亭、辞岭亭、武阳亭、刘伯温故居及刘伯温墓历历犹存。"帝师"与"王佐"的牌楼空余在与乡民杂处的庙前。故居为五开间。现存有他48 岁弃官归隐后修建房舍碑志、石臼等物。《明史·刘伯温传》说他"邑令求见不得，微服为野人谒见。基方濯足，令从子引入茅舍"，可见房舍的简陋。

村背的水岸长廊镌刻了《郁离子》。那一年，刘伯温就是从此迈过单拱的石桥，走出青山，走进江湖。

回首，无尽的苍茫，无边的落木。漫长的人生，磨尽最初的喜悦与热血。在我看来，刘伯温的命运是个谜：

一位对前后五百年洞若观火的人，却似乎未能预见自身的命运。他是大儒，不乏"天下有道则显，无道则隐"的心志；他心仪庄子，《郁离子》的取材多有依傍；他的诗文时有陶渊明的超然飘逸，时有白居易的经世致用。他岂能不明白进退的道理，也并非没有过徘徊的惆怅，最终却相信了自己过人的聪明。

他成于这聪明，也亡于这聪明。

难道仅仅是缘于对自身的偏爱，他才执着？难道必须到了饮恨苍天的时候，才能完全明白：一个人真正的、最大的聪明，其实是甘于平凡与寂寞？

八大山人的文化意义

八大山人（1626—约1705），一个王孙，一个和尚，一个疯子，一个画家，一个众说纷纭的人，一个难以确认的人，一个扑朔诡谲的传奇，一个挑战智力的难题。三百五十年来，他留给我们的是一个极模糊又极清晰、极卑微又极伟岸的身影。

甲申之变，大明王朝一夜之间轰然倒塌，一个曾经高踞在芸芸众生之上的王孙忽然之间跌入万丈深渊，由大明宗室的天潢贵胄，变成了一个国破、君亡、"父随卒……数年，妻、子俱死"、"窜伏山林"的逃亡者。

家国巨变成为贯穿这位逝者一生的无尽之痛。噩梦几乎伴随了他的一生。他在战栗和挣扎的孤恨中走过自己凄楚哀怨的人生。或避祸深山，或遁入空门，竟至在自我压抑中疯狂，自渎自谑，睥睨着一个在他看来面目全非的世界。他最终逃遁于艺术。

八大山人的书画题跋和诗偈中，充满禅理、禅义、禅机，禅门典故、话头、机锋随处可见、层出不穷。他不像其他禅门高僧，以对话或教训的方式阐释自己的禅学观点，而是以此与自己对话，直抒胸臆，成为其人生观的代言。

真正伟大的文化使命的承担者似乎命中注定了与苦难同行。

作为大明宗室的后裔，倔强的八大山人终生未仕，拒绝与清政府合作。他用干支和岁时纪年，从来不在自己作品中使用清朝帝王的年号。类似的细节乃是一种独特的人生况味的隐秘抒发。他无力与命运抗争，却又无法克制内心的痛苦。正是这种扭曲的外部世界和扭曲的内心造就了一个伟大的画家，一个将绘画的语言发挥到登峰造极并赋予崭新生命的画家。同时也使他成为一个最难读懂的画家。

八大山人是有自我保护意识的。今天的我们应该庆幸这种自我保护意识。因为它在自我保护的同时也保护了中国艺术史最为宝贵的那一部分精华。倘若八大山人也像他的挚友澹雪和尚一样因为"狂大无状"而死于非命，那中国艺术史就不会有他在晚年留下的那些非凡篇章了。对于民族、国家乃至世界的文化史，八大山人作为一个画家还是作为一个勇夫，其意义的高下显而易见。

有学者指出，后人对八大山人最大的误会，莫过于给予他的政治定位。这是颇有见地的。

给八大山人以简单的政治定性，甚至推测为直接参与抗清活动的斗士：他削发为僧是一种掩护；他当寺院住持是把寺院变成抗清据点；他在临川住了一年多而"忽发颠狂"走还南昌，是因为胡亦堂胁迫他降清，不得已"佯狂"逃避；他喝醉了酒满脸通红直到眉头（《题花卉册·芙蓉》："胭脂抹到眉"），是将官员影射作出卖色相的妓女……"有关部门和团体"甚至以"收集整理"的名义组织依据上述臆想编造他抗清复明的"民间故事"，诸如此类，都是预先给他设定一个政治角色，再据此加以论证或猜测。这样的主观臆断，其实是一种意识形态愚昧。

仅仅从政治行为的角度来理解一个艺术家，太过单薄了。决定了八大山人命运的政治给予他的全部影响已经内化为一种以强烈甚至怪异的姿态表现出来的艺术精神。对八大山人简单化、庸俗化的政治色彩上的刻意强化，并不是对八大山人这样一位卓越艺术家的品格的提高。

八大山人的精神世界包括他的政治态度，并不是单向的、一成不变的，如果我们真的想要理解他，那就不应也不必回避他处世态度中的自相矛盾，从而理解他曲折多变的心路历程。

活跃于清初画坛的四位画僧石涛、弘仁、髡残、八大山人皆明末遗民。八大山人与石涛有太多的共同点：都是明朝宗室后裔；都经受过家国之变，有过逃禅而后还俗的曲折；都是中国画坛革新的巨擘，才情卓绝的艺术家；都以自己的艺术劳动为生存手段；等等。

但他们之间的不同也是鲜明的：

较之石涛作品的精致唯美让人叹为观止，八大山人的作品有一种更强烈、更坦诚的全身心的苦恼、焦灼、挣扎、痴狂，人们可以立即从笔墨、气韵、章法中发现艺术家本人，并且从根本上认识他。

同样是背离烟火气味的贵族气息，石涛温雅，八大山人冷峻。

在社会生活上，石涛遍游江湖，名满天下，上朝帝王，下交名流，生活富裕，养尊处优；八大山人囿于一隅，流离于民间，"阘迹尘埃中"，淡泊孤寂，郁郁而终。

八大山人没有石涛一些作品里的躁气和媚气，即以笔墨质量而言，有清一代，没有对石涛笔墨精妙的评价。照郑板桥的说法："八大名满天下，石涛名不出吾扬州。何哉？八大用减笔，而石涛微茸耳。"（《题画·靳秋田索画》）

性格决定命运。内在冲突的深刻性决定艺术家及其艺术的品质。苦难是艺术家成长的沃土，至少在八大山人身上，是确凿的至理。石涛曾被看作清代最杰出的画家，但随着对八大山人认识的深化，耿介悲情的八大山人当时就被公认位列四大画僧第一。

八大山人常常被一些研究者塑造成一个单纯的愤怒的艺术家，其丰富的艺术世界被诠释为简单的国仇家恨的传达。这样的认识，其实降低了八大山人艺术的价值。八大山人在将自己的价值立场、生活方式和感情状态植入绘画语义系统的同时，其与众不同的绘画语言和符号所表达的文化断裂和文化失语的创伤感远远强过政治上的失落感。人生遭遇的坎坷与文化素养的优越性形成的心理落差的特殊性与复杂性，给八大山人的艺术认识带来无限的丰富性，最终形成了我们今天看到的他的艺术的特有品位和魅力。作为中国文化传统的卓越继承者，他不仅强烈地表达了自己，也深刻地表达了他的时代。

对于后人，八大山人最重要的意义，在于他空前超凡的艺术。关于八大山人无论有多少争执、异议、不确定，有一点是确凿无疑的，那就是：他超脱了时间。一个不妥协的人创造了不妥协的艺术。

历史的巨变是个人无法左右也无法逃避的。一个艺术家的悲哀在于他无法选择自己的时代，但一个艺术家的优异也显现于他自己无法选择的时代。任何一个时代都不可能灭绝一个艺术家的基质：平庸的时代可以产生超越平庸的艺术家；而天翻地覆的时代可以造就空前绝后的艺术家。从根本上说，八大山人最终都只是一个纯粹的艺术家。八大山人不仅仅属于政治——尽管他一生都受制于政治，而属于内涵更大的文化；不仅仅属于一个大明王朝——尽管那是他心里永远的痛，而属于整个中国的文明史；不仅仅属于一个朱氏家族——尽管那姓氏对于他永远不可更改，而属于整个人类。

进士与退士

中国古代，国家通过征辟任命官员，只有有士资格的人才有被征辟的机会。进士，就是指一个人通过了国家的统一考试，获得士的地位，进入士阶层，有机会被征辟、有资格做官了。从唐朝第一次科考开始，到 1905 年废除科举，近一千三百年的时间，进士都是国家机器的主角。进士是功名的尽头，是所有读书人梦寐以求的人生目标。此之所谓"洞房花烛夜，金榜题名时"。作家自不例外。吴敬梓《儒林外史》第十七回说道，古代许多著名作家都是进士出身。

我读书很少，却偶然看到一个以"退士"自号的，即《唐诗三百首》的编选者"蘅塘退士"。

蘅塘退士本名孙洙，因为自幼家贫，为考取功名吃了颇多苦头。传说他寒冬腊月读书，常握一木，因为依五行之说，木能生火敌寒。到 40 岁才中进士。然而，他的仕途似乎不怎么顺利，尽管为官清廉，仍曾遭人诬陷革职。告老还乡时两袖清风，"囊橐萧然"。他敏而好学，能诗善文，书似欧阳询，诗宗杜工部，有《蘅塘漫稿》《排闷录》《异闻录》等著作传世。《唐诗三百首》是他在任期间由才女夫人协助经过多年精挑细选、分类甄选编出的。署名"蘅塘退士"颇耐人寻味。其深谙官场、不恋仕途，似乎可由这个"退"字，见到端倪。

多年来，笔者走南闯北，在许多古代遗存的私家园林，见到不少"退思亭""退思楼""退思园"之类，大抵是一些失去权力的老官僚自命清高、自我标榜却不过是吟风弄月、颐养天年的去处。像孙洙这样的"退士"并不多见。

《唐诗三百首》有感于当时通行的《千家诗》选诗标准不严，体裁不备，体例不一，"工拙莫辨"，以既好又易诵为选诗标准，以体裁为经，以时间为纬，专就唐诗中脍炙人口之作，择其尤要者编辑一部唐诗选集取而代之。由于所选作品体裁完备，风格各异，富有代表性，又通俗易懂，老少咸宜、雅俗共赏，刊行后广为流传，以其务实的编法、适中的篇幅、精美的趣味，成为中国文化的模范读本，很大程度上影响了中国诗歌选编学乃至中国人的心理构成。在众多唐诗选本中始终以流传最广、影响最大，成为风行海内、屡印不止的最经典选本。孙洙之后，各种唐诗选本层出不穷，但影响过《唐诗三百首》者，未曾与闻。至今尚存的三百余种唐诗选本中，最为流行而家传户晓的还是《唐诗三百首》。不敢断定是不是"几至家置一编"，但有《唐诗三百首》的中国人家肯定不在少数。

蘅塘退士的"退"，不是消极，不是装腔作势的超然，是有所为有所不为。让我想起一个唐朝和尚的诗：

> 手把青秧插满田，低头便见水中天。
> 心地清净方为道，退步原来是向前。

现实中我们也常常见到孙洙这样的"退士"。有前辈同行早早退出各类正式和非正式的社交圈子与相关活动，至耄耋之年，依然笔耕不辍。友人以文学业已式微，小说早没人看了，劝其搁笔，其笑答："之所以我行我素，不过是惯性使然，与社会功利毫无关系。"

姑不论其写作实绩如何，仅是由此显示的生命活力的旺盛，就让我钦佩不已。

进与退，本身并不等于价值判断。进而碌碌无为，尸位素餐，甚至贪赃枉法，为非作歹，人格退化，人已非人，这样的"进"，其实是退；退而不失志趣，心态健康，最好淡泊宁静，不染俗尘，人格修洁，更上层楼，这样的"退"，其实是进。进与退，全在自我把握，跟别人的说长道短无关。

何以为"家"

某年出差，路过清朝名人袁枚的祖籍浙江慈溪。

少有才名，擅长诗文。进士出身，授翰林院庶吉士。当过县令，后辞官隐居，广收诗弟子，女弟子尤众。活得很滋润，82岁去世。

袁枚是诗人、散文家、文学批评家，然而在历代文人中，无人可比的头衔是美食家。

其有大著《随园食单》。

《随园食单》首开全面、系统、深入探讨中国烹饪理论先河，对食材的采办加工，烹调装盘，菜品用器，以及当时国中多地美食，作了详尽的论述和点评鉴赏，集经验、理论之大成，体大而虑周。作为划时代的烹饪典籍，代表着中国传统食学发展的最高水准，影响卓著，可谓中国饮食的圣经。而作为中国古代最著名的美食鉴赏家、理论家，袁枚也成为中国古代当之无愧的"食圣"。

"平生品味似评诗，别有酸咸世不知。"袁枚立食为学，并为之孜孜努力。数十年如一日，留心各种饮食的特点和烹饪技术，学习菜方，作集保存，致使《随园食单》"颇集众美"，精要独到、生动深刻、系统完备地阐述了饮食理论和厨事法则。其菜谱囊括海鲜、江鲜、特牲、杂牲等十多个方面，且滋味盎然，充分体现出他的食馔审美，全无一般菜谱的枯燥与流水账。所记载下江地区为主的数百种精致肴馔、名茶、美酒等，均确记原料、制法、品质、由来，时间跨度从元末至清中叶，至今仍极具参考价值。

在袁枚这里，食味与诗味，治味与治诗，在哲学美学上是相通的。作为清代文坛性灵派代表人物，他主张诗文应写性灵，写个性，写个人生活遭际的真情实感，推崇性灵，标扬自我，重味中之旨，强调诗味真实自然、自我适意却又不乏超然韵致与生趣。而"饮食亦然"。认定"味欲其鲜，趣欲其真，人必知此，而后可与论诗"。他公开声明饮食是大学问，自认其学术生涯和成就相当一部分是食学，说自己的食学成就不在诗学成就之下。他甚至认为人生与国家大事莫过于饮食，世间万事万物"知己难，知味尤难"，"治菜"并不亚于治国、治军。公开宣称自己"好味"，与"君子谋道不谋食"的道统圣训直接违背；他把饮食作为安身立命、益人济世学术毕生研究并取得了无与伦比的成就；他把饮食提高到艺术的高度，肴品制作艺术化，追求极致化结果；他系统提出了一系列科学饮食、文明进食戒律，乃至厨师规范并为厨师立传，认为"作厨如作医"，并非一般意义的烧菜，好的肴馔是美食行家与"良厨"共同努力的结果，等等。所有这些，他都是中国历史上的首倡者。

与袁枚的用心用功相比，后世的"美食家"就省事得多了。我好几位同行，有的偶尔写了篇饭馆题材的小说，有的出了个记录自己四处吃喝的小册子，有的去电视台做过跟饮食有关的访谈，就都成了"美食家"。当然这里的"美食家"已经不是集修养、知识、趣味于一体的尊谓，不过是一种调侃，一种娱乐，图的是开心而已。

在我们的日常生活中，只图虚名不顾其实的现象远不止于饮食。我自己就是一个现成的例子。

20 世纪 80 年代初，我在中国作协文讲所进修，假日去一位编辑老师家蹭饭，很兴奋地告知他我打算跟班上同学一起集体申请加入中国作协，没想到对方微笑着问：你才发表了一个短篇，就成"作家"了？闹了我个大红脸。

然而，我不长记性，过了些年，同样的毛病又犯了。

我做过一段社团工作，去基层出差，常常被人要求拿毛笔题字。时间一长，居然有人在介绍时称我为"书法家"，我竟安之若素，毫不脸红，不加纠正。直到有方家朋友提醒，我才涩然汗出，赶紧罢手，文房四宝悉皆送人，免得哪天忍不住手痒再做蠢事。俗话说事不过三啊！

事实上，任何事物，一旦没有了质的规定性，其本来的价值也就随之消解，剩下的自然就只能是笑料。问题是，如果仅仅是笑料且自己又不在乎被人耻笑，倒也罢了，如果冒充的是"学者""专家"，登坛传道、悬壶济世，那造孽可就大了。

"病梅"病因

有清一代文学家，龚自珍是我印象较深者之一。他像一颗耀眼的流星划过晚清晦暗的天空：27岁中举，38岁中进士，48岁辞官，次年暴卒，享年不足半百，因其思想的精锐和著作的成就被誉为"三百年来第一流"（柳亚子语）。其名句"避席畏闻文字狱，著书都为稻粱谋"和"我劝天公重抖擞，不拘一格降人才"，从小就耳熟能详。

散文《病梅馆记》则是我记忆最深的一则小品。

《病梅馆记》写了盛产梅花的江浙一带当时的一种风气：

为了迎合梅"以曲为美""以欹为美""以疏为美"，而"直则无姿""正则无景""密则无态"的观点，有人把这种好恶作为品梅的标准，告诉卖梅的人，"斫其正，养其旁条，删其密，夭其稚枝，锄其直，遏其生气"，即砍掉端正的枝干，培养倾斜的侧枝，除去繁密的枝叶，甚至折断嫩枝，阻碍它的生长，来谋求大价钱。于是那一带的梅都成了病梅。

文章用语辛辣，表现形式和手法极为特殊。段段写梅，处处写梅，通篇写梅——产梅之地、夭梅之由、叹梅之病、疗梅之志、之法，夹叙夹议，透过植梅、养梅、品梅、疗梅的生活琐事，由小见大，写的是"梅"，重点在"病"。

姑且不论这篇写于鸦片战争前夕的文章是怎样的借题发挥，托物言志，也姑且不论这种与妇人缠足恶习无异的审美情趣是多么扭曲变态，仅仅就是这种把某一类人的好恶作为标准，"以绳天下之梅"，将"天下之梅""斫直""删密""锄正"的做法，就大可讨论。

物质产品必须"标准化"，而精神产品必须千姿百态，这是谁都认可的道理。

与《病梅馆记》写作相距三年，远在欧洲的马克思发表了《评普鲁士最近的书报检查令》，酣畅淋漓地质问：你们赞美大自然令人赏心悦目的千姿百态和无穷无尽的丰富宝藏，你们并不要求玫瑰花散发出和紫罗兰一样的芳香，但你们为什么却要求世界上最丰富的东西——精神只能有一种存在形式呢？

没有证据表明马克思读过《病梅馆记》，但他们观点的实质惊人地相似。唯一不同的是，马克思笔下的普鲁士还能"赞美大自然令人赏心悦目的千姿百态和无穷无尽的丰富宝藏"，而龚自珍笔下的"文人画士"却"有以文人画士孤癖之隐"，以赚钱为诱惑，强行要求"鬻梅者""斫""删""锄"，刻意制造"病梅"。这就等而下之了。

循着这样的思维逻辑，进入社会层面，必然导致对个性的扼杀乃至对人才的戕害。

《病梅馆记》进一步指出："才士与才民出，则百不才督之缚之，以至于戮之"，"徒戮其心，戮其能忧心、能愤心、能思虑心、能作为心、能有廉耻心、能无渣滓心"。只要出现了有正气有才能的士或人，就加以督责、束缚、摧残，斫正删密锄直，从而排斥刚正之士，剪除有用之才，阻遏蓬勃生气，豢养奸佞邪恶的小人。由此，作者激愤地抨击："文人画士之祸之烈至此哉。"这里的"文人画士"自然指的是走狗帮凶。

"予购三百盆，皆病者"，为病梅而"泣之三日"，特地开设一个病梅馆来储存它们。作者由病梅写到病梅馆，最后用"呜呼"引出议论。发愿"誓疗之"——假如"多暇日，又多闲田"，就要"广贮……病梅"，"穷予生之光阴以疗梅"："毁其盆""悉埋于地""解其棕缚""纵之顺之"，在最短的期限里，"必复之全之"，一定要在完全自然的状态下使它们恢复、使它们完好。为此，"甘受诟厉"，谁爱骂就骂去吧。

龚自珍对病梅的"誓疗之"明显有一种堂吉诃德式的悲剧感。且不说他的"生之光阴"是那么有限，就是他能长命百岁，凭他一人之力，又能救得了多少病梅呢？

但不管怎么说，这样的悲剧感是令人尊敬的。

王国维的境界

一

1927 年 6 月 2 日。晨光开启。王国维按部就班，一切都平平常常，与往日无异：

早起，盥洗，早餐，书房小坐，到办公室，发觉给毕业研究生评定成绩的试卷、文章未带，命研究院听差从家中取来，认真评定，随后与研究院办公处有关人士谈下学期招生事甚久，借洋二元，对方给了五元钞票，出办公室，雇人力车，往颐和园，于昆明湖鱼藻轩吸烟。

十一时左右，忽然跃身水中。

一代鸿儒无声消殒于逐渐平静的涟漪之下。

之后，人们发现其头天所写的遗书，条理清晰，考虑周密，足见不是仓促寻死。遗书开头的"五十之年，只欠一死。经此世变，义无再辱"，给生者留下种种疑窦，其自沉之因成为一个久说纷纭又难以确论的谜。

与王国维同为清华导师，且精神相通、过从甚密的陈寅恪持"文化殉节"说，先是以"殉清"论王之死，后又认为："凡一种文化值衰落之时，为此文化所化之人必感苦痛，其表现此文化之程量愈宏，则其所受之苦痛亦愈甚；迨既达极深之度，殆非出于自杀无以求一己之心安而义尽也。"

尽管这一持论无以考证，但以一遗民绝望于清室的覆亡，以一学者绝望于一种文化的式微，生无所据的一介书生选择了一去了之，这样的逻辑庶几是可以成立的吧！一个生命和功名都在盛期的人从容地孤决弃世，也唯有绝望可以解释了。

但于王国维，这也许并不是最重要的。最重要的是其肉体的生命灭失了，精神的生命依旧显赫地立在文化的高地。

作为中国近、现代相交时期享有国际声誉的著名学者，中国近代最后一位重要的美学和文学思想家，王国维第一个试图把西方美学、文学理论融于中国传统美学和文学理论中，构成新的美学和文学理论体系。既集中国古典美学和文学理论之大成，又开中国现代美学和文学理论之先河。在中国美学和文学思想史上，承上启下，继往开来，是从古代向现代过渡的桥梁，"中国近三百年来学术的结束人，最近八十年来学术的开创者"。

王国维从事文史哲学数十载，平生学无专师，自辟户牖，置身于广阔的国际学术平台上观察、思考，在教育、哲学、文学、戏曲、美学、史学、古文字学等方面均有深诣和创新。这位集史学家、文学家、美学家、考古学家、词学家、金石学家和翻译理论家于一身的学者，生平著述六十二种，批校的古籍逾二百种。为民族文化宝库留下了广博精深的学术遗产。

鲁迅认为："要谈国学，他（王国维）才可以算一个研究国学的人物。"（《不懂的音译》）他"留给我们的是他知识的产物，那好像一座崔嵬的楼阁，在几千年的旧学城垒上，灿然放出了一段异样的光辉"（郭沫若）。"王国维寥寥几万字的《人间词话》和《红楼梦评论》比朱光潜洋洋百万字的体系建树在美学史上更有地位"（王攸欣）。梁启超更是推崇他"不独为中国所有而为全世界之所有之学人"。

在所有的赞誉中，陈寅恪的评价影响最为巨大而深远："惟此独立之精神，自由之思想，历千万祀，与天壤而同久，共三光而永光。"（《清华大学王静安先生纪念碑铭》）

二

王国维在文学上最著名的成绩是词作《人间词》和文学论著《人间词话》。

很长时间以来，人们大多认为宋朝的词人写尽了世间一切，表现手法以及艺术上，都已达到空前绝后的高度，后人无法超越。两宋之后，可谓再也无词可言。打破这种成见的，是王国维。他在文学上的造诣，足可与古人一较高低，他的词同样别具一格，有着宋词风范。

> 阅尽天涯离别苦，不道归来，零落花如许。花底相看无一语，绿窗春与天俱莫。
> 待把相思灯下诉，一缕新欢，旧恨千千缕。最是人间留不住，朱颜辞镜花辞树。
>
> （《蝶恋花·阅尽天涯离别苦》）

王国维最为经典的这首爱情词，以一种极为细腻的笔触，写透相思之苦，世间无奈，短短几句，句句直击人心。无论是意境还是修辞，都达到很高的水准，足可与宋词相媲美。

人生只似风前絮，欢也零星，悲也零星，都作连江点点萍。

（《采桑子》）

王国维的词，"往往以沉重之心情，不得已之笔墨，透露宇宙悠悠、人生飘忽、悲欢无据之意境，亦即无可免之悲剧"（周策纵《论王国维人间词》），每每流露出哀伤的气息。一脱抒写离情别绪、宠辱得失的窠臼，重在展现个体的人在苍茫宇宙中的悲剧命运，是对生命与灵魂的拷问。在他看来，人间的苦难，是与因循守旧、知足常乐的人生相对立的境界。这是人的觉醒。在他的笔下，"境界"被赋予了新的内涵，他的词表达的乃是一种哲学境界，而超越了伦理的境界。这与他的文学理论著作《人间词话》，构成了互相印证的关系。他词作的成就在于境界的开拓，而《人间词话》着力强调的正是境界。

《人间词话》是中国近代最负盛名的词话著作，是王国维接受西洋美学思想洗礼后，以崭新的眼光对中国旧文学所作的评论。集中体现了他的文学、美学思想，是中国古典文艺美学的里程碑。他继承中国文艺批评的传统形式，诗词、注释和评论相互穿插，断章零句，绝妙好辞灵机闪现，形散而神不散。在传统的词话形式中融进了新的观念和方法。表面上看，与中国相袭已久的诗话、词话一类作品的体例、格式，并无显著的差别，实际上，它已初具理论体系，熔中西美学、文艺思想于一炉，突破清代文坛某些学派的门户之见，为中国美学、文艺理论研究开创了一条新路，在传统诗词论著中屈指可数，在近代文学批评史上有着崇高的地位。许多人把它的论点作为词学、美学的根据。

最广为人知的境界说，是《人间词话》的理论核心，以此统领其他论点；又是全书的脉络，沟通全部主张。王国维不仅把它视为创作原则，也把它当作批评标准。论断诗词的演变，评价词人的得失，臧否词品的高下，均从境界出发。境界说既是王国维文艺批评的出发点，又是其文艺思想的总归宿。

> 古今之成大事业、大学问者，必经过三种之境界。"昨夜西风凋碧树，独上高楼，望尽天涯路"，此第一境也。"衣带渐宽终不悔，为伊消得人憔悴"，此第二境也。"众里寻他千百度，蓦然回首，那人却在灯火阑珊处"，此第三境也。此等语皆非大词人不能道。

王国维选择三首词的三句话对他的境界说加以简练表述，极为精妙。

一部经典的词论《人间词话》，充满了振聋发聩的真知灼见。通篇除了对两宋以来文坛大家的作品作出十分精到细致、鞭辟入里的评论，最大价值是由此提出了一系列重要的诗词写作圭臬，其要者诸如：

词以境界为最上。有境界，则自成高格，自有名句。

有造境，有写境，此"理想"与"写实"二派之所由分。

有有我之境，有无我之境。

无我之境，于静中得之。有我之境，于由动之静时得之。故一优美，一宏壮。

自然中之物，互相关系，互相限制。写实家亦理想家，理想家亦写实家。

境非独谓景物也，喜怒哀乐亦人心中之一境界。故能写真景物真感情者，谓之有境界。

衬托境界不在字数。"红杏枝头春意闹"，着一"闹"字而境界全出。

境界有大小，不以是而分优劣。

客观之诗人不可不多阅世，阅世愈深则材料愈丰富、愈变化；主观之诗人不必多阅世，阅世愈浅则性情愈率真。

词人者，不失其赤子之心者也。李煜为人君所短处，亦即为词人所长处。

一切文学，余爱以血书者。

诗人之忧生也，诗人之忧世也。

词之《雅》《郑》，在神不在貌。

唯言情体物，穷极工巧，故不失为一流之作者。

词忌用替代字。

才不可强。

虽格韵高绝，然如雾里看花，终隔一层。

不于意境上用力，无言外之味，弦外之响，终不能与于第一流之作者也。

东坡之词旷，稼轩之词豪。无二人之胸襟而学其词，犹东施之效捧心也。

读东坡、稼轩词，须观其雅量高致。

面目不同，同归于乡愿而已。

以自然之眼观物，以自然之舌言情。

欢愉愁苦之致，动于中而不能抑者，类发于诗余，故其所造独工。

故谓文学后不如前，余未敢信。但就一体论，则此说固无以易也。

大家之作，其言情也必沁人心脾，其写景也必豁人耳目。其辞脱口而出，无矫揉妆束之态。以其所见者真，所知者深也。诗词皆然。

人能于诗词中不为美刺投赠之篇，不使隶事之句，不用粉饰之字，则于此道已过半矣。

以《长恨歌》之壮采，而所隶之事，只"小玉双成"四字，才有余也。梅村歌行，则非隶事不办。白、吴优劣，即于此见。

诗人对宇宙人生，须入乎其内，又须出乎其外。入乎其内，故能写之。出乎其外，故能观之。入乎其内，故有生气。出乎其外，故有高致。

诗人必有轻视外物之意，故能以奴仆命风月。又必有重视外物之意，故能与花草共忧乐。

淫词与鄙词之病，非淫与鄙之病，而游词之病也。

王国维有关词的境界的论述极为精辟，极为精彩，堪称前无古人，后无来者。他引领了一代文学批评的脉搏，引导人们如何去审美，如何在词中品味、感悟，获得美的熏陶。一首词从怎样的角度去鉴赏。引导作者和读者向更高的层次迈步。读《人间词话》，顿觉词的世界如此博大精深而觉出自己的渺小无知。

《人间词话》在词论上超越时见，突破樊篱，于当时直击词坛流弊：提倡写真景物，真感情，真切不隔，纠正浮薄纤巧的恶习；于今日亦不无现实意义：强调不作虚伪的歌功颂德、惩恶劝世，不写投赠应酬之作，等等。

《人间词话》虽为论词而作，但涉及面广泛，论之所及有着相当普遍的意义。是论艺术，也是论人生。其"三境"者，亦可归之为知、行、得三境：在茫茫宇宙、大化流行、生生不已的永恒中，自我面对注定的人类悲剧，追究人生无根茎的命数，作灵魂的拷问。是作者对宇宙与人生、生命与死亡等基本人生问题讨问和思索的结晶，给人深刻的启发。更有推崇者将其对应道教的天界、人界、地界；佛家的欲界、色界、无色界或曰断界、离界、灭界等三种无为解脱之对治道；丰子恺则将其对应为"物质、精神、灵魂"；现代有人将其分为"理想、事业、爱情""知之、好之、乐之""为知、为己、为人""为自己、为家庭、为社会"，林林总总，不一而足。以致用境界说解析爱情离合、仕途升迁、财运得失……境界说由此与俗世的轮回不谋而合。

王国维平生钻研学问而无穷尽，不营生计，不交权贵，不慕荣华，不图享受，平日深居简出，不介入政治，唯与同代学人接触。做学问就是他的一生，就是他的境界。

三

一本书就是一扇窗户，四壁书就是万道风景，智者从里面走出，留下了悠远的足音。

王国维逝世周年忌日，清华立《海宁王静安先生纪念碑》，碑文由陈寅恪撰，林志钧书丹，马衡篆额，梁思成设计。

而王国维早已为自己建立了一座非人工的纪念碑，高耸在历史鼎革的路口。他不会完全死亡——他的灵魂在漫长的文化长河中，将比所有物质的纪念活得更久长。

而王国维的境界，是纪念碑上最有光彩的文字。

（本文是作者为《人间词话》再版写的序言）

古塔的风铃声

雨果的《九三年》及其他

雨果一生写了大量具有世界影响的杰作，《九三年》是他的最后一部小说。这部作品酝酿了十年之久，被作家自己称为沉重大山。的确，我有限的阅读中，它是给我留下印象最沉重最深刻的作品：

作品的背景是 1793 年的法国大革命，那是一个极其恐怖的时代。专制王朝被推翻，保皇党率领十万农民发动叛乱，首领是前侯爵朗特纳克。

国民公会派教士出身的西穆尔登，作为政府代表，前往共和国的平叛部队督战。

这支军队的年轻司令官郭文是朗特纳克的侄孙，是西穆尔登的学生。

共和国军与叛乱的农民军多次激战，朗特纳克最后被围困在一个城堡里，他提出用被他劫持的三个小孩换取自由，被郭文断然拒绝。

朗特纳克钻进了城堡的暗道。

共和国军为搜捕朗特纳克而放火焚烧城堡。本来可以从暗道逃走的朗特纳克看到三个小孩困于火海，毅然从暗道返回城堡，救出三个小孩，昂然走出城堡，走向包围他的共和国军。共和国军的士兵一片欢呼。

西穆尔登逮捕了朗特纳克，把他关押起来，准备第二天把他送上断头台。

郭文不愿意处死一个为援救与自己不相干的儿童而不惜自己生命的老人，当夜放走了朗特纳克，自己留在狱中。

西穆尔登把郭文看得像自己的儿子。但国民公会的纪律和他执行纪律的意志战胜了私人感情。最终下令处死郭文，第二天亲自把郭文送上断头台。在郭文人头落地的一刹那，西穆尔登举枪自杀。

至此，我们可以看到：

人道精神使朗特纳克回来解救孩子而自愿落入敌方军队手中；

郭文被朗特纳克的人道精神震撼而放走了朗特纳克；

西穆尔登以自杀表达了对郭文人道冲动的赞同。

三个人物，都是被作者赋予美好理想的人道主义者。他们都完成了自己灵魂的升华。作家也最充分地表达了自己对人道主义和完美人格的追求。

很难划分战争中双方绝对的善与恶，为了战胜，残忍和野蛮皆不可避免，作家守护的是人的良知，在作家看来，那是人性的最高准则：

孩子不应为战争丧命。并不因为他们属于某个人、某个家族、某个阶层，仅仅因为他们是孩子，是无辜、是天真、是纯洁。

在这一瞬间，朗特纳克的救援使战争显得渺小，敌方的士兵欢呼的是在战争中湮灭的人性的复苏；

郭文放走朗特纳克是基于一个公认的社会准则：一个人不该为他的善行受到惩罚。而留在牢中等待审判，则因为他是一个军人，放走敌人必须接受惩罚；

西穆尔登处死郭文是履行责任，他的自杀则是真正自我的表达。

相对于三个人的完美行为，战争成了铺垫，一切只是为了展示人性的胜利。

雨果的浪漫和忧伤，是那么强烈地打动了我。关于生命，关于人的尊严，让我长久深思。

然而，我在阅读的同时也听到过许多对这部伟大作品的否定和批评。其中最温和的批评是认为如果把三个人物放在各自的立场，这样的行为至少是愚蠢的。

但我认为，这样的愚蠢所展现的正是人性的高贵。

曾经听到一个发生在德国的类似的故事，那是一个真实的历史事件：

公元 10 世纪，德皇康拉德三世在一次交战中，将巴伐利亚公爵围困在城内，只允许城里的女人第二天撤出，并答应她们携带能拿得动的财物。

第二天城门打开，康拉德三世惊讶地看到：所有的女人都抱着孩子、背着丈夫，就连巴伐利亚公爵也坐在他妻子的肩上，拼尽全力甚至匍匐着向城门挪动。

被感动的康拉德三世几乎是愚蠢地下令：放弃战争。

战争的残酷没有吞噬康拉德三世的基本人性。他的愚蠢与那些女人们的选择一样让人动容。

在一个嘲笑优雅消解高贵成为时尚、更有甚者为达目的不择手段，尔虞我诈甚至不惜相互投毒的浊流中，很难要求每一个人必须品行高贵，但一个无视高贵乃至视高贵为愚蠢的人，那一定是一个心灵扭曲的人。

雨果的《九三年》，影响了我的一生，首先是影响了我的文学观、文学倾向和文学追求。

轰响的沉默

1980 年，我学习写作不久。春天，当时的《人民文学》编辑部邀请几位作者去京写作。有天晚上，同住一室的冯骥才绘声绘色讲起他刚看过的一部法国小说《海的沉默》。我听得入迷，回家就赶紧去找了原著认真阅读：

法国在"二战"中沦陷后，一个德军中尉住进了被征用的一个法国老人与侄女生活的房子。中尉尽可能不妨碍房主人的生活，只是晚上到起坐间来说几句客套话，然后就靠在壁炉边侃侃独白：他的祖国、法国、音乐等。

老人与侄女始终以沉默表达抵制，而中尉始终尊重他们的沉默，从不企图从他们那里得到某种回答、某种赞同，或者至少看他一眼。然而，随着时间的推移，从他的独白中，老人与侄女逐渐了解了他：一个生活在德国小城的音乐家，并不关心政治，也不喜欢国内的那些政治人物，对战争的理念与其他德国军官有着巨大的不同。在独白中，他表明了对法国的爱，也越来越清晰地流露出对那个美丽少女的情愫。

然后，他永远地消失了。

小说的主旋律就是两个字：沉默。

中尉出现的那天，侄女开了门，始终一声不吭……老人小口小口地啜着咖啡。

中尉……略略点了点头。好像是在探测沉默的深度。

沉默……变得越来越浓重，仿佛早晨的雾气，浓浓地纹丝不动……重得像是铅铸的。

老人和侄女默契着，丝毫不改变生活，即便是鸡毛蒜皮的小节也不改变，就像那军官并不存在，好像他只是一个幽灵。

一个多月的时间里，每天重复着同样的情景：中尉敲门，进来，寒暄，独白，滔滔不绝。没有得到任何反应。然后，鞠躬，道晚安，走出去。

侄女机械地打着毛衣，并不瞅他一眼，一次也没有。老人则抽着烟，半躺在柔软的大安乐椅上。这种安如磐石的沉默似乎是不可动摇的。

中尉望着侄女，像在看一尊雕塑。而实际上，这也十足是一尊雕像，一尊有生命的雕像。

"我还曾为法国担心。而现在……我有幸遇上了一位严肃的老人，还有一位沉默的小姐。"

中尉带着一种庄重的执拗说："一定要战胜这种沉默。一定要战胜法兰西的沉默。"

可是，好几天后的一个晚上，中尉突然被告知，第二天就要

动身去战场。

　　他的……身体失去了僵直。脸稍稍俯向地面。然后他抬起头来。

　　他更明确地说：

　　"奔赴地狱。"

中尉最后从内心发出凄厉的告白。老人报以默默的注目。

　　我以为他就要关上门走了。可是，不。他望着我侄女。他望着她。他说——他喃喃地说：

　　"再见。"

　　他一动不动地呆着，而在他静止的、紧张的脸上，那双眼睛更加静止和紧张，它们凝视着我侄女的睁得太大、颜色太浅的眼睛。就这样一直持续到姑娘终于启动了嘴唇。凡尔奈的双眸炯炯放光。

　　我听到了：

　　"再见。"

　　封·艾勃雷纳克也听到了，他挺了挺胸，而他的脸，他整个身子就像使人得到休息的浴后那样，仿佛变柔软了。

　　翌日，我下楼时，他已经走了。我侄女默默地伺候我用餐。我们默默地喝着。屋外，一个苍白的太阳透过雾霭闪烁着淡淡的光芒。我仿佛觉得天气很冷很冷。

小说结尾，少女那声终于给予中尉的回应，我听来惊心动魄。在"奔赴地狱"的前夜，中尉从少女微弱但清晰的回应中，感到了宽恕。作为国家的、民族的、战争的人，他们是对立的；作为人类的、人性的、艺术的人，他们是相通的。

小说以一种极为压抑的方式表达了战争对人性、情感、理想、文化的野蛮践踏，表达出作家强烈的反战理念和人道精神。

表现"沉默"，艺术家有过许多精彩的篇章。中国诗人白居易的"此时无声胜有声"成为成语；德国音乐家贝多芬有用十六只定音鼓表达沉默的豪言；法国小说家维尔高尔形容沉默，用的是海，广阔、深沉、撼动心灵。

这样的沉默，跟十六只定音鼓一样，是一种轰响。

而对我来说，最大的收获不仅是认识到艺术表现的多种可能性，更多少懂得了什么样的艺术才是真正有深度的艺术。

方块字的妙趣

考古实物证明，中国文字是世界上最早的文字，神话说"昔者仓颉作书，而天雨粟，鬼夜哭"（《淮南子·本经训》）。其他文明古国的文字都要晚几千年才出现。而且，汉字是世界上唯一从象形文字开始，发展到今天，没有变成拼音文字的文字体系，也是经历上万年、至今能够跟上网络发展的文字之一。

汉字是方块字，有独特的表意性。象形，指事，会意，形声，语音的声旁相同或相近，字义与形旁相关，能准确明了地表达意思，点画之间妙趣横生，令人会心微笑。诸如："大"字上加一点，指人的头顶，是"天"；"月"是月缺的形状，中间的两横是月中阴影。两个"月"并肩是"朋"，互相辉映，却又保持距离，是君子之交。两个"月"重叠，是"用"，亲近是因有用，没用了就"甩"。这样的交往自然就不是"朋"了。方块字和使用这种文字的中国人有共同之处：含蓄。横平竖直中给人最大的想象空间。

在中国的各种文字游戏中，我以为最能体现方块字妙趣的莫过于字谜。字谜浩若烟海，我所知极为有限，都是道听途说来的。但就是极为有限的这些，已够烧我脑。

客居广州，听到一个关于明代广东第一位状元伦文叙的真实故事：此公素有"鬼才"之称。一次买酒忘了带钱，店主让他以店中匾额"有好酒卖"为题作诗换酒。他一挥而就写下"明星朗月大半天，少女嫦娥伴子眠。三点酉时来问候，重读经书不在言。"抱得美酒归。

我脑拙，好久才悟出这是四个字谜的谜面：

"有"开始两笔是"天"字的一半；"女"加"子"是"好"；三"点"加"酉"是"酒"；"读"没有"言"就是"卖"了。

"状元"还真不是白当的。

某年应朋友约，去浙江上虞开会。此间名胜曹娥庙中的曹娥碑背面，有当时的大学者蔡邕留下的"黄绢幼妇，外孙齑臼"八个字，是中国最早的字谜，当时无人能解。

据说曹操率军路过曾和主簿杨修一起来解谜，杨修当即猜出。曹操说你不要讲出，我也想想。行军三十里外，曹操忽然对杨修说，我也猜出来了，你先亮谜底。杨修得意道："黄绢"，有色的丝，是"绝"字；"幼妇"，即少女，女旁少字，是"妙"字；"外孙"，是女儿的儿子，女旁子字，是"好"字；"齑臼"，是捣姜蒜的容器，即"受辛之器"，受旁辛字（"辞"的繁体），是"辞"字。合起来，是"绝妙好辞"四个字。曹操盛赞：我与你才华相距三十里。喜欢卖弄的杨修后来死得很惨，不过这是另外的话题。就事论事，这个故事成就了中国第一个离合字谜，为此在灯谜中专门设置了一个"曹娥格"。

这种离合隐语还表现在供奉曹娥的中堂匾额："真是女子"，据说是当年道济和尚也就是民间传说的"济公"的手笔。游客中有人疑惑：曹娥是女性用得着特别书匾说明吗？如果年轻几岁，我会脱口说出，那其实是一声赞叹："真是好。"

我最喜欢的一个字谜"刘邦大笑，刘备大哭"，也是在号称"灯谜之乡"的福建漳州听来的，常常为了打趣拿这个字谜难为一起开会的同行，不到会议结束不揭谜底。后来天津作家蒋子龙把我有一次难为大家的过程写进了小说，可见那个字谜多少有点意思——简简单单的一个字，居然可以包含那么丰富的历史内容：

刘邦大笑，是因为项羽死了；刘备大哭，是因为关羽死了。"死"的另一个表达是"卒"，上"羽"下"卒"，是一个色彩很漂亮的字："翠。"

语言的花朵

——《中国成语故事》随想

一

念初中的时候，班上有个同学作文每每受到老师好评，说他总是能很好地引用古代典故，尤其是知道许多成语，让作文十分增色。我们大家都很羡慕他，觉得他就是古代的神童再世。过了些时候，另外有个同学发现他原来藏有秘密武器——一本比巴掌大一点的厚厚的成语词典。里面收录了成千上万的成语，许多成语的解释中都包含着一个让人看得津津有味的故事。我们大多数同学都看过小人书《三国演义》，词典里就有很多由《三国演义》中的故事形成的成语："望梅止渴""荀令留香""得陇望蜀""三顾茅庐""如鱼得水"……数不胜数。

由此开始，同学们学习成语，学习成语故事后面的历史，成为一种风气，以至对语文课进而对整个的语言世界，发生了浓厚的兴趣。

二

语言是人类的创造，只有人类有真正的语言，只有人类才会把无意义的语音按照各种方式组合起来，成为有意义的语言单位，再把为数众多的语言独立单位按照各种方式组合成语言语句，用无穷变化的形式来表示变化无穷的意义。

人类通过语言交流思想、进行沟通，借助语言保存和传递人类文明的成果。语言是人类文化得以传承和储存的有效载体，在自身的发展当中，逐步体现出很强的传承性和交际性。语言是文化的一个重要组成部分，只有通过语言才能把文化一代代传下去，没有语言也就不可能有文化。

哲学家说"语言乃存在之家"。意思是人生活在语言中，在语言中逐渐成长，语言是在特定的环境中，为了生活的需要而产生的，是保持生活方式的一个重要手段。在这个意义上，善待善用语言，才能善待我们自身，才能更好地善待我们共同生活的社会。

语言是人类文化的载体和重要组成部分。每种语言都能表达出使用者所在民族的世界观、思维方式、社会特性以及文化、历史等，都是人类珍贵的无形遗产。

社会生活的进化由简到繁，语言也就随着由简到繁。语言的指向性使语言的含义描述可以指向对应的事、物；语言的描述性体现语言的含义，具备描述性是语言能够交流的重要体现。语言是一种有结构、有规则的指令系统，其逻辑受语言的指向描述而变化。

在人类社会发展当中，语言储存了文明的精华信息，以自己的风格特色和强大的交际性功能，直接或者间接影响着相关的人群。人与人的交流是一种有目的的行为，所以语言是实用性的。

因为语言是社会符号，语言的交流只能在所有参与者理解那些非语言的暗示、动机、社会文化角色等互相关联的因素之后才能有效进行，因此语言又是社会的，约定俗成的。

语言会像阳光一样融化人与人之间的冰雪，会像春雨一样滋润人们的生活。正确使用语言，学会"说话"，就能用语言架起沟通的桥梁。

随着人类社会而产生和发展，特定的环境必然会在语言上打上特定的文化烙印。语言是一个民族的基本特征之一，也是一个民族智慧的基本衡量标准之一。一个国家、一个民族，从历史中走来，都有着各自的文化。但文化又来源于古老的历史。中国的历史文化源远流长，说到中国的历史，说到中国的文化，说到中国的底蕴，就一定会说到成语。

汉语是我国使用人数最多的语言，也是世界上使用人数最多的语言，而人们在语言发展的漫长过程中，在丰富的交际中应对各种变化，不断产生出更加有表达力的语言。逐渐创造形成的成语世界，就是一种"有表达力的语言"。中国人借助它表达自己的喜怒哀乐，如行云流水般滔滔不绝。

感悟重点，个性表达，精彩的语言才能产出有效的结果。好的成语生动形象、准确精妙，可以使人获得最深的感受，让人思绪自由飞翔，表达的内容和形式也精彩纷呈。

有一位大文豪说："作为一种感人的力量，语言的美产生于言辞的准确、明晰和动听。"

而成语就有这种准确、明晰和动听的优势。

人们述说历史，表达情感。无论怎样的平平仄仄，起承转合，粗犷洪亮，莺莺细语，都是个性的体现与文化的纷呈。其中，成语的丰富生动，尤其让人惊叹。

成语的世界博大精深。一个故事，一种思考，一种情愫，每一个都拥有独立的意义，都寄托了创造者心灵的美感，散发出生命的气息和文化的魅力。

三

成语，众人皆说，成之于语，故名成语。

成语，是中国汉字语言词汇中一部分定型的词组或短句，是汉文化的一大特色，有固定的结构形式和固定的说法，表示一定的意义，在语句中是作为一个整体来应用的。成语的意思精辟，往往隐含于字面意义之中。它结构紧密，一般不能任意变动词序，抽换或增减其中的成分。简而言之，成语就是说出来大家都知道，可以引经据典，有明确出处和典故，并且使用程度相当高的用语。

许多成语是古人长期相沿习用、结构定型、意义完整的固定词组。元·刘祁《归潜志》卷十二上有"古文不宜蹈袭前人成语，当以奇异自强；四六宜用前人成语，复不宜生涩求异"。清代戏剧家李渔的《闲情偶寄·词曲上·音律》上有"凡作倔强聱牙之句，不合自造新言，只当引用成语"。清代任泰学《质疑·经义》有"成事不说，遂事不谏，既往不咎，或是当时成语"。

许多成语是历代留下的寓言故事："狐假虎威"（《战国策·楚策》）；"鹬蚌相争"（《燕策》）；"画蛇添足"（《齐策》）；"刻舟

求剑"（《吕氏春秋·察今》）；"自相矛盾"（《韩非子·难势》）。

许多成语直接就是历史片段："外强中干"（《左传》僖公十五年）；"以逸待劳"（《孙子·军争》）；"完璧归赵"（《史记·廉颇蔺相如列传》）；"破釜沉舟"（《史记·项羽本纪》）；"草木皆兵"（《晋书·苻坚载记》）；"一箭双雕"（《北史·长孙晟传》）；"口蜜腹剑"（《唐书·李林甫传》）。

许多成语干脆就截取古书文句的四个字作为成语："有条不紊"取自《尚书·盘庚》的"若纲在纲，有条而不紊"；"举一反三"取自《论语·述而》的"举一隅，不以三隅反，则不复也"；"痛心疾首"取自《左传》成公十三年的"斯是用痛心疾首，昵就寡人"；"分庭抗礼"取自《庄子·渔父》的"万乘之主，千乘之君，未尝不分庭抗礼"；"牢不可破"取自韩愈《平淮西碑》的"大官臆决唱声，万口和附，并为一谈，牢不可破"；"吴下阿蒙"取自司马光《资治通鉴》的"卿今者才略，非复吴下阿蒙"；"胸有成竹"取自苏轼《文与可画筼筜谷偃竹记》的"画竹必先得成竹于胸中"。

许多成语是普通人的日常口语：说忙碌有"起早贪黑""手忙脚乱"；说琐碎事有"鸡毛蒜皮"；说回家有"打道回府"；说走路有"安步当车"；辞别时说"后会有期"；说自私有"挑肥拣瘦"；说欺负有"狗仗人势"；说拎不清有"拖泥带水"；说爽朗有"心直口快"；说狡猾有"阳奉阴违"；有些话不便直说，就说有个"三长两短"。

成语在我们的生活中随处可见。女孩 16 岁，称"年方二八"；男子 30 岁，称"而立之年"；60 岁称"花甲之年"；70 岁称"古稀之年";八九十岁称"耄耋之年"……形容美女是"沉鱼落雁,闭月羞花";方便是"近水楼台";考试失败是"名落孙山";冒充是"滥竽充数";看多了是"司空见惯";骄傲是"妄自尊大""夜郎自大"……

总而言之,成语是一种现成的话,在语言的长期使用、锤炼中形成,是比词的含义更丰富而语法功能又相当于词的语言单位,跟习用语、谚语相近,又略有区别。富有深刻的思想内涵,简短精辟,易记易用,且常常带有感情色彩。包括贬义和褒义,也有中性的;除了少数三字、五字、六字、七字、八字成语如"敲门砖""莫须有""想当然""闭门羹""欲速则不达""桃李满天下""真金不怕火炼""五十步笑百步""心有余而力不足""醉翁之意不在酒""江山易改本性难移"乃至"只许州官放火不许百姓点灯"这样十三字的成语外,几乎都是约定俗成的四字结构,在五万多条成语中,百分之九十六为四字格式。

成语之所以一般用四个字,与汉语本身句法结构和古汉语以单音词为主有关系,也因为四字容易上口,为人所喜爱、所乐诵。古代的诗歌总集《诗经》,就以四字句为多。古代历史《尚书》,其中不少四字句。古代的训蒙读本《三字经》《百家姓》《千字文》,其中后两种即全为四字句。《四言杂字》《龙文鞭影》初、二、三集,都是四言。

成语结构有主谓式、联合主谓式、联合动宾式、联合名词式成语、联合动词式、动补式、并列式、偏正式、承接式、因果式等。实际上成语的结构是多种多样的。成语在语言表达中有生动简洁、形象鲜明的作用。本身就有不少比喻和对比以及加重的措辞方法。如"阳奉阴违""外强中干""五光十色""一知半解""七嘴八舌""患得患失""不寒而栗"等各有妙用。成语在意义上具有整体性。其意义往往不是其构成成分意义的简单相加，而是在其构成成分的意义基础上进一步概括出来的整体意义。比如"狐假虎威"的表面意义是狐狸假借老虎的威势，实际含义则是倚仗别人的权势去欺压人。这样的例子举不胜举。

中华历史悠久深邃，上演了一幕幕宏大精彩的活剧。成语是历史的积淀，在古代汉语与现代汉语的传承上占有重要的地位。

成语故事文化是中国最古老的文化现象之一，是与现代文化渊源关系十分密切的一种文化，同时也是一种较为复杂的文化体系，成语故事通过讲述一个个生动有趣的故事来说明一个道理，表达一种看法，陈述一种观点，深刻隽永，言简意赅。成语就是有道理的词语，是汉语词汇系统中重要而又极富特色的组成部分。阅读成语故事，可以了解历史、通达事理、学习知识、积累优美的语言素材。学习成语是学习和了解中国文化的一条有效途径。成语故事因而广受人们的喜爱、品读和利用，是我们不可或缺的文化食粮。对成语的反复涵咏、体会、揣摩、品味，把握其表情达意的思路，本身就是一种自我陶冶的方式。

如果把语言比作广袤原野，那么凝结着智慧结晶的成语，就是姹紫嫣红开遍了原野的烂漫鲜花。

学习和运用成语，不仅是增长知识，培养口头表达能力和文字表达能力的需要，也是学习为人处世的道理、提高自身修养的需要。

北周庾信的《燕射歌辞·角调曲》说："言而无文，行之不远。"一个人的修养常常决定生活的品质。掌握语言的奥妙以及恰当的运用，必定能给工作和生活带来益处。让成语像鲜花一样伴随我们的言谈和书写，让我们的人生因此而飘散出鲜花的气息，焕发出鲜花的色彩吧。

（本文是作者为《中国成语故事》写的序言）

第
二
辑

文学的魔袋

——《中国寓言故事》漫谈

怪物·桥梁·钥匙·小刀·魔袋

在我的印象中，"寓言"一词，最早见于战国中期道家学派代表人物庄子的著作《庄子》中："寓言十九，重言十七，卮言日出，和以天倪。"（《寓言》）

寓者，寄也，寄托也。"以人不信己，故托之他人，十言而九见信也。"（隋唐·陆德明）"元祐献诗十首……皆寓言嬖幸，而意及兵戎。"（宋王谠《唐语林·补遗一》）"……然即事寓言，亦足以广见闻而资智识。"（明王琼《双溪杂记》）即托辞寓意，把作者的思想寄寓在一个故事里，让人从中领悟到一定的道理，本质上属于一种类比想象的间接表达。

寓言后来成为文学作品的一种体裁。

现代作家、散文家、著名儿童文学家严文井对寓言做过一个比喻："寓言是一个魔袋，袋子很小，却能从里面取出很多东西来，甚至能取出比袋子大得多的东西。"

这个比喻，对作为文学体裁的寓言作出了绝妙的诠释。

"寓言是一个怪物，当它朝你走过来的时候，分明是一个故事，生动活泼；而当它转身要走开的时候，却突然变成了一个哲理……寓言是一座奇特的桥梁，通过它，可以从复杂走向简单，又可以从单纯走向丰富……我们既看到五光十色的生活现象，又发现了生活的内在意义。寓言是一把钥匙，这把钥匙可以打开心灵之门，启发智慧，让思想活跃……好的寓言就像锋利的小刀……对有些事物，应该给以致命的一击；对有些事物，则要开刀动手术，目的是治病救人……"

严文井说的"怪物""奇特的桥梁""钥匙""锋利的小刀"，都是与"魔袋"意义相同的不同表述，亦即寓言的魔力所在。

这一对寓言的诠释，可以说是我们理解寓言的总纲。

寓言的主要类型大致有两种，一种是用夸大的手法，勾画出某类人的特点和思想；另一种是用拟人的手法，把人类以外的动植物或非生物人格化，使之具有人的思想感情或某种人的特征。其主要特点：

一是篇幅一般比较短小，语言精辟简练，字数不多但言简意赅，结构简单却极富表现力。在生动而有趣的简单故事中体现丰富的主题或深刻的道理。

二是具有鲜明的讽刺性和教育性。大多借此喻彼、借远喻近、借古喻今、借小喻大。表现出作者对某种社会现象的认识，表现主题思想，从而起到讽刺、劝诫或启迪的作用。

三是常用比喻、夸张、象征、拟人等手法以及虚构性情节。故事的主人公可以是人，也可以是拟人化的动植物或其他事物。

寓言早在我国春秋战国时代就已经盛行，由于士阶层的兴起，他们或者著书立说，发表政治主张；或奔走于各国，游说诸侯，都必须致力言谈技巧，使之富于说服力。为了阐明自己的观点，在政治主张上制胜对方，他们把寓言当成辩论手段，往往取材古代神话、传说、民间故事或谚语，通过艺术加工，用鲜明生动的形象代替议论，相互责难，激烈争辩。在他们的著作或言谈中留下了许多精彩的寓言故事。

庄子本人就是一位杰出的寓言家。其著作《庄子》十余万言，大多都是寓言。《庄子》的出现，标志着在战国时代，中国的哲学思想和文学语言已经发展到非常玄远、高深的水平，是中国古代典籍中的瑰宝。因此，庄子不但是中国哲学史上一位著名的思想家，同时也是中国文学史上一位杰出的文学家。无论在哲学思想方面，还是文学语言方面，他都给予了中国历代的思想家和文学家以深刻的、巨大的影响，在中国思想史、文学史上有极其重要的地位。

《庄子》的想象力极为丰富，语言运用自如，灵活多变，用寓言的方式，把一些微妙难言的哲理说得引人入胜。"其学无所不窥……善属书离辞，指事类情，用剽剥儒、墨，虽当世宿学不能自解免也。"（司马迁）"其文则汪洋捭阖，仪态万方，晚周诸子之作，莫能先也。"（鲁迅）被人称为"文学的哲学，哲学的文学"。

《庄子》是作者庄子的卓越成就，也是寓言巨大价值的证明。

先秦时期另一位主要的寓言家是韩非子。他的寓言生动形象，巧妙地运用生活中的实例来表达对社会人生的态度。《守株待兔》《螳螂捕蝉》《塞翁失马》等，都是他的著名寓言作品。他以"买椟还珠"的故事告诉人们遇事不能只看光鲜华丽的外表，而是要注重本质内容的珍贵：你没注意到的东西也许比你一眼看到且以为好的东西，价值更高。他的语言诙谐幽默，一读就懂又一针见血，非常客观地道出了事物真谛，其中蕴藏的哲理与艺术性完美结合，给后人以深远的启迪。

中国古代寓言源远流长。历经先秦的说理寓言、两汉的劝诫寓言、魏晋南北朝的嘲讽寓言、唐宋的讽刺寓言和明清的诙谐寓言五个阶段。

在先秦诸子百家的著作中，保存了许多当时流行的优秀寓言。一般都不是独立成篇，而是作为论据出现的一种譬喻。因为其故事可以独自表示一定的教育意义，就形成为寓言。以《列子》《庄子》与《韩非子》收录最多。

汉魏以后，在一些作家的创作中，也常常运用寓言讽刺现实。唐代柳宗元就利用寓言形式进行散文创作，他在《三戒》中，以麋、驴、鼠三种动物的故事，讽刺那些恃宠而骄、盲目自大、得意忘形之徒，达到寓意深刻的效果。

寓言主要的源头在民间。中国民间口头创作的寓言极为丰富，一般的都短小精悍。除汉族外，还有各少数民族寓言。各族人民创作的寓言，多以动物为主人公，利用它们的活动及相互关系投进一种教训或喻意，闪耀着健康、朴实的思想光芒。

中国近代作家也用寓言形式创作，特别是儿童文学作品更为多见。

寓言·童话·成语故事

在一般的阅读经验中，寓言、童话、成语故事三者常常容易混淆。事实上它们既有相似的地方，又有很大的不同。

寓言和童话相似的地方在于它们的故事都是假托的、创造的、幻想的，都可以采用各种生物或非生物来充当故事的角色，多采用夸张、拟人、象征等表现手法，也都富有教育意义。但不同的地方也是明显的：

一、童话情节比寓言更丰富、更多变化、更生动有趣，结构也更复杂，所以它的篇幅较长，长篇可达数万字，短小者一般也一两千字；而寓言的篇幅一般较为短小，结构单纯，语言朴素，幻想的程度也较轻。

二、童话的结构比较曲折，能细致地刻画人物形象，幻想也比寓言更为丰富、奇特。童话是儿童文学的重要体裁，它描写的内容、表现的生活，都照顾到儿童的知识范围和心理特点，所运用的语言也易为儿童接受。

三、寓言着力表现内含的讽喻和教训，重在思想，有的寓言在开头或结尾就直截了当地说出了告诫的意思。而童话则重在刻画形象，教训意味不那么强，教育意义往往寓于整个故事之中，不直接点出来，科学童话则重在知识的传播。

四、寓言的故事比较简单，一般没有完整的故事情节，也不要求塑造性格鲜明的拟人化形象。童话在故事情节的安排和人物形象的塑造上则有较高的要求。

五、童话必须以现实生活为基础，与现实的结合也必须和谐、自然，使事物按照自然的规律发展。而寓言则不那么严格，如《狐狸和葡萄》中的狐狸，垂涎于葡萄，改变了原来食肉的习性。这个寓言赋予了狐狸"人"性，却违反了狐狸的"物"性，这在童话中是不可以的。

寓言和成语故事亦然。

成语故事很大部分是历史典故，是发生过的事情，然后人们用一个成语将这些事情总结、浓缩为一个简短的句子或短语，以方便地表达整个故事和故事要讲述的内容，在功能上不一定要有积极的寓意。比如"百步穿杨""沉鱼落雁"，只是具备一种描述、形容的作用，并不需要给人启发。而寓言故事是根据事实或者编造的故事向人们讲述一个道理，给人以启发。并且大部分寓言是为了讲述一个道理而编造的，并没有真实的根据。只有情节高度凝练并隐含深刻道理的成语故事，才是寓言。

总之，成语固有合适寓言故事的分类，主要是在讲述故事的目的上有不同，成语故事的目的是补充成语没有完全表达的内容，使成语更容易理解；寓言故事的目的就是讲述道理，两者不矛盾，只是分类不同。很多成语故事本身是一个寓言故事，但不能因此就说成语故事就是寓言故事。反之，诸如《狐假虎威》《刻舟求剑》《掩耳盗铃》等许多古代寓言故事，成了我们常用的成语。

故事是道理的家　道理是故事的灵魂

一则好的寓言，首先要有一个有趣的故事，否则道理就没有一个安身的地方。寓言作者发挥丰富的想象力，调动比喻、拟人、夸张等多种艺术手段，使自然和社会的一切事物都活动起来，进入故事，既短小精简又趣味盎然、既新鲜活泼又富含哲理、既出人意料又不悖常理，才能吸引人。

精彩的故事是寓言成功的开始，寓言通过讲述故事来达到说理的最终目的，故事情节设置的好坏关系到寓言的未来。寓言名篇《自相矛盾》的成功之处就在于故事的可读性很强，无论文化水准高低都能在简练明晰的故事中悟出道理。汉语中的"矛盾"一词就直接由这则寓言故事演化而来，由此可以看出故事对寓言是何等重要。

寓意是寓言故事的灵魂。一个简单明白的道理是寓言必不可少的内容。寓意是寓言中一根看不见的线，大多数时候，这根线隐藏在文字中。蕴含一个怎样的道理，既要联系到作者的主旨，也要依据故事情节的发展来决定。好的寓言的寓意，会随着读者的阅读进程而逐渐明晰，这是寓言独立作为一种文学体裁的魅力所在。《东施效颦》的寓意并未直接体现在文字中，但是读过的读者都能体会到东施效颦、欲盖弥彰的效果。

用寓言拨动心弦

在中国，寓言拥有广泛的读者群。寓言的真正意义是在教育和哲理的层面。从某种程度上说，寓言为读者带来的是一种品德课程。

许多教师就十分善于使用寓言去拨动学生的心弦。把大道理装进小寓言，用小故事阐发大智慧，不仅是一种好的教育方法，更是一种智能。学生对老师的说教往往有一种本能的反感，而一个美好的小故事则能打开他那双倾听的耳朵，这比生硬地讲一大堆道理要有效得多。寓言的主题有时是从情节中自然流露，让读者自己领会；有时在结尾处点明，成为箴言。事实上许多优秀的寓言都成了人们珍视的千古名训。

一个小故事，滴水藏海，小中见大，让读者在轻松的阅读中获得新鲜愉悦的享受，不知不觉中潜移默化。一种道理消化了、感悟了，成为融入血液的营养，才是真正的收获。

在严文井之后，许多人按照他比喻的形式，进行了各自的模仿：寓言是一棵魔树，树并不大，却能结出各种各样的果子来，甚至能结出比树还大的果子；寓言是一缕阳光，光线并不强烈，却能让人浑身温暖……凡此种种，不一而足。

是的，一句话的点拨，一则故事的启发，都可能成为人生的一个转折点。寓言故事意蕴悠长，为读者开启了一扇扇智慧之门，使人在轻松的阅读中更好地理解和把握人生。那些充满智慧的故事，会像茫茫大海上小小的明灯，照耀我们成长的漫漫历程。

（本文是作者为《中国寓言故事》写的序言）

中秋古诗趣话

中秋，有两个绝对的主角：一是月饼，一是月亮。前者在地上，后者在天上；前者实在，后者空灵；前者有限，后者隽永。

月亮不可近，月亮又最近。说不可近，是因为它在天上；说最近，是因为它就在人心里。古往今来，不知有多少人倾尽才华，对它极尽赞美，为它极尽感叹，留下了文化瑰宝。

写月亮的诗浩若烟海，一个突出的现象是，诗人们似乎在中秋对月亮特别有感觉。

源自天象崇拜的中秋节，由上古时代秋夕祭月演变而来，故又称祭月节、月光诞、月夕、拜月节、月娘节、月亮节等。中秋节以月之圆兆人之团圆，寄托思乡思亲之情以及五谷丰登、花好月圆的祈盼。自古便有祭月、赏月、颂月、吃月饼、看花灯、赏桂花、饮桂花酒等民俗，流传至今。给诗人们提供了驰骋想象、挥洒才情的巨大空间。

天将今夜月，一遍洗寰瀛。暑退九霄净，秋澄万景清。
星辰让光彩，风露发晶英。能变人间世，倏然是玉京。

（刘禹锡《八月十五夜玩月》）

中秋的月光如水洗涤了尘世。九霄清净，万景澄明。明月的光彩使星辰甘心相让。人间尘世变迁往复不断，天上的玉京（明月）永远是这般闲适从容。

满卷月华，天上人间，心摇神荡，飘飘然毫无俗尘气。

玉颗珊珊下月轮，殿前拾得露华新。

至今不会天中事，应是嫦娥掷与人。

（皮日休《天竺寺八月十五日夜桂子》）

从天而降的桂花像是月上掉下来的。拾起殿前的桂花，只见其颜色洁白、新鲜。不会是吴刚跟桂树过不去，该是嫦娥撒下来送给谁人的吧。

古时科考正处在秋季，恰逢桂花开的时候，故借折桂喻夺冠登科。诗人前一年高中进士——折桂了，正在游历之中，逢中秋佳节，轻松自在，意气风发。一幅"夜赏月桂图"，明明是离奇想象，却以肯定语气，煞有介事地寓虚于实，寓假于真。其中的几分俏皮，让这首小诗别具意趣。

无云世界秋三五，共看蟾盘上海涯。

直到天头天尽处，不曾私照一人家。

（曹松《中秋对月》）

写了月亮的无私。

圆魄上寒空，皆言四海同。安知千里外，不有雨兼风？

（李峤《中秋月二首·其二》）

诗人的情怀同样广阔。

唐之后，宋代中秋诗渐入佳境，进入高潮。

可怜今夕月，向何处，去悠悠？是别有人间，
那边才见，光影东头？是天外。空汗漫，但长
风浩浩送中秋？飞镜无根谁系？姮娥不嫁谁留？
谓经海底问无由，恍惚使人愁。怕万里长鲸，
纵横触破，玉殿琼楼。虾蟆故堪浴水，问云何
玉兔解沉浮？若道都齐无恙，云何渐渐如钩？

（辛弃疾《木兰花慢·可怜今夕月》）

190

辛弃疾写过不少中秋诗，这一首一反常例，既不叙悲欢离
合，也不写游子思归，而是依据自己对浩瀚天空的观察和想象，
仿屈原的《天问》，写了"月问"，让人耳目一新：

月亮去哪了？是否另外还有个人间？天外空空如也，是大
风把明月吹跑了？月亮无根，是谁把它系住了？月宫的嫦娥不
出嫁，是谁把她留住了？有人说月亮运行会经过海底，海中的鲸
鱼，会撞坏了华美的月宫吗？还有玉兔不通水性，又怎么办呢？
如果都没事，那么圆月又为什么会变成如钩的月牙呢？

词人想象的翅翼，一会儿飞向广阔的太空，一会儿沉入深
幽的海底，异想天开，饶有风趣，耐人寻味。"词人想象，直

悟月轮绕地之理，与科学家密合，可谓神悟。"（王国维《人间词话》）

> 目穷淮海满如银，万道虹光育蚌珍。
> 天上若无修月户，桂枝撑损向西轮。
>
> （米芾《中秋登楼望月》）

米芾是书法家，这首诗写得真不咋地，干燥生硬，远不似他的字那么丰润饱满，但也不无朴拙意味。

中秋诗的千古绝唱，由苏轼完成：

> 明月几时有？把酒问青天。不知天上宫阙，今夕是何年。我欲乘风归去，又恐琼楼玉宇，高处不胜寒。起舞弄清影，何似在人间。
> 转朱阁，低绮户，照无眠。不应有恨，何事长向别时圆？人有悲欢离合，月有阴晴圆缺，此事古难全。但愿人长久，千里共婵娟。
>
> （苏轼《水调歌头·明月几时有》）

皓月当空，遗世独立，孤高旷远，亲人千里。自然与社会高度契合。

中秋望月，欢饮达旦，一饮而醉。遣怀是主，"兼怀子由"是辅，思绪情怀在天上人间自由翱翔。唐人称李白为"谪仙"，黄庭坚则称苏轼与李白为"两谪仙"。"我欲乘风归去"，明月乃是归宿，却"又恐琼楼玉宇，高处不胜寒"。还是人世值得留恋："起舞弄清影，何似在人间。"

这首词熔铸了前人的诗意，形成了一种普遍性情感。由兄弟之情，对一切经受离别之苦的人表示了美好祝愿。全篇皆是佳句，典型地体现出苏词清雄旷达的风格。历来被推崇备至："自是天仙化人之笔"，"自东坡《水调歌头》一出，余词俱废。"九百年来传诵不衰。《水浒传》第三十回写八月十五"可唱个中秋对月对景的曲儿"，唱的就是这"一支东坡学士中秋《水调歌》"。可见宋元时传唱之盛。因为写得实在太棒了，一时词手，模仿成风。诸如"我欲穿花寻路，直入白云深处……只恐花深里，红露湿人衣"（黄庭坚）。"我欲骑鲸归去，只恐神仙官府，嫌我醉时真……"（闲闲老赵）之类，闹出许多东施效颦的笑话（李冶《敬斋古今黈》卷八）。

苏轼还有一首《念奴娇·中秋》，其中"玉宇琼楼""江山如画""烟树历历""举杯邀月，对影成三客""起舞徘徊"云云，重复前人也重复自己，不足为训。看来大文豪也有才怯的时候。

其实苏轼有一首《阳关曲·中秋作》，也是极好的：

> 暮云收尽溢清寒，银汉无声转玉盘。
> 此生此夜不长好，明月明年何处看。

就在写出《水调歌头·明月几时有》之后不久，苏轼兄弟便得到了团聚的机会，苏辙有《水调歌头·徐州中秋》记其事。苏轼这首《中秋作》，写了"人月圆"的喜悦，赞叹"此生此夜"

之"好"；调寄《阳关曲》，则又涉及行踪萍寄的感慨："未必明年此会同。""此生此夜"与"明月明年"作对，字面工整，假借巧妙；"明月"之"明"与"明年"之"明"义异而字同，与二"此"字对仗，语意衔接，浑然天成。真是妙手偶得。

不过，也许是因为生性肤浅的原因，比起许多名家大腕的千古绝句，我更喜欢一些显近直白的咏月诗：

当涂当涂见，芜湖芜湖见。八月十五夜，一似没柄扇。

这首诗的作者是朱贞白，一作李贞白，有关介绍语焉不详，只说是宋朝的江南人，"不仕，号处士"——也就是没有当过官的读书人。以善于嘲咏，为人称道。《咏月》是他留下的区区六首诗之一。大白话中显着一种童趣：

中秋之夜，不管你跑到哪儿，跑得多远，月亮总在你头上的空中。这样的经验，我相信充满了许多人的童年。

朗诵与演戏

朋友推荐了一个古典诗歌朗诵会视频，看后颇多感慨。

儿时看出殡，队伍里总有几个人哭得很是厉害，呼天抢地，捶胸顿足，甚至满地打滚，但只是让人诧异，并不感动。有大人告知，那些人多是东家花了钱请来扮演孝子贤孙的，依给钱多寡，哭的形式和程度不同。

哭丧是民俗，跟艺术不搭架。

稍长，在我下乡务农的镇上，有一群无名诗人，常常组织诗歌朗诵会。我那时梦想做诗人，自然十分踊跃。但去了一次，就不敢再去了。好多年后，我把听那次诗歌朗诵的感受写进了小说《无影无踪》（刊于《上海文学》）：

> 好端端的一个人，该笑笑，该哭哭，该骂骂，该动拳头动拳头；该吃吃，该喝喝，该睡睡，该放臭屁放臭屁，一到台上或是人堆前面，立刻就变了个人，全身僵直，棍子一样戳在地上，头微微侧向一边，微微抬起成一个仰角，眼睛跟谁有仇似的狠巴巴盯着空空荡荡的半空，半天一动不动。大家以为他没有了呼吸，变成了石膏像，他却忽然跟被人踩了

脚鸡眼一样一声尖叫："啊！"吓得大家一跳，以为断气。

那声音却又由高处渐渐落下，又突然提高："骏马／在平地上如飞地奔走……"

"走"字拖得很长，尖锐地颤抖，小节奏、高频率，跟母鸡打咯一个样，听得人直起鸡皮疙瘩。反应更强烈的人，完全就是心惊肉跳，赶紧站起来，走得远远的，屙尿，一直屙到听不见鸡打咯才回来。

随着阅历增加，诗歌朗诵见多了。各种各样外在的，浮浅的，夸张的，可笑的拿腔拿调、一惊一乍、撕心裂肺、张牙舞爪……林林总总。有的朗诵者是明星，把朗诵当成了演戏。其中最极端的戏剧化表现几近职业哭丧。

真正让人获得精神享受的诗歌朗诵是有的。孙道临和焦晃两位艺术家就给我留下过极深的印象。他们的庄重、沉稳、从容不迫、静水流深以及对作品的深刻阐释表现出的深厚学养，令人肃然起敬。二位都是演员，但给我的感觉是学者。听他们朗诵，仿佛是跟随历尽沧桑的哲人进入思想和艺术的瑰丽殿堂。

朗诵不等于演戏，纯粹是声音的艺术，优劣完全取决于声音对心灵的穿透，动作与表情只是辅助，不借助服装、道具、布景才叫真功夫。甚至，朗诵者完全可以不在现场。至于刻意追求情景剧效果，那是另一回事。

两位艺术家特别鲜明突出的特点是内敛。

何为内敛？《老子》第十章说"专气致柔，能婴儿乎"？在老子看来，经历了人生的波澜，重新回到像婴儿一样安详而自由的境界，就是内敛。

内敛不是没有情感，而是极尽绚烂之后的复归于平淡。

作为一种修为，内敛所表现的外在的淡定与内心是一致的，内敛的程度越高，心灵的饱和度也就越高。内敛是内心世界强大的反映。从这个意义上说，内敛不仅是表演风格，更是艺术品格。

内敛在艺术上表现为节制情感的理性。

"理性节制情感"是一个美学原则，诗歌朗诵自不例外。抒发感情有所节制，不致泛滥成灾，显然是一个必须的要求。艺术抒情从放纵到控制，乃是艺术成熟的表现。将浓烈的感情严格地加以收敛和凝聚，使之在客体与主体之间、外物与内情之间有所缓冲，感情的强力受到一定的阻遏与制约，达到适度的含蓄蕴藉，比声嘶力竭有大得多的艺术张力。工业术语有"承载能力极限状态"，是指某种结构达到不适于继续承载的极限状态。一旦强度超过，其中的刚体便会失去平衡，在反复荷载下发生疲劳、变形甚至破坏。人对情感表达的接受能力同样是有限的。不只是诗朗诵，任何事物，一旦走到极限，其实就都意味着终结。

事实上，真正达到极限的情感是无法表达的，正因此，古人才有"大悲无泪，大哭无声"一说。

节制就是自我控制，约束情绪和行为。苏格拉底认为："节制是人生最大的美德"，比君王的冠冕更尊贵。一个表演者的成功或失败，并不在观众的欢呼与鼓掌中，而在自己的内心深处。其中，节制是不可或缺的因素。

飘摇的美丽

朋友老周是大学退休教授，很多年前，我们是 K 歌的歌友。我的 K 歌不过是一种自恋，好表现，他却是认真的，在上海参加全民 K 歌比赛，拿过前三的名次！我客居外地后，再没有与他一同 K 歌的机会，他时常从微信推荐一些喜欢的歌给我，都是我也立刻就会喜欢的歌。前不久他给我发来一位新疆歌手作词、作曲的歌，歌名是《顾力木图路上的小酒馆》：

第二辑

197

> ……白蜡树叶飘，飘在夜空……依稀模糊的你，为我留下了香。顾力木图路啊……酒香飘过，我也走过……

深夜，我一下子就被舒缓深沉的旋律吸引：空旷、寒冷、苍凉，一个男人怀着无尽的眷恋和牵挂，行走在茫茫戈壁，拨动琴弦，讲述一个忧伤的故事。磁性浑厚的声音，直入心扉，深深触动了我在静夜里徘徊的灵魂。我也像是跟歌手一样醉在戈壁上的一个小酒馆，看见一条空空的街和一个孤单的人，飘荡在寂寞的暗夜。

我随即就上网查阅相关的背景资料：

这首歌真实地记录了我那段过往，我失去了很多与我走过寒冷长夜的兄弟，我让慈祥的母亲为我流了太多的眼泪，我让曾与我风雨同路的爱人伤透了心。我的忏悔与追忆并存，失去的永远是烙在心里的痛，缝合不了的伤。顾里木图路啊，博尔塔拉一条街，我和你上演了一场悲情往事。我像一片白蜡树叶，被狂风吹打，迷失了生活的方向。为了不忘这段伤心记忆，为了不再重蹈覆辙，我用歌记录下这首歌与我的故事，擦干眼泪，抬起头，迈开脚步，继续未尽的人生……

歌手的女友车祸去世，歌手在顾里木图路上醉生梦死了很多年，醉了就睡在路边，母亲伤心去世，歌手写了这首歌，歌里充满了对爱人的回忆，对亲人的忏悔。他的真诚感动了无数人，网友们称他"灵魂歌手"：

早晨醒来听了无数遍，歌唱到了我心里———一个粉丝；这是我每次开车必听的歌！过去已去，伤心犹在。我在歌中疗伤，想着已故的爱我的母亲，半年多才走出漫漫长夜———一个儿子；第一次听到就泪奔，然后就挂着泪水听了好多天，正是和他分手的日子———一个失恋者；连夜开车千里，赶到她家楼下，窗上灯还亮着，有红红的双喜，我抽烟抽到天亮。接她的车来了，今天她就要成为别人的新娘。我一直跟在车队后面，突然来了一条短信："别送了，下辈子我一定嫁你。我在窗帘后一直看着你抽烟，哭了一夜，忘了我吧。"———一个痴心男孩；每个光鲜的背后，都有一张不为人知的面孔，隐藏着一颗憔悴的心，像洋葱一样，一旦层层撕开，脆弱的眼泪就会碎了一地——一个哲人；坐在小酒馆，要一瓶红乌苏，闭上眼睛，聆听，沉思，只有红乌苏的苦涩才能配得上这首歌——一个诗人；初闻不知曲中意，再闻已是曲中人……多少痴梦多少等，何处再寻梦中人……一唱一叹红尘事，一弦一箫了人生……曲终人散肝肠断，天涯何处觅知音——一个过来人；万里戈壁，蓝天白云，多么纯净和放松——一个成功者；当陪你的人要下车时，即使再不舍，也要笑着挥手告别。终有弱水替沧海，再无相思即巫山——一个暖男；谢谢你给我的甜。如果还能相见，我会把积攒的全部体温，给你一个温暖的怀抱。我只想跟你说凡夫的话，做俗人的事，过细水长流的日子。别人再好，与我无关。你再不好，我都喜欢。我不能给你全世界，但是我的世界全部给你——一个幸福女人……

打动人的歌都是深情的歌。有时候，我们喜欢一首歌，常常是因为我们仿佛从歌中听到了自己的故事。歌中飘摇的是人性的美丽，不同性别、年龄、经历、处境的听众都可以从歌里感受到这种美丽。

一首好歌，并不单单取决于曲调华丽、演唱圆熟、情绪激昂。只有从心里唱出的歌，才能进入无数人的心。或者说，打动无数人心的，一定是从心里唱出的歌。

好听的歌不一定动人，动人的歌一定好听。这就是音乐乃至艺术的魅力和真谛吧！

第三辑

空与无，原是存和有。

金 丹

最早听说广东惠州的罗浮山，是在北京。中国作协主办的全
国优秀短篇小说第二届评奖，颁奖后，获奖作家座谈。其中一位
作家声音洪亮，口若悬河，旁征博引，语惊四座。我从他的发言
知道，他是本届获奖作家中杰英，获奖小说是《罗浮山血泪祭》。
会后我找来这部小说，被其沉郁悲愤深深地打动。

小说描写了京城的一批知识分子被千里流放到罗浮山改造的
故事：曾到罗浮山寻找过"锯牛"的生物学家，因为被打断三根
肋骨，奄奄一息地躺在担架上，到了山口就溘然而逝，至死念念
不忘昆虫"锯牛"。他的弟子继续进山寻找"锯牛"，忘我地采集
各种珍贵动植物标本，"以宽阔的胸怀、仁慈的微笑和山水的柔
情安慰无辜的受难者"，将流放变成了科学考察。

缥缈的罗浮山演绎了一幕悲壮的血泪祭。

这个小说，让我记住了罗浮山，同时有了一个愿望：有机会
能够一睹其"生生不息的万千姿态"。

这个愿望在四十年后得以实现。

罗浮山已是 5A 级景区，大小山峰间，道观庙宇林林总总。

博罗有罗山，以浮山自会稽来傅之，故名罗浮。

罗浮山形成于粤地罗山和浙地浮山的相撞，这样的传说居然见诸《后汉书》。

道教的潜隐默修之士，喜遁居山林，多择仙迹兴建宫观，期荫仙风而功德圆满。世人则以之为通天之境，可求福瑞。道教三十六洞天、七十二福地，罗浮山被列为第七洞天、第三十四福地。东晋葛洪于此修道炼丹著书立说，使之成为"岭南道教圣地"。

罗浮山，奇峰林立，适在北回归线，雨量充足，植被茂密，药用植物一千余种，是天然的草花库。

而"吞服自炼九转金丹羽化成仙"的葛洪，事实上与常人无异：

少年丧父，寒门苦读，常以柴火照明，徒步借书，不辞数千里。博览百家近万卷，十几岁便著《抱朴子外篇》。成年后虽历任公职，但淡泊寡利。因为访求丹药，两上罗浮山。第二次在罗浮山一住三十六年，钻研医药，开矿石入药先河，为道教丹鼎派倡导人。平生著作五百三十卷，其中七十卷《抱朴子》为其代表作，是道教史上具有较完整的理论体系和有多种方术的重要著作。其《肘后备急方》是我国现存较早、实用价值很高的一部方书，也是现存历史悠久的急症诊治专著，以廉验效宏而被誉为"岭南中医一书"，葛洪因此成道教理论家、炼丹家、药物学家。当代科学家屠呦呦正是受《肘后备急方》启发，发明了青蒿素治疗疟疾的新疗法。

古塔的风铃声

对自然法则的遵循和对世间事物的孜孜探求，是葛洪真正的意义。作家描写的那支历经磨难的科考队和屠呦呦这样的科学家，则是这种精神最积极的传承者。

葛洪推崇老子的"见素抱朴"（《老子·十九章》），以"抱朴子"为自己的道号和主要著作的命名。

"素"，未染色的生丝；"朴"，未加工的原木，皆喻人品的纯洁。

这是真正的"金丹"。

雪 峰 山

两千多年前，屈原离开楚国郢都，渡长江，过洞庭，溯沅水，不远千里来到现今的怀化溆浦，在此度过了十六年光阴。

溆浦之为屈原一生至关重要的一个节点，不仅因为中国文学最为辉煌的篇章之一《楚辞》由此横空出世，更在于他由此从庙堂走向了民间。

"溆浦"者，溆水之滨也。大小河流数千里纵横。天险雪峰山为华夏中原通向大西南的屏障。森林覆盖的数千公顷主峰腹地，剑峰千仞，群山巍峨，水声鸣佩，碧绿澄清。

这里是野生动物栖息繁衍的天堂。云豹、黄腹角雉、大鲵、穿山甲、獐、豺、青鼬、草鸮、长耳鸮、短耳鸮、五步蛇、眼镜蛇、菜花蛇、乌梢蛇、画眉、竹鸡、斑鸠、大山雀、白头翁、八哥、啄木鸟、角雉……飞扬灵动。

这里是特产资源的富库，是国中水果之乡和药材之乡。

雪峰山，山峦重叠夹溪河，云雾弥漫藏古村，立于雪峰山之巅，俯瞰陆水湖如玉盘，远眺莼蒲大地，长江茫茫一线。

思蒙山称小桂林；米粮谷是第二金鞭溪；鬼葬山、悬棺神秘莫测；溶洞群闻名遐迩。三国陆逊试剑石，旁有剑石村；唐建雪峰寺，碑刻尚存；茂林、幽谷、巨瀑、奇峰，青山绿水间，全木结构的吊脚楼、璀璨花瑶的古民俗，山水人文，相得益彰。一山一水都是故事，一草一木皆有传说。

说溆水里流出了《楚辞》，持之有据。溆浦方言保留了几千年的上古楚音。《楚辞》中有的古字读音同溆浦方言完全吻合。《楚辞》楚韵的桨声，至今回荡在这块美丽而神奇的土地。

"龙舟竞渡最早始于武陵"（《湖南通志》），溆浦是龙舟的发祥地。溆浦以初一为小端午，十一为大端午，龙舟竞渡时，两岸人声鼎沸，凯旋时，杀猪宰牛以庆；溆浦龙灯起源于唐朝，是中国龙灯的原型，至今只有溆浦一带保存非常原始的龙灯。一伙龙灯有牌灯、故事灯、蚌壳灯、船灯、车马灯等相配合，有非常粗野的艄公艄婆、涎水宝等人相伴，其后是狮子和阳戏班表演。小龙灯、蚕灯、鹅颈灯、喔嗬灯、虾米灯、地狮灯、姑娘灯……光听这些名头就让人眼花缭乱；溆浦的高山号子激昂高亢，原始粗犷。山歌爽朗质朴，分唱和对唱，反复叠唱。男女以山歌定亲，信口对答，唱到对方无词而止。挖山、插田也有歌，一人打鼓，一人敲锣，众人随声附唱；渔鼓、三棒鼓、莲花落，说古道今，见景生情；竹扎纸糊，结合泥塑的人物、动物，栩栩如生；古建筑更是美不胜收，受到联合国教科文组织专家好评；源于巫、傩、道的娱神而逐步演变过来的溆浦辰河戏豪放明快，幽然深情，是中国戏剧的"活化石"；属于民间散曲的阳戏，富有浓厚的乡土气息，古老的"木脑壳戏"（木偶戏）依旧生动活泼。

溆浦西汉为武陵郡郡治所在地，郡遗址附近发掘出土战国、西汉硼葬千余座。明清建筑的古寺庙、古祠堂、古牌坊、古书院更是随处可见。

楚文化的魅力，五溪文化的神秘，让溆浦几近圣境。

穿岩山云蒸霞蔚，福寿阁古色古香，星空帐篷基地，为丛林的绿色簇拥。登上奇松岭玻璃观景台看过云海日出，便从玻璃滑道直下南天门。

落雁鹅界在云端，花瑶梯田遍山背。枫香瑶寨、仙境瑶池，篝火晚会，让人惊叹、惊艳和惊喜。

然我今来溆浦，却是闻香而来。

山好水好，俊男靓妹，温泉老宅，花瑶民俗……千种诱惑可拒，唯湘西茶饭例外：

松木土灶，粗瓷大碗，山溪鲜鱼，雪峰鸡汤，山泉野茶，姜末菊花，最是陈年腊肉，其制作世代相传，并无秘法，只需满足如下条件即可：天然山泉，天然猪草，天然放养，足够生长期，保存或艳阳暴晒，或松木熏烤，或茶油浸泡。于是焉，观之色泽古朴，闻之垂涎三尺，啖之百食不厌。大碗喝酒，大块吃肉，醇厚如读古书，通透直穿心脾。人间口腹之乐，有甚于此乎？故文学湘军干将彭见明得意道："文也以食为天，光是湘西腊肉就足够收买这班俗世文人了。"斯言不谬。

这次湘西之行，让我更其相信：世上最有名的固然不乏最好的，然最好的却未必是最有名的。

无数想要远离喧嚣，亲近自然，感受原生态的人们，往往发现许多颇有名气的"原生态"被现代世界的商业繁华浸染。此来溆浦，却让我遇到一处果然出尘入云的山野景观。可谓有幸。

雪峰山，清水高峰，出云吐雾，饱山岚之气，沐日月之精，得烟霞之霭，万物自生自长，得天地精华，无污染之虞；或荣或谢，怡然自在，混浊的时世因此保有了一份本真，让有幸见识的人激赏恨晚，从此怀念终生。

"雪峰"，是实指，一种湘西之子名作家蔡测海叹息的"存世不多、不可复制的风景"。更是一种民间的象征：天然、本真、原始、原生态和原住民文化。

人间至味在雪峰，即人间至味在民间，与是否御苑豪门无关，与是否名牌老号无关，与是否金盘银盏无关。

庄子说："朴素而天下莫能与之争美。"

雪峰山，是一个鲜活的证明。

离开雪峰山，忽然想起当年孤苦的屈原和他悲怆的《涉江》：

> ……
>
> 朝发枉陼兮，夕宿辰阳。
>
> 苟余心其端直兮，虽僻远之何伤！
>
> 入溆浦余儃佪兮，迷不知吾所如。
>
> 深林杳以冥冥兮，乃猿狖之所居。
>
> 山峻高以蔽日兮，下幽晦以多雨。
>
> 霰雪纷其无垠兮，云霏霏其承宇。
>
> 哀吾生之无乐兮，幽独处乎山中。
>
> 吾不能变心而从俗兮，固将愁苦而终穷。
>
> ……

大诗人走进了民间，却没有走出三闾大夫的困境，奈何？

武隆的山

秋日，踏上武隆山地。车子沿乌江上溯。茂密的树木在恍惚中后退，隐约的记忆渐次清晰。奔腾的乌江，在峡谷里蜿蜒，绝壁像书页。朝代依次铺开，李白哀怨"大道如青天，我独不得出"，杜甫惊呼"众水会涪万，瞿塘争一门"，刘禹锡悲歌"巴山楚水凄凉地"……诗人们迤逦而来，用竹简上千年长成的文字写诗，等着我们翻看。

曾经，万山铸就牢笼。乌鸦，栖在渡口；巴人，在峭壁上拉纤；诗人，愁眉深锁仰天浩叹。雷霆击碎沉默，却击不碎苦闷，鸟鸣打破幽静，却打不破寂寞。

那仅仅属于遥远的回忆。

而今，一切都超越了想象。我怀抱莫大的激情走进武隆，走进一首不是用文字而是用奇山异水写出的无与伦比的诗篇，一首让一千年前的伟大诗人会遗憾自己的缺席的诗篇。

乌江以及十二条次级河流，在将武陵山与大娄山截然割裂的同时，将处于两山褶皱地带的武隆分为若干高山峡谷。峻岭深壑把武隆人禁锢在一方方狭小天地。蜀黔屏障挡住了山里人的视线。"好个武隆县，衙门像猪圈。大堂打板子，河边听得见"的民谣，把武隆形容得渺小而猥琐。

武隆七山一水两分田，土地金贵而贫瘠。自古刀耕火种，人们汗水摔成八瓣也弄不出几粒粮食。主食苞谷只有鸡头大，俗称"鸡脑壳"，壮汉一顿就能吃掉半亩地收成。赤贫的山民没有被盖，就钻在玉米壳子里睡觉，俗名"冲壳子"。"武隆"于是成为贫穷与落后的代名词。"养儿不用教，武隆走一遭"，说的是让不懂事的娃儿到武隆的穷山恶水走一遭，回去就懂事了。

武隆史料记得明白：境内有"山形如龙""逶迤修回"，武隆人因而自认姓龙，渴望"飞龙在天"。

武隆集大娄山脉之雄，武陵风光之秀，乌江画廊之幽，被誉为"中国武隆公园"、世界喀斯特生态博物馆。仙女山拥有的世界规模最大、最高的串珠式天生桥群——天生三桥；地质奇观——龙水峡地缝；芙蓉洞、芙蓉江、白马山、后坪天坑的山、水、泉、洞、峡等风格各异的自然景观，无不让人叹为观止。其中，天生三桥是亚洲最大的天生桥群。桥的高度、宽度、跨度皆在二三百米以上。三桥平行横跨峡谷，将两岸山体连在一起，气势磅礴，高耸云天，是"世界天生桥群之最"。龙水峡地缝式峡谷，长五公里，最深达五百米。幽深曲折，壁立千仞，仰望一线蓝天，峰矗云涌，加上悬瀑流泉，潭碧涧清，翠竹婆娑，茂林摇曳，徜徉谷中，绝壁、涡穴、裂点、浅滩、崩塌、瀑布、泉水、洞穴等多种地质遗迹尽收眼底。俯仰之间，不由顿生轮回之感。仰望壁立千仞，天光曦微，让人昏昏然不知身之何处。观龙水峡地缝，可知百万年地质变化，仿佛在一日之中穿越宇宙万古。

仙女山国家森林公园，面积一百平方公里，平均海拔近两千米，森林面积三十多万亩，天然草原十多万亩。作为重庆周边最大的高山草原，因为夏季的凉爽宜人被称作"山城夏宫"，辽阔的草原上一片葱茏，蓝天白云下，到处纤尘不染，空气清新，沁人心脾。

2007年，武隆喀斯特以景观资源的独特性、完整性和原始性、"以其无与伦比的美学价值和重要科考价值"在第31届世界遗产大会上全票通过，列入《世界自然遗产名录》。武隆由此走上了将得天独厚的自然资源转化为经济资源，以旅游促进人流、物流和地方经济的绿色崛起之路。

千年的历史仿佛一晃而过。今日的武隆已是高楼夹江的现代新城。

大自然对人类的恩赐，人类常常视而不见，不知珍惜利用，甚至制造了无数野蛮愚蠢的生态灾难。武隆人以成功的实践，不容置疑地证明了自然本身的伟大。这是武隆人，也是他们带给无数饱受生态困扰中的人们的最大收获。

青绿长卷看温州

多次去过浙江。印象中，越地几无高山峻岭。目之所及，都是那么温文尔雅，谦卑自守，由葱茏茂盛的绿树半遮半掩着，由阴柔秀丽的碧水回环缠绕着。倘若入画，我以为，最宜是青绿长卷。

乐清雁荡山

早年偶然路过温州，当地文艺团体的朋友热情相邀，有了雁荡山之行。

小时候就听说过雁荡山，当时是全国十大名山之一。曾有人说它是"东南第一山"，甚至有说是"海上名山，寰中绝胜"的。长大了读书，知道"雁荡山在乐清县，山顶有一湖，方可十里，水常不涸，春雁归时都宿此，故名"（明·陈仁锡《潜确居类书》）。开山始于南北朝，兴于唐，盛于宋。鼎盛时期的雁荡山有十八寺、十院、十六亭。历代文人墨客于此留下了许多诗篇和墨迹。

背依莽莽括苍山，面对浩瀚乐清湾，年年南飞秋雁栖宿的湖荡，即在主峰雁湖岗上。自古所谓"寰中绝胜"，即指此处。

群峰堆叠，悬嶂蔽日。岩、石、洞、瀑、潭、泉、溪、涧、湖、峡，散于灵峰、灵岩、大龙湫、显圣门、雁湖，难以计数。其中给我留下最深印象的是其瀑布的秀丽。最著名的大龙湫、小龙湫和三折瀑，不以大取胜，而是以优美的姿态动人。近两百米的大龙湫终年不息，随季节、晴雨的变化而不同。雷雨过后，悬崖峭壁上飞流直下，震天撼地。雨水稀少的季节，瀑布则从半空悠悠飘忽，雾随风转，在阳光照射中出现绚丽长虹。唐诗僧贯休有"雁荡经行云漠漠，龙湫宴坐雨蒙蒙"句；元李孝光《大龙湫记》有"仰见大水，从天上堕地，不挂著四壁……东崖址有诺讵那庵，相去五六步，山风摇射，水飞著人，走入庵避之，余沫进入屋，犹如暴雨至"的记载；清代袁枚的《大龙湫》说是"五丈以上沿是水，十丈以下全是烟"。

当年的诗人在龙湫附近，于细雨蒙蒙中闲居宴饮，静坐观景，何其惬意。

三折瀑是同一水流历经三处悬崖，成为上中下三个飞瀑。中折瀑周围的悬崖，犹如一个半圆的洞穴，水从洞顶泻下，轻盈、柔美、娇媚、婀娜，如佳人翩跹。

雁荡山的洞壑多而奇特，最高大的观音洞，在合掌峰两山隙缝间，洞内竟建起十层楼的庙宇。朦胧山色中远观合掌峰，颇为奇妙。倘于灵峰寺西北角仰望此峰，似是巨鹰蹲于崖巅，而从东南角再看此峰，则如一对情侣在窃窃私语，故又名"夫妻峰"。

两峰拔地而起，相峙并立，谓之"门"。最著名的称显胜门。两旁峭壁高不过两百米，相隔不足七米，形势虽然说不上险峻，不堪为前人所说的"天下第一门"，抑或有可观焉。

欲观山景，不必耗费体力攀登陡峭的山径，只消沿着一条平坦的石子路，缓缓行走，各种姿态的奇峰怪石就纷然来至眼底，这可说是雁荡山极是可人的一个特点。

然而，以为雁荡山面目仅止于此，则是大谬。

只有半天时间，主人领着我匆匆浏览的不过仅仅是北雁荡。余下的时间，主人有以教我：雁荡山是一座绵延几百里的大山脉，有东、西、南、北、中之分。

东雁荡临海，沿岸断崖峭壁，犹如刀削斧劈，山成半片，直立千仞。连绵数千米的绝壁依次展开惟妙惟肖的迎风屏、赤象屏、孔雀屏、鼓浪屏等巨幅岩雕画屏，是中国最长、最大的海上天然岩雕。

西雁荡为"浙南大峡谷"，以群瀑、碧潭、幽峡、奇岩为其特色。

南雁荡，叠翠群峦与北雁荡遥相呼应。山顶沼泽，为大雁栖息地。

而最为人称道的是中雁荡。谢灵运诗云："千顷带远堤，万里泻长汀"；宋朝王十朋谓之"十里湖山翠黛横，两溪寒玉斗琼琤"。

中雁既峰雄嶂险峡深，石巧洞幽寺古，八十多平方公里景区有名景三百多处，又水盈瀑美，湖峰相映。钟前、白石、龙山三湖无论春夏秋冬都似三面明镜镶嵌在群峰之间。登峰可极目千里观东海日出，歇息可柳荫垂钓，碧波泛舟。青松翠竹间，数不清的峡谷悬崖瀑布，九曲八折，碧流淙淙，满世界洋溢绿的清纯，水的柔情。山水兼胜，乐山仁者、乐水智者，皆乐而忘返。

山水风景，气势上有雄伟清秀阳刚阴柔之别。而中雁荡既巍峨伟岸又不失温柔妩媚。拔地顶天的玉甑峰通体莹洁如玉，不沾尘埃。于岩下仰视，顿生"壁立千仞，无欲则刚"的崇敬；立峰顶俯瞰，则生"海纳百川，有容乃大"之浩气。堪为中雁荡灵魂：高耸云天，一峰独出，万峰伏首。中雁荡的峰、谷、云、水以之为轴心，则浑然一体：高峡平湖、峰峦陡峭、洞谷深邃、峰奇石怪、溪碧泉清。自然造型优美，空间组合协调，蔚为大观。

作为国家级著名风景区，每年有百万人慕名来雁荡。然而，人们往往浅尝辄止，少有深入堂奥者，到了北雁便感叹览尽海上名山，却不知还有绰约美人，藏在深闺。多少风景名胜，类似的缺憾并不罕见。

也难怪，雁荡山这样一座奇特、秀丽的高山，自古以来的地理图谱表籍上皆无提及。直到宋代，因为修建道观开山伐木，方为人所见，其时连个山名也没有。雁荡山的许多山峰，尽管陡峭、挺拔、险峻、怪异，却耸立在巨大的山谷里面，被深谷老林掩蔽。不入谷中，便看不到它们的峭拔林立，直冲云霄。山水诗的鼻祖谢灵运尽管喜欢"寻山陟岭，必造幽峻，岩嶂千重，莫不备尽。登蹑常著木屐，上山则去前齿，下山去其后齿"，当永嘉太守时，几乎游遍了永嘉一带的所有山水，唯独没有提到雁荡山，盖因为其时尚未有雁荡山之名哉。

《梦溪笔谈》有言"温州雁荡山，天下奇秀。然自古图牒，未尝有言者"，"……则为深谷林莽所蔽，故古人未见，灵运所不至，理不足怪也"。

世间因有意无意的闭塞而湮没的绝胜之美乃至旷代之才原不

知几许，致黄钟毁弃，瓦釜雷鸣，如之奈何。

文成百丈漈

我从喧嚣的温州驶入静谧的文成。这里青山高，绿水长，有暖暖远人村，依依墟里烟。这里土地平旷，屋舍俨然，有良田、美池、桑竹之属。阡陌交通，鸡犬相闻。其中往来种作男女，神色拙朴。

我从静谧的小城走进幽深的百丈漈峡谷。这里巨石盈川，古枫蔽天。这里巍峨山脉参差迤逦，黄金水道淌玉溢彩，变幻四季飞红点翠。这里的瀑布称"天下第一瀑"，从二百多米的绝壁飞流直下。

我从幽深的百丈漈峡谷攀上陡立的通天岭。这里已是海拔六百米的高处，这里竟是一片广阔丰腴神奇的平原，这里的田亩千年不旱万年不涝。南田就在这片平原上。

南田是大明元勋刘基的故乡。

我于历史几近无知，也偶尔闻知了《推背图》和《烧饼歌》。刘基自己的《行状》说他年十四即从师受春秋经，且"默识无遗"。他身居元之乱世，为官却刚毅不避强卫，以说直闻于同僚，不惜退隐，具战国豪士之风；他按时序名列吕望、张良、孔明之后，尽心辅佐，出谋划策，西平江汉，东定吴都，然后席卷中原，一统天下；他精通易学，识整体，辨阴阳，明天道，观气象，知象数。天文、地理、兵法、谋略，皆了然于胸。寰观天下，洞悉变迹，掌握先机，能测未来天下大势流变恒数百年。他的一生都在为戏剧的一个又一个高潮埋下伏笔，最后的谢幕却依旧未免让人慨叹唏嘘。

我们来时恰值正午，日光灿烂箭镞般锐利。南田镇新楼如队列，新街如刀切。开启的商户寥落，古树下枯坐的老者苍黑一如虬枝。今人不见古时日，今日曾经照刘基。故居早已腐化于尘土，三十六座墓冢不知哪一座藏着真实的尸骨和黄金铸造的头颅。黯淡了记忆的辉煌，"帝师"与"王佐"的牌楼空余在与乡民杂处的庙前。唯村背镌刻了《郁离子》的水岸长廊或可流连。那一年，刘基就是从此迈过单拱的石桥，走出青山，走进苍茫江湖。

天下风云出豪强，一入江湖岁月催。号角响起的时候意味着决绝。回首，无尽的苍穹，无边的落木。有江湖就有恩仇，江湖就是恩仇。没有人知道自己将怎样投入血腥。

帷幄运筹决胜在千里之外，雄图霸业也许在谈笑当中。而人生，最终不过是一场宿醉。

他的脸苍白。他不应该去到江湖。江湖冷酷，再信誓旦旦的表白也不知道什么时候会被弃之若敝屣，也许就在决胜一剑的刹那，他已经失去看似最可倚仗的宠信。

他太虚弱，禁不起江湖风雨，江湖是适者生存的地方。成为英雄的路很遥远，遥远得让他早该放弃那个梦。倒下的瞬间历史看到了他的目光：惊惧。无助的眼神，回荡在时空，分外凄厉。

我不禁深深为之叹息，一个智者对前后五百年的沧桑洞若观火，却似乎未能预见自身的命运。

他曾是那么爱恋并且歌吟过自己的故乡：

悬崖峭壁使人惊，百斛长空抛水晶。

六月不辞飞霜雪，三冬更有怒雷鸣。

磨尽最初的喜悦与热血。霜雪和怒雷，打在我们每一个人身上，也打在刘基身上。百丈瀑直插青云的峭崖，有如背负长剑的孤客，落寞在天涯，兀立成一种悲壮。

如此青山去何为？

难道真的只为认定并屈服于其实无可捉摸的天数？难道仅仅是缘于对自身的偏爱？难道必须到了饮恨苍天的时候，才能完全明白：一个人真正的、最大的聪明，其实是甘于平凡与寂寞，而天地间最可托付的永远是大自然的怀抱。

永嘉楠溪江

如果说，世上真有一处"世外桃源"，那么除了陶渊明笔下的桃花源，说温州永嘉的楠溪江亦颇具其神韵，应不为过。

悠悠三百里楠溪江，周边群山围绕，东与雁荡毗邻，西接缙云仙都，北与仙居接壤。近七百平方公里的范围，八百多处景点沿江分布，融天然风光与人文景观于一体，以水秀、岩奇、瀑多、村古、滩美、林秀而为无数顶级风景中唯一以田园山水风光见长的景致。难怪被国际媒体评价为中国四十个最美景点之一：

四海山，自东北向西南延伸，是楠溪江风景区面积最大、地势最高者，四海尖、天高尖、金岗尖、上潘大尖等十余峰，山岩中"峰笔立、崖如削、洞悬壁"，天柱峰、棒槌岩、六螺山、大若岩、麒麟峰、水响岩、菠萝岩、芙蓉崖之类奇峰异石，远近林立。石桅岩高三百米，一峰拔地而起，形似船桅，通体皆石，三面环溪，环峡相映。十二峰，乃是流纹岩因节理风化和流水侵蚀，地壳抬升而成的峰群。

山体的断裂使各支流山崖险峻、峡谷深切，瀑布众多。九漈石门台瀑布群、藤溪瀑布群、崖下库峭壁飞瀑、百丈瀑、中心坑峡谷飞瀑目不暇接。巨瀑高达百丈，三级瀑、七级瀑连续如梯，在两公里溪谷飞流的九叠瀑形态各异；水仙洞、鹤巢洞、陶公洞，洞洞幽奥，尤以陶公洞称天下第十二洞天福地。

大楠溪渡头流至太平岩四十公里的溪流弯曲多姿，滩潭相济，沿江滩林、奇峰、古村落、古建群，迤逦而出，沿江林立。最为著名的岩头、苍坡、芙蓉、蓬溪，存有宋代以来的亭台楼阁、寺庙道观、宗祠牌楼。

原名"苍墩"的苍坡村，是中国四大民居之一。始祖李岑为避战乱从福建长溪迁居于此，五代后开始营建，至今已历千年。南宋时重新规划，建成以文房四宝为规模的村落格局，成为楠溪江流域耕读文化村落的标本。

永嘉，唯美的自然景观与丰富的人文景观让古老的盛名独步江南。山水、田园、古村落、永嘉学派、耕读文化、永嘉四灵……在原始的时空沉淀，为永嘉蒙上钟灵毓秀的柔情。

离开永嘉的头天下午，我坐竹排在楠溪江漂浮。撑船老大的"起头篙"沉稳扎实。正所谓"开船如兵马出师"，是好兆头。日如赤鸟，静穆在远山之巅。江上雾起，蓦然回首，彩虹见于中天。

庶几夜色温柔，沙岸与青山渐次朦胧。水面辽阔，水流飘逸，两岸江枫渔火时明时灭，树丛中的村庄时隐时现，晚归的渔人撑着蚱蜢舟悠悠荡荡。楠溪江渔家把诗情画意展现得淋漓尽致。是诗？是梦？莫可名状。

也许是走过了太多的山山水水，经历过了太多的风尘仆仆，我最喜欢的是永嘉的民宿。

永嘉的民宿，处于山谷，枕于流水，一砖一瓦砌起了城市人的乡村梦想，一个乡村里的家。民宿讲述着云卷云舒、四季变化、光与时间的故事，让细节的品质从命名开始。民宿的名字，都是那么雅致：有小资的"遇见"，有亲切的"邻里"，有老者的"等烟雨舍"，有朴实的"楠溪花开"……民宿的每个角落、每个物器都有故事，满足你对乡野生活的想象：一个纯粹的农家小院，院子里有石头垒成的墙，铺满楠溪江滩的鹅卵石，有石板路，有竹篱笆，有四季不衰肆意盛放的各种野花；青瓦白墙，榫卯实木的老房子，是最传统的风格。布艺沙发、长脚凳、暖炉、开放式厨房、周围的梯田种着日常食用的蔬菜瓜果，主人每天去沿路的市集采买土产……关起门来，就是一个避世的家，只留下"悠然见南山"田园情怀，与家人亲友，饮酒、品茶、阅读、烹调、闲话，不食人间烟火却又食尽人间烟火。

民宿的主人喜欢称自己为"乡村生活的运营者"，守望着田园生活。他们对细节有着极高的要求：房间必须有靠窗向阳的原木地台、传统卧榻、老式木柜茶几和布艺沙发、木平台的小型品茗区、带榻榻米的阅读休憩区……所有的器物，要么是外地淘来的，要么是自己动手改造的，绝对独一无二。简约质朴的书吧、没有油漆的客房、清淡如禅的茶室，钢琴吉他寄托儿女心，长箫古筝消尽万古愁……融入了主人所推崇的生活理念：民宿远不止是营业的宾馆，而是客人享受生活、交流沟通的平台。

夜晚，远远地便看见了，溪边民宿窗户映出的一抹橘黄暖光，梦幻而温馨，让人急于趋近。推开厚重的木门，或于木质步道，踏月徘徊，或于卷帘楼头，临窗而歇，卧听蜿蜒的楠溪江水，汩汩流动。

午后时分，安坐蒲团。壁上墨梅数枝，案上清茗一壶，隔着案几，与久别的老友相对叙旧，叹韶光易逝，人生无常。也可能什么也不说，闲看落花，静观云起，任落地窗外隔岸玉簪如屏，山岚起伏，任时光像无所事事的贵妇，慵懒度过。

人生的每一次出发，你也许并没有把目的想得十分清楚，懵懂只道是追求诗和远方。然后你穿越江河、湖海、山川、草原，经历狂欢或是大悲、大胜或是惨败，于是你渴望有一屋子的轻松愉悦等你，有一个地方、有一个人与你安安静静地相守，同声相应，同气相求。

于是，终于有了这一天，你感觉到自己找到了心灵栖息的归宿。

浙江南大门

泛舟楠溪江、徜徉雁荡山，越温岭、过桐溪、到蒲城，青绿山水长卷的最南端，是北接文成的苍南。

苍南，浙江"南大门"。东南临东海，西南连福建。汉民分属闽海、江浙民系，方言则有闽南、蛮话、吴语瓯江片。浙江唯此地可种荔枝、香蕉，有我国纬度最高的荔枝林。海域近三千平方公里，为浙江的海洋大县，有着丰富的海洋与渔业自然资源禀赋。

望州山，在沿海平原突兀而起；苏湖山，地势险要，最高处的大尖山，龙湫云气蒸腾，生发风雨雷霆；鹤顶山，是苍南的最高峰，山势如鹤顶，蔚为壮观的风电柱群，庄重地旋转现代工业的巨臂，磅礴云霄。远眺茫茫，海阔天空。

澳后村落，因多雾而称雾城。澳口东有凤山、西有龙山，曰"龙凤呈祥"。蒲壮所，城围数公里，东南西三向，城楼屹立，北面城墙依山而筑，明代抗倭城堡至今完整。寻千户，忆旗军，上辖台，不见烽火，空有凤銮墩。海浪拍击城垣，旌旗几度飞扬。月牙形的雾城岙沙滩，时常白雾缭绕，消弭了剑影刀光。

碗窑建于明洪武年间。古民居、古陶窑、古水碓、古作坊、古庙、古戏台俱全，是天然的历史制瓷博物馆。数百间清式建筑依山而筑，有吊脚楼，招摇畲乡风韵。

最是渔寮，给青绿长卷点染了最精彩的蔚蓝。

海阔，浪缓，水碧，沙净，是中国东南沿海大陆架上最大、最平的黄金海滩。

王孙村号称"东方夏威夷"。渔寮岙、草屿山、皇帝礁、七姐妹礁、三折瀑布，集山光水色之大成：

音乐石，以小石击之可奏出音色优美的乐曲；十六奇礁，象鼻岩、狮头岩、龙头嘴，海上神龟，大小峡门迤逦而行；一年一度的观海节和沙滩音乐会，让海洋成了舞台；渔家的生猛海鲜，有恐龙时代的海生动物；黄杨木雕、彩石镶嵌、瓯绣、金版画与细纹剪纸，展示了苍南人的心灵手巧。

也许是走过了太多的山山水水，经历过了太多的风尘仆仆，最喜欢滨海的风景。在一望无际的海边呆坐，听上古时代的潮声滚滚，看潮汐爬上亿万斯年的崖壁，胸膛盛下大海的回声。海有多广阔，思绪就有多遥远。

沉默中听到远处的钟声，回响在千山万水。没有什么能约束远行者的步伐，心灵释然如沐春风。在苍南，每个人都会很真，就像孩子，睁着一双天真的眼睛。有那么多的美好，带给你那么多的快乐。

潮起潮落，仿佛生命的脉搏；涛生涛灭，源自苍凉的远方。海是灵魂的故乡，有生命的躁动与一生的风景。月缺月圆，梦迷梦醒，无数的故事开花结果。

苍南的海湾，青绿山水长卷浓墨重彩的收笔！静静享受并感激你所赐予的一切。在你宽厚朴素的怀抱里，心无须设防。真实的人生其实真的是这样简单。曾经追逐的一切，在凝望大海的那一刻，变得如此淡然。

白云山登高

冬日，去广州白云山登高。

白云山几乎就在城里，几十座山峰簇集，主峰海拔不过三四百米，浮在城市高楼汹涌澎湃的浪涛上面。

旅游宣传沿袭着通行的模式：远古就闻名于世，有名士出入，道士炼丹，禅师建庙，有云、泉、寺、叠翠之类"八景"云云。凡天下名山应有者尽有。

而白云山其实并非名山。

这座城市真正进入世界视野，是近现代的事件。以客居十余年的经验，我最所欣慰的是它没有失去生活化、自然化乃至市井化的世俗韵致。

城市传说的主角是最朴实的渔家儿女；流行的语言包括多种方言；民间各种菜系融会贯通；插桃花"行桃运"、摆年橘"图吉利"、派红包以"利事"；船民祭拜的海神，是渔家的妈祖……平凡的欢喜快乐，充满了烟火气息。踏实的日常岁月，不张扬，不炫耀，不骄矜。

也许就是因为这一切，氤氲了白云山的文化品质。

白云山，平和，素净，冲淡。

没有陡峭壁立的巉岩，没有惊心动魄的峡谷，没有高不可攀的巅峰，没有府第遗址，没有仿古楼阁，没有富豪别墅。无寺无观无僧无道，无诵经画符，无香烛香客，只有流水潺潺，林木深深，鸟语唧唧，花香幽幽，一如乡间随处可以邂逅的村民，你随时可以坐下歇脚，畅饮主人用药材煲制的糖水或凉茶，听他们叙说祖上的来历，村子的变迁，在城里打工、上学或做生意的儿子女儿，忘却一路的疲惫。

亚热带沿海，温暖多雨，光热充足。四季常绿、花团锦簇的小城，是国中年均温差最小的大城市。而白云山因其地理上的优越，对城市生态构成极佳的调节，是城市之"肺"。

一座现代都市，有这样一座山，的确是一种福祉。

白云山有便捷的现代交通。缆车、电瓶车一应俱全。但除了老幼与旅客，当地人更多选择了徒步登山，环山跑步成为一种群众性的体育活动。跃出喧闹的尘嚣，谛听城市的呼吸，感受身心的淘洗。在长满谷地的花的激流中徜徉，在密林的缝隙里看阳光照耀鸟雀的跳跃。沟底泛青的古木，仿佛失落的古老歌谣。半山的平畴，儿童遥控无人飞机。无主的废园，老者沉吟陈年旧事。空谷的清风拂面，谁在耳旁悄悄叮咛：去搭白云的马车，去摘想象的星星，把一种轻松的心情，在天地间随意挥洒。

峰巅在不知不觉间出现，只有一个地理标高，还有护栏铁链上无数的爱情锁、同心结。

山不在高，水不在深。不必有仙，不必有龙。何须求名，何须问灵？无须借重或有或无的名流，无须编造浅陋粗俗的神话，无须堆砌假冒伪劣的古董。

满山的青翠，便是人生的沃野。低处的人们，总想攀缘高处；高处的流水，总是去往低处；天上的日月，永远俯视人间；山下的草木，始终保持谦卑。无数向上生长的生命，才捧起了高远的天空。

白云山登高，是一种性灵的释放。雾淡泊，坡平缓，散漫地信步，是莫大的享受。品味一种豁然，做一个轮回的梦。既然山之后还是山，既然雾之后还是雾，那就从容不迫，面对每一段路程之后的路程。

"朴素而天下莫能与之争美"（庄子《天道》），这便是白云山的价值。

花城看花

广州以"花城"名世。

小时候从课本上读前辈作家描写的广州，皆不出一个"花"字。

> 我们发现那里是花山，也是人海。在鲜花和绿叶堆成的一座座山下，奔流着汹涌的人群，我们走入春天的最深处了。
>
> （冰心《记广州花市》）

> 买了花的人把花树举在头上，把盆花托在肩上，那人流仿佛又变成了一道奇特的花流。南国的人们也真懂得欣赏这些春天的使者。
>
> （秦牧《花城》）

我因此对"花城"广州充满了向往。

及长，多读了些书，略知了广州花市的来历。

古来国中，洛阳看牡丹，昆明曰春城，皆以花市名世。而海丝开通，异邦珍品最早移入，南国广州即以草香花韵，至百代罕有匹敌。曾被视为"化外荒蛮"的广州，虽民风土俗有异于中原，但由于岭南夏无酷暑，冬无寒冻，雨量充沛，土壤滋润，地利得天独厚，以至树木常青，繁花长盛。说什么岁枯月荣，广州花事无岁月，此花才谢，彼花已放；说什么伤春悲秋，广州花事无春秋，此叶方落，彼叶已绿。

花市者，广州俗称"花街"。钩沉史籍文献，追寻"花街"芳踪，已两千余年矣。

西汉陆贾使南越，叹广州的"彩缕穿花"为观止。南越王赵佗因思乡，令城内广植陆贾自西域带来的素馨。夏时盛开，满城如雪，馨香弥漫。女子以彩丝贯之，素馨与茉莉相间，以绕云鬓，是曰"花梳"；疍娘以花串悬于船周，装饰点缀；素馨提炼香油，儿女以脂面润发，冶以龙涎香饼，则韵味愈远；乞巧节，珠江素馨花艇游泛。千门万户，皆挂素馨灯，结为鸾凤诸形，或作流苏宝带。豪门饮宴酒酣，出素馨球以献客，客闻寒香而沉醉以醒。挂复斗帐，能除夏炎，枕簟为之生凉。故此粤以素馨为矜类之尤物，蔚然成风。

素馨以其洁白可人，备受青睐，名列花市首榜。以素馨花为主的广州花市，最早有文字记载的在南宋。《岭外代答》（南宋·周去非）载，广州素馨花开时"旋掇花……以竹丝贯之，卖于市，一枝二文，竞买戴"，广州因称"天香茉莉素馨"。当年的珠江南岸，"平田弥望，皆种素馨"（《广东新语》），不啻为大花园。农家多以种花、卖花为业，是故清诗人有诗"三十三乡不少，相逢多半花农"。《番禺县志》载："花客涉江买以归……城内外买者万家，富者以斗斛，贫者以升，其量花若量珠然。""花田一片光如雪，照见卖花过河。"（清·何梦瑶《珠江竹枝词》）足见其产销两旺。

其实早在唐时，广州就有了专门卖花的营生。唐末南汉，广州近郊即现卖花的花墟。

明朝中期，常年花市形成。《南越笔记》中载："广州有花渡，在五羊门南岸。广州花贩每分载素馨至城，从此登舟，故名花渡。"

花渡头，秋波桂楫木兰舟，红妆障日影悠悠。

悠悠一水不可即，谁不怜花似颜色。

钗头玉燕亦多情，不爱明（宝）珠爱素馨。

君不见卖花儿女钱满袖，春风齐入五羊城。

（清·方殿元《羊城花渡头歌》）

载花船的招摇，卖花女的娇艳，尽在其中。

明朝，广州种花已成专业，从江南逐步扩展到花地。清代的名作家沈复在其名著《浮生六记》里专门写到"花地"："对渡名花地，花木甚繁，广州卖花也。余以为无花不识，至此仅识十之六七，询其名有《群芳谱》所未载者，可见花地花市之盛。"每年农历正月初七，仕女结伴游花地，为当时习俗。平时花开季节，亦裙履联翩。俗谚"想死易过游花地"，"死"乃"挤死"之谓，是花地大策花市元宵灯会的写照。光绪年间，河南隔山名画家居巢、居廉兄弟，曾按廿四番风花信，写廿四种不同花的画册，使花地名花花容永驻。

乾隆年间，广州除夕花市逐渐成熟，逐步扩展到香港和东南亚。咸丰、同治年间，有了除夕花市。

除夕是花市的高潮。《广州城坊志》正式记载了除夕花市的盛况："每届年暮，广州城内双门底卖吊钟花与水仙花，如云如霞，大家小户，售供座几，以娱岁华。"至此，广州花市已由单一的素馨花发展为多样化了，不但有吊钟花，还有水仙花。

20 世纪 20 年代，广州大规模的除夕花市定型。

广州人对于花和花市可谓痴迷至极。即使是抗战时期，广州的除夕花市也照常举办。敌机凌空呼啸，市民照常逛花市买花。花市一度禁绝的岁月，几十年培育的数百宝贵花卉品种毁于一旦，但广州人居家度日不可无花。乡民自发"花墟"，市民轮渡而去，每次都在渡轮留下成堆被踩掉的鞋子。在广州人看来，花乃是天地恩赐，祥瑞而美丽，不可不敬，不可不亲。禁绝花市，逆天意，违民心。

20 世纪 70 年代初，花市恢复，规模逐年扩大。广州十大"除夕花市"，每天流量都达百万人次以上。

广州花市是中国独一无二的民俗景观，也是世间规模浩大的美色集锦，作为一轴散发着浓郁岭南风情的文化长卷，成就了广州"花城"的美誉。

一年一度的迎春花市，是广州人的嘉年华。然而，客居广州十年，我一次也没有去过广州那些著名的花市。

盖因为没有必要。

我所居楼下的纵横街道，每年除夕将近，便纷纷搭起了一排排展卖鲜花鲜果及年宵用品的竹棚，四乡花农海潮般涌来，层层花架沿街伸展，宛如巨龙盘踞，望不到尽头。洛阳牡丹、漳州水仙、吉林君子兰、台湾蝴蝶兰、江西金边瑞香、欧洲薰衣草、泰国富贵掌、荷兰郁金香、北欧玫瑰、南美五代同堂、比利时杜鹃……常见的茶花、芍药、月桂、玫瑰、含笑、海棠、蟠桃、大红柑、大红橘、四季橘、朱砂橘、金蛋果、代代果，以及广府新年必备的年花金橘、桃花和水仙，乃至再普通不过的鸡冠花……林林总总，眼花缭乱。大街小巷，繁花漫溢，几被花海淹没。所有的主要出入口立起巨大的牌坊，灯火辉煌、气势壮观。花市开张，人山人海，水泄不通。

古老而又青春的花市。灯色花光，春深如海。"人们选择和布置这么一个场面来作为迎春的高潮，真是匠心独运。"（秦牧《花城》）

不过，当年秦牧先生赞叹的"一日之间广州忽然变成了一座'花城'"，早已不妨商榷。即便不逢除夕花市，广州也是一城绚丽。

广州人喜花、养花、赏花，一如他们的喜食、懂食、善食。食则山珍海味、花草果蔬，无所不可以入膳；花则天宫的仙芝、龙宫的琼瑶或不可得，无所不可以入赏。门前屋后种花，堂上室内摆花，开业志庆送花篮，男婚女嫁坐花车，探亲访友捧花束……广州有最多的花店，拐弯抹角，触目可见；广州有最多的花景，远近高低，少有空白。豪门巨贾不惜千金唯求国色天香，寻常人家一钵金橘几株水仙清供岁朝。

"人无癖不可与交，以其无深情也，人无疵不可与交，以其无真气也。"（张岱《陶庵梦忆》）以愚之见，鸟有鸟痴，鱼有鱼痴，石有石痴，木有木痴，广州多花痴。说花市是广州人的"匠心独运"，莫如说是他们的品性使然。

广州人的热爱生活，花是最靓的证明。花与广州人的生活意愿息息相关，水乳交融。广州人多质朴，务实惠，重功利。"讲意头"，成为独特的花语言：桃花寓鸿运；柑橘示吉利；"发财树""步步高"，其义自明；吊钟花"金钟一响，黄金万两"；标价数码多为"3""8""9"，谐音"生""发""久"，生猛、大发、长久；"行（háng）花街"即"行大运"，广州本土民歌《行花街》唱道：

> 行花街咯喂，你今年梗上位；行花街咯喂，你今年冇闲罅；行花街咯喂，你科科考最威；行花街咯喂，你开心足一世；行花街咯喂，娶得一美妻；行花街咯喂，你先生变新贵；行花街咯喂，今年生番个仔！

广州人爱花，花也陶冶了广州人。花的招展使人天真；花的芳香使人向善；花的斑斓使人唯美。

花是广州的标志，名头多与花相连：花都、花街、花市、花墟、花涌、花渡、花车、花舟……花是广州的名片，人人皆是传花人；花是广州的盛宴，任人挥霍春光。花是今日的喜庆，醉卧花丛君莫笑；花是明天的祝福，家家抱得富贵归；花是广州的方言，无花不言广州城；花是广州的气血，激荡着生命的活力；花是广州的魅力，吸引着世界的青睐。

"花城"是广州的精魄，"争似种花郎有幸，一生长伴美人魂"（清·陈坤《咏花田》），贮满的是美色。

"花市"是广州的字号，"筠篮卖入重城去，分作千家绣阁香"（清·张维屏《咏花市》），交易的是美好。

"花容"是广州的表情，"千叶芙蓉讵相似，百枝灯花复羞然"（隋·江总《岭南诗》），展示的是永远的美丽。

花城看花，看一种生活的哲学，一种健旺的品质，一种昂扬的生命力。

美的复兴

某年路过浙东，在一个名不见经传的小镇寄宿一夜，被意外地触发万千感慨。

此间三江交汇，有虞舜渔猎的远古传说，是商旅往返的交通中枢，古迹星罗棋布，每一处都是独特的历史印记。

时光在青石板上铿锵作响，风中摇响着铜铃铛。青石，白墙，黛瓦，洋溢着鸟语花香。琵琶铮然，美发出节奏。裙裾与香水，暗香浮动，花伞下是丁香一样的姑娘。

所有的古建都是古董。厚重的门后，藏着甘洌的故事；沉淀的记忆，堆积着先辈的影像。不再是往日的繁华，也不再是彷徨与感伤。多少曲终人不散，老屋是编织梦想的地方，在数不清的岁月中不改模样，依旧带着童真的笑靥。和煦的阳光，穿透雕格花窗。院中的长条石，永远是那么安静，孩子们夏夜躺在上面数点星星。

庄重肃穆的牌坊曾经是一种彰显，而今成为一种装饰。也许是一段传奇，也许是一腔血泪，皆镌刻于模糊的年轮。岁月老去，故物无言，刻板的字迹早已斑驳。作为历史的惊叹号，惊醒后人对人生意义的重新思考。

晨起只见漫天红霞，满江清流，长堤烟柳，鹧鸣露滴。旭日从江口缓缓升起，鹭鸟栖息的沙洲渐渐明亮。船夫默默地摇橹，桨声隐隐地响动。太阳分明出万千气象，才知道江面是如此宽广。烟波浩荡，舟楫出没，山明水秀，鸟兽得时，谁家慵懒的美人，临水照着倩影梳妆。

这是唐朝诗人孟浩然第一次到达这里写的五律《早发渔浦潭》的大意。

翻阅当地史料得知，在此之前，山水诗宗谢灵运开篇，描绘此地山水，随后来了唐朝的李白、杜甫、白居易、孟浩然……来了宋朝的苏轼、陆游……来了元明清的钱思复、唐伯虎……一代代才华横溢的名士才俊，布衣素冠，风尘仆仆，穿越漫长的时空，来赴奇山异水的盛宴，出入想象力争奇斗艳的舞台。三入浙东的李白，经此古埠进入钟灵毓秀的越中，以天才的挥洒，奠定了唐朝山水诗的文学史地位。

那是一个漫长不息的盛会，一场绵延不断的雅集，一支流光溢彩的队伍。一千多年的吟唱不绝如缕，一千多年的杰作斑斓如练。

从南北朝到明清，走过这条诗路的诗人络绎不绝，留下的诗文卷帙富赡，造就了中国文学又一座瑰丽高峰。

我于是流连忘返：寻找李白落帆登岸的码头，寻找孟浩然枕流听桡的扁舟，寻找苏轼遥望远山的柳堤，寻找陆游旅泊夜宿的灯影……

小镇古老而又年轻，正由一个历经沧桑的津渡，朝一个活力蓬勃的现代城镇嬗变。勤勉的后辈子孙，让千古诗人倾情咏叹的景致，渐次苏醒。

当地人把千年的浙东诗路，浓缩在了镇上的大街小巷。飞彩流金的诗词，牵引着过客的视线，整个镇子因而成为一本打开的诗集。诗人及其名句，在古街的墙上，舒展意境高远的长吁短叹。朝朝代代的诗人在这里摩肩接踵，翰墨飞扬，雨丝般垂下，将古老与现实的和谐，发挥到淋漓尽致。曲里拐弯的巷陌中，镇上居民诗词歌赋的吟哦声随处可闻。深沉宁静的古镇若有所思，千年凝聚的格律带着悠远的尊贵。让诗词融入百姓生活，是此间独有的风致。典雅的文化追求是古镇的灵魂。

三江口上的这个质朴古镇，成为一尊永远不会风化的文化界碑。

无羁无束的想象，斜逸旁出。柔软的风和优雅的音韵，染绿了江南的山川。我忽然想起欧洲的文艺复兴：在对古典美的追寻中，欧洲人复活了美的想象、人的价值，走出了中世纪千年黑暗。

文艺让人类重新认识自己。而在文艺带来的美的复兴中，人类重新认识了世界。

美是道德的象征（康德）。每当美被遮蔽、被篡改、被扼杀，留下的就只有破坏、灾难和恐怖。可以说，所有文明的湮灭，都是人文之美的湮灭。真正的复兴，不是朝代的复兴，乃是由艺术之美表现的人文之美的复兴。正因此，此地人对唐诗宋词格外的尊重，让我格外感动。

月夜花影满树，卧听三江潮声。思绪走得愈远，心便靠得愈近，且在这个陌生而熟悉的诗化古镇做一个好梦。

晋江安平桥

安平桥在闽南金三角核心晋江市。

晋江，古来据经济、军事、文化要冲。古为"海上丝绸之路"起点，今列中国百强县（市）前茅。集闽南经济开发区、全国著名侨乡、台胞主要祖籍地于一体。中原、海洋、闽南、华侨、宗教，多元文化交相辉映。

夏禹属扬州，周为七闽地，春秋归于越。最早的迁徙，始于秦汉。中原汉民逐渐南移，于此初辟蒿莱。至公元4世纪初，中原战乱频繁，晋人大批南迁，援故土之名命此地河流，因有"晋江"。

晋江之行，距今十年有余矣。依稀记得福建四大河流之一的晋江南岸，一个三面临海的秀丽小城。百余公里的海岸线，弯弯曲曲，港湾婀娜、岛礁坚挺。飞檐翘角、红瓦白墙的闽南民居，"十户人家九户侨"。花木扶疏的小庭院，香气缭绕的功夫茶，消隐了北地的粗犷，弥漫着南国的温馨。

而记忆中最为清晰的，是安平桥。

安平桥，中国古代连梁式石板平桥，横亘于晋江安海镇和南安水头镇之间的海湾。因安海镇古称安平道得名；又因桥长约五华里，俗称五里桥。始建于南宋绍兴八年（1138），历时十四年告成。是中古时代世界最长的梁式石桥，也是中国现存最长的海港石桥。

自东向西，桥头亭、中亭、宫亭、雨亭、楼亭，依次相望。亭前站立的宋代石雕武士，依旧手执着长剑；水中石塔上的佛祖，面相丰满慈善；亭柱上的对联，镌刻下满满的自信："世间有佛宗斯佛，天下无桥长此桥。"

安平桥全部由闽南花岗石筑成。三百六十一座桥墩，或长方形，或单边船形，或双边船形，花岗岩条石交错叠砌。刀斧切割的巨石，刀斧一样切割了流水。一个又一个坚忍的独立，由巨型的石板连接——最大的石板重达二十五吨。岁月在其上步履蹒跚，铁锈般的苔痕在腰间生生灭灭。往来迎送了百世，东西连接着春秋。烟柳在两岸横斜，秋水在脚下摇荡霞光。水声如鸣琴，饱含多少童年的梦想与老来的亲情。拥有高龄的桥中老者，静卧在低吟浅唱的浪涛。曾经粗粝的斑驳早已珠圆玉润，唯有石护栏柱头的狮子、蟾蜍生动如初。

这一生走过无数的路，走过无数的路上无数的桥。

程阳风雨桥（广西），全桥无一钉；泸定桥（四川），铁索锁悬崖；五音桥（河北），宫、商、角、徵、羽；十字桥（山西），如大鹏展翅；赵州桥（河北），开敞肩拱先河；淮清桥（江苏），淮水东边旧时月，金陵渡口去来潮；步云桥（福建），潮来直涌千层雪，日落斜横百丈虹；抱书桥（安徽）：石上蹄印凿岁月，水中月影驮春秋；石劝桥（云南）：时复登桥聊纵目，须知有岸可回头；云瞳桥（泰山），再渡云桥访爵松；广济桥（广东），一里长桥一里市；镇远桥是天下黄河第一桥：曾经沧海千层浪，又上黄河一道桥。

古桥不语，却是诗人吟咏不绝的题材。一座桥建起，就平添了一处多愁善感的空间。

朱雀桥边野草花，乌衣巷口夕阳斜（刘禹锡《朱雀桥》）；月落乌啼霜满天，江枫渔火对愁眠（张继《江枫桥》）；伤心桥下春波绿，曾是惊鸿照影来（陆游《春波桥》）……小桥流水，断桥残雪，板桥铺霜，中桥愁树，二十四桥明月夜，玉人何处教吹箫？

纵然是无名的乡间野桥，也被诗人带入艺术殿堂。

渡船桥：一线桥光通越水，半帆寒影带吴歌；东溪桥：泓月色含子规影，两岸书声接榜歌；百丈桥：殿前无灯凭月照，山门不锁待云封；胜水桥：曾有霞客居北坨，依然虹影坠南阳；丰乐桥：万古川源连泰渎，四时风景胜滁阳；"石桥茅屋依山静，古刹禅房傍水幽"（王守贞《东流寺》）；"湿衣何厌莺花雨，问酒频过杨柳桥"（朱廷立《郊游》）；"娟娟萦篆水，曲曲引虹梁"（李宙复《桃溪道中即事》）；"树多山隐屋，桥转水围村"（李德一《宝林山村居》）。

寄情山水的诗人，借桥咏怀，借桥喻志，借桥感喟人生：

"七里盘回曲更低，三山路转石桥西。林深晓步无人境，疏雨桐花幽鸟啼"（吴世雄《三山桥》），是闲适；"春烟蓊碧不成丝，马过桥边细雨时。为爱如酥官道润，袖边觅句意迟迟"（胡春灿《过官埠桥遇雨》），是惬意；"稼成铺外屋寥寥，几个人家傍古桥。一夜小楼浑不寐，语声嘈杂滴春宵"（胡春灿《宿稼成铺》），是惆怅。

多少莫名的欣喜或感伤，增加了桥梁的无穷魅力。

我曾在无风无浪的日子，漫步安平桥。徜徉的心，在这里轻轻落脚。天空和海面，一千种姿态在争抢合影。渔翁吹响芦叶，波澜不惊。心境是一抹宁静的秋云，追随缓慢孤独的帆影。年迈的老枝，引颈遥望碧空的飞鸟。年轻的新树，俊俏如同回娘家的村姑。自由舞动的风，牵起丝丝缕缕的思绪。秋野如画，古桥的内心谁人知晓？

多情的文人总是喜欢夸张："暴雨骤倾万斛珍珠浮水面；长虹高挂一条金带束天腰"（安平桥联）。而在晋江百姓心里，安平桥不过是故乡的标志，人生旅途的碑记。告别的眷恋，归来的喜悦，尽在其中。

安平桥，悠长而坦荡，以坚岩的古朴，衔接灵魂的语言。八百年，一次次惨烈的风暴、洪水、地震，一次次悲怆的断裂、崩塌、毁坏，一次次顽强的抗争、修复、延续，一次次昂然的站起、伸展、穿越！有谁能明白这无声的决绝？真正读懂古桥的，是一代代日渐伛偻的脊梁，一步步日渐嶙峋的脚板。来者熙熙，去者攘攘，或雄心勃勃，或归心似箭，或笑面如春，或泪迹斑斑。所有的过往，都是一个深入心灵的故事。

安平桥，不是冰冷的建筑，是血脉，是筋骨，是有温度的生命。

是象征。

象征过程：远古与现实；象征人生：出发与抵达；象征命运：希求与完成；象征历史：过去与未来；象征哲理：此岸

与彼岸。

一个族群，以古桥的名义存在，是一种神圣。

安平古桥，让我在这一端和那一端之间，反复踯躅反复咀嚼：该用什么方式向你致敬。

绵山一梦

我对历史和地理永远没有概念。头一回到山西，山西为什么叫三晋，是哪三晋？这辆客车是从东到西还是从南到北，还是相反？只大约记得车子在高速上跑了有小半天，下了高速，又跑了好大一阵，到了一个叫"绵山"的国家5A级旅游景区，据说这里是中国"寒食节"的源头。

春秋时期，晋国公子重耳逃亡，颠沛流离，贫病交加，随从介之推从自己腿上割肉给他熬汤滋补。十多年后他成了晋文公，把这茬忘了。介之推很自觉，带着老娘跑去绵山隐居。晋文公后来亲自领人去找，喊破了嗓子也不见人影。只好放火烧山逼介之推出来。没想到山烧光了，发现介之推背着老娘抱着树，被活活烧死。再后来自然就是国君英明，圣恩浩荡了：晋文公敕令把绵山改为介山，把山地封为"介推田"，把介之推烧死的那天立为"寒食节"，全国家家户户不许烧火，只能吃冷饭。

我对所有这一类模范故事向不以为然。当年重耳屁股后面的那一群屁颠屁颠的跟帮，忍饥挨饿，冒着杀头的风险，十几年在列国之间来回奔命，对重耳不离不弃，无非是认定重耳是潜力股，自己是影子内阁，玩命赌一把。这一把他们赌对了。重耳上位，他们都得了好处，却偏偏漏了介之推。结果成就了一位古今中外唯一以山、以县、以节、以俗铭记的历史名人，备受历代正人君子推崇。

介之推无非就是要表明自己当初割肉并不是投资，为了日后升值。为此就一定要送掉两条命吗？自己以死明志也就罢了，干吗连老娘的命也搭上？按正人君子的标准，背弃国君，舍弃老娘，不也是不忠不孝吗？

然而，作为伯夷叔齐之后的又一位大名鼎鼎的隐士，介之推已然成为从不松懈的道德教化的范本，讴歌千百年绵延不绝，很少有人会对介之推有哪怕是一丁点儿挑剔。

"隐士，历来是一个美名，但有时也当作一个笑柄。"因为，"真的隐君子是没法看到的。"

到底鲁迅眼毒。

一路的佛寺、道观、亭台、楼阁、廊榭、牌楼、营寨、城池，一个仿古建筑群在高陵低谷危岩险道起起落落。

大学毕业不到两年，小导游劲头十足：

绵山风景名胜有十四大景点，三百六十多小景点。早在北魏，绵山就有寺庙，唐初佛教禅林已有相当规模。九里十八弯，二十四座诸天寺庙，各处罗列。更集纳了古今一大批风云人物，其中名声最大的当然是介之推。

日程上的第一个景点是毓德堂——对任何景点的名字，我脑子里都是一团糨糊。但这个名字记住了。不管走到哪里，听得最多的一个字就是"德"，这"德"那"德"的，走错了路也会撞见一个。只怕是太缺了，才逮着机会就强调。

毓德堂庄严肃穆，皇家气派。

导游高高地举着手：

上层正中，是"天地君亲师"神位，右侧为祭母文、祭社稷文、秦王出师告天地文、唐太宗祭介山文、唐玄宗祭天地文，左侧为宋神宗奠玉皇大帝文。毓德堂最早是晋文公为纪念介之推建的，目的是用介之推的"忠孝仁信、礼义廉耻、慈俭温良、谨让谦和"十六字箴言教化天下。

这是中国最早弘扬大道思想的殿堂。中国人对"天地君亲师"的崇拜理念，在这里代代延续。传承道德文化，继承传统美德，是绵山毓德堂一贯遵循的宗旨……

我很想问一声，介之推当初不就是个落难公子的跟帮吗？没听说是道德教育家啊，那十六字箴言出自何典呢？想想，这是抬杠，终于忍住。

介之推是绵山之神。早在西汉刘向的《列仙传》中，就被奉为道家神灵。后赵皇帝石勒敕建介神庙，称他为威烈天神。宋真宗诏封介之推为洁惠侯。之后为他立传的更是络绎不绝。宋王当《春秋臣传》、雍正《山西通志》、民国《介休县志》，介之推都在其中。

导游很有激情。这一车老师他多少都听过名字，这让他自豪：

唐太宗李世民曾两次幸临绵山，朝觐介之推，拜谒毓德堂，悟出"水能载舟，亦能覆舟"的道理，因此才有了"贞观之治"的鼎盛局面。之后，唐高宗李治、唐玄宗李隆基、宋神宗赵顼、明成祖朱棣，都在毓德堂阐述过立德之本的道理。汉张良、唐魏征、宋文彦博、明刘伯温，都在这里留下了人伦道德、尊卑有序、纲常有法的哲理名言。今天我们重温这些谆谆教诲，对加强道德建设……

到底是在介绍风景，还是在上道德课啊？

话都到我嗓子眼了，还是硬咽了下去。导游越说越离谱，跟介之推早已八竿子打不着边了。

同来的这一车同行，除了一两个我这样不稂不莠的末流角色，多是硕儒俊彦，各种褒奖、头衔拿到手软，其中一两位还授受了国家级功勋。有人凭的是本事，有人凭的是关系。不管怎样，都是些积极进取的人，跟介之推完全是南辕北辙的两码事。但他们一个个看上去都在洗耳恭听，心醉神往的样子。独我一肚子疑惑。

因为日程安排得紧，吃完午饭，导游就让大家动身。

进山时天气还好好的，下午忽然下起雨来。雨细细密密，山上顿时一片朦胧。

停车场空空荡荡。山脚下露出上山的台阶。但步行上山已不合适，树和草都湿漉漉的在滴水。贴着山壁，有登山电梯。导游不知从哪里找来了钥匙，打开电梯间生锈的门锁。一帮人挤进去，提心吊胆。好在很快就到了。出来，峡谷的寒风迎面扑来，止不住一阵阵寒噤。两山对峙，怪石嶙峋，岩壁斫出的小路曲曲折折，时而栈道，时而悬桥，变幻莫测的云团，令人惊悚。

前面的高岩下忽然出现一个巨大幽深的凹槽，里面竟然是一个天然的洞窟道观。

殿堂正前方两尊顶天立地的塑像，被集束的强光照得通亮。脚下蠕动在昏暗中的人群显得特渺小。寥廓中低低回旋着道教法乐，重宫音的调式，清幽典雅，不沿华彩，阳韵庄严、明朗、肃穆，阴韵婉转、悲凄、哀伤。旋律动感丰富，韵腔修扬，一唱三叹。

小导游的声音仿若发自洞窟深处。

我听见导游说，那两尊塑像之一是真神介之推，端坐着的介之推因为体量巨大，让人望而生畏。设计者本就是把介之推作为"神"来塑造的，追求的是崇高感。而崇高感，说白了就是畏惧感。

我记起宋朝同乡黄庭坚写介之推的诗："士甘焚死不公侯，满眼蓬蒿共一丘。"（《清明》）他肯定想不到有一天介之推的纪念物会如此壮观，哪来"蓬蒿共一丘"。

仰望着接近洞顶的介之推塑像那双凝固的大眼睛，我忽然觉得那眼睛里的瞳孔倏尔一闪。那一瞬间，我似乎与塑像发生了对视。那触电般的感觉，让我莫名其妙的一阵心慌，赶紧低了头，转身走出大殿。

烟寺相依，下临深谷，群峰耸峙，莽莽苍苍。太岳北侧、汾河南畔的绵山，像所有的崇山峻岭一样，有着吞吐万物的浩瀚气势。

我到过许多名山大川，绵山不一定是最有趣的，也肯定不是最无趣的。大自然本身的禀赋已足可观，完全用不着拖累那么多的神佛、圣贤、帝王将相。在大自然面前，所有不可一世的威权、巨富、盛名都最多是尘埃、芥癣、蝼蚁、过眼云烟。介之推当初为了拒绝爵禄，千辛万苦地背着老娘逃回老家，宁死也不接受恩宠，不过是想给自己讨个清白。却硬给套上万世楷模的光环，看上去似乎是享尽哀荣了，实则庸俗不堪。这对他公平吗？他泉下有知，会同意吗？

晚餐，得到大家一致好感的导游上了酒：

酒是我从家里带来的，各位老师放开了喝。绵山陈酿黄酒，中国最古老的饮料酒。造酒的原料——水，纯天然，无污染。有人说是"国宝"呢……

几巡酒过，小导游接着大谈绵山的饮食文化：

文公宴是山西名宴，自然出于晋文公；介公宴则出于绿林好汉，借了介神的大名；八百岁彭祖开创的绵山药膳，是著名的养生宴。他年轻时修行的龙脊岭，介之推带着老娘归隐绵山就从那里翻过，"寒食节"不烧火，也有寒食宴。唐开元二十四年寒食节，玄宗在大明宫设宴款待百官，宰相张九龄将夫人做的灞河柳芽凉菜献上。玄宗头次尝鲜，龙颜大悦。后来，这种柳芽菜传到民间，成为佳肴。绵山开发后，挖掘传统美食，推出了寒食宴……

小导游眉飞色舞，越说越来劲，上下五千年，纵横八万里，说上古的彭祖都能拉扯上介之推。一时半会儿是收不了场了。

黄酒的酒精度低，后劲却大。我好酒，又没有看人表演的教养，只顾闷头贪杯，很快就晕晕乎乎的了。酒醉，心里是明白的。正好趁势站起，摆了摆手，离开餐桌。扶着走廊的墙壁，摇摇晃晃地找到自己的房间。傍晚下起的暴雨，到这会儿还完全没有消停的意思。一阵阵的电闪雷鸣，把屋里一阵阵的照得惨白。我懒得开灯，一头栽在床上。

山崩地裂是半夜以后发生的。下午坐电梯升上去的那个高岩，在万钧雷霆中霎时化为一堆乱石。从床上惊跳起来的我冲出房间，跟人撞了个满怀。那人披头散发，全身淋得透湿：

对不起，对不起，叨扰了。我是王光。

我疑惑地眨着眼睛，忽然记起西汉刘向《列仙传》的记载："介之推者，姓王名光，晋人也。"

介之推？

正是。想跟你聊聊，可以吗？

太可以了。

我大为意外。

听了你一天的腹诽，推愿引为知己。

这是真的吗？

我怀疑自己在做梦。

当然是真的。有兴趣上老家寒舍看看吗？

好啊！

我很兴奋。日程上没有这个安排。

介山脚下的旌介村，村南五里，全国唯一的介林，保存着最久远的介之推墓、最大的介之推庙、介之推母子避火藏身的"忌坂"、所抱的大树"子母柏"；历朝历代的各种石刻，虽年湮代远以及"文革"毁坏，仍存有宋元明清古碑百通，碑记直接、间接地存有介之推的诸多历史信息；村名"旌介里"，沿用两千余年，至民初才简称"旌介"。"旌介里"，就是"旌表介之推于之故里"。"介里"，就是介之推故里，如同孔子的"孔里"、关公的"关里"。因为晋文公有言"以记吾过，且旌善人"，旌介村相邻的两个村庄改名为"记过村""旌善村"。此外，后悔沟、烧荒地、绕烟台、介神原、栖隐寺，等等，印证了介之推在这里的栖隐和被焚。

一切历历在目，不容置疑。

疾风骤雨不知什么时候已经停歇。夜空无边澄澈，皓月当空，月光如水。原始林木中，云垂烟接，披拂清芬，一派古色古香。

也许我不该多问……

我犹豫着。

但问无妨。

也许因为回到故土，介之推一脸祥和，全没有塑像的庄严。

你当初离开宫廷真的不是矫情吗？

当然不是。我没有像狐偃、叔狐那样请赏，是觉得公子返国，实为天意，我不过是顺应了天意罢了，没必要得到奖赏。狐偃、叔狐并没有错，只是我不想那样。

你还是清高。

不敢。

那晋文公是怎么想到去找你的呢？

是下人多事。在宫门上贴了张无名帖：

> 有一条龙，奔西逃东；好几条蛇，帮它成功。龙飞上天，蛇钻进洞；剩下一条，流落山中。

原来如此。的确是多事。

我打心里为介之推难过：

将近三千年，你什么也没有摆脱，反而给弄得更加冠冕堂皇不堪重负了。

一声尖锐凄厉的长啸。

手机的闹铃响了。我睁眼，昨晚没拉上窗帘，窗户已经大亮。推开，外面云海奔涌。

是一个好晴天。早餐后，客车原路出山。沿途一切如常。只是因为一夜透雨，山气更为清新，山色更见葱茏。想起昨夜南柯一梦，亦真亦幻。

车子已到山口。我心里泛起一种说不出的酸楚：介之推其实只想找个地方守着老娘，自自在在地待着，却终不可得……

前面，车头那儿，麦克风突然响起，小导游开始介绍将要去的下一个景点，嗓音清亮，热情洋溢。

坐在车子最后的我执拗地回头看着后窗。

绵山渐远，一派凝然。

幕阜人家

赣北修水县，有幕阜山，庐山为其东延余脉。三国东吴太史慈于此置营幕，拒刘表从子刘磐，故名。

那年，我到修水参加文学座谈，当地几位同行说起幕阜山，令我极为神往，当即决定徒步山行。几位同行生长于县城，也无深山经验，跃跃然。

修水古老，崇山峻岭闭塞幽深，避乱隐匿的饱学之士历代不绝，涵养出深厚人文，为吴楚文化结合点，向称"文章奥府"。宋代黄庭坚诗书双绝；近现代桃里陈氏"一门五杰"。

然而，我最想亲历的，还是山里农家日子。

一早从县城搭车，到数十里外的东津水库过渡。四面峰峦叠嶂，数万亩水面，国家一级水体，澄澈晶莹，透明度近十米。

离船登岸，踏上幕阜台阶。

几处废墟，门墙兀立。中堂枯裂，字迹依稀。案上香炉，死灰沉寂。

第一天的行程与修河相伴。过河不必舟桥，来自远山的竹排，漫河漂浮。跳跃其上，绿竹铿锵，珠玉迸溅。手之舞之，足之蹈之，不知今夕何年。

发源于县境四周山地和邻县的支流，蜿蜒曲折，汇注修河。溪河密布，纵横如网，形成完整水系。河水色若翡翠，从大山夹缝迤逦而来。两岸古木参天，枝头鸟鸣，草径鹭闲，云岩晓钟不知处，野渡无人舟自横。回首来处，已消失于苍茫。

当夜一行落住乡镇。

一条小街，在夕照中半明半暗。由此可往湖南。乱石铺地，芳草点缀，街边屋舍，静如处子。路口居然有一个乡村医馆，墙上贴着端正的墨迹："杏林中人"。

杏林故事就发生在离此不远的庐山脚下：隐居的三国东吴道医董奉治病不收钱物，重病愈者，栽杏五株，轻者一株，多年后，杏林郁然。

郎中是本乡人，祖传行医。因记起同治《义宁州志·方技》：修水以医术著名于京都、省垣或乡里的有数十人之多。

听说我们要徒步穿过幕阜，郎中颇惊讶，沉吟说："至少还有两天路程。"并告知："山里走路，记住两条：一、路在嘴边，见人问路；二、走没有草的路。"没有草，是因为行人多。即使走错了，也一定会遇到人家。山民淳朴，他们出山，把气温升高后多余的衣衫和返回时的饭食挂在路边。绝不担心遗失。

第二天的行程都在山上，曲折起伏。草深树密，荆棘牵衣。终于来到一个敞亮处，一行人却倒吸了一口凉气：

横在前面的是一个大峡谷，谷底的村屋，看去如同火柴盒。两面壁立的陡崖之间，一座上里长的索桥，铺板疏密不一，在峡谷飕飕的风中晃晃悠悠，让人双腿跟着瑟瑟颤抖。

进，还是退？有了踌躇。

对面出现了一个负重的身影，近了，竟是一白头老翁，赤膊，光脚，精瘦硬朗，肩上的扁担被箩担压弯。整个上午我们唯一见到的这位山民，让一帮城里书生汗颜。

我一咬牙，大踏步走上索桥。人多，桥晃得很厉害。好不容易到了对岸，所有人浑身已经汗湿得像从水里捞出。

惊魂甫定，日已过午。翻过一重山岭，精疲力竭。饥渴难耐时，忽听山谷上面传来山歌，细听是唤远来的客人歇脚。

我们登时精神一振，奋力攀爬。

岭上，一片平畴，村屋参差。一群村民喜笑颜开，快步迎来。

方才，他们只是听到空谷的人声，便打起山歌，邀请难得的不速之客。我们的出现，令他们不胜喜悦，称除了他们在山下生活的儿女，此间几十年从不曾来过城市人。

板屋老旧，但高大空阔，窗明几净。坐定后，我喝到此生喝过的最好的茶：

粗瓷大碗，盛炒熟的芝麻、黄豆、花生、盐渍的菊花、姜丝、笋丁、萝卜干末，林林总总；水是清澈山泉；柴是清香松木；茶是大叶野茶。滚水冲泡，色若琥珀，香若蓓蕾，醇厚如古书，通透直穿心脾，饮之不觉两腋生风。佐以炒薯片、冻米糖之类农家小点，美不胜收。主人随后又端来喷香的米粑、煮熟的鸡蛋和浓稠的腊肉汤之类，称作"当茶"或是"代茶"。

劳顿不堪的一行人不禁欢呼。

修水盛产茶叶，"双井茶"早在宋代就名誉京师；"宁红茶"也向以"茶盖中华，价甲天下"称著海内外，但我还是认定，修水山民的这种待客茶才是神品。天下至茗，莫过于此！

野茶于"清水高峰，出云吐雾……饱山岚之气，沐日月之精，得烟霞之霭"（《清水岩志》），不入市井，遑论庙堂：自生自长，无污染之虞；自荣自谢，无邀宠之志；自制自饮，无赢利之欲。养在深闺人未识，或许是一种遗憾，但正因此，混浊的时世保有了一份本真，让有幸见识的人激赏恨晚，从此怀念终生。

这次饮茶经历，让我有两点觉悟：一、世上最有名的固然不乏最好的，但最好的却未必是最有名的；二、世上最珍贵的皆是无价的，有价的其价值都是有限的。

几位老者都在城里儿女家住过，住不惯，回到了山上。

"老屋自在。"

他们说。

畅快间，主人遥指屋外悬于天际的本地名山雷峰尖，相传是雷神升天处。曾经有过一座庙，老少两位僧人。老和尚烂脚，小和尚每天一早到山顶采露水为师傅清洗。数年无日间断。有一天，小和尚上山前，老和尚吩咐："今天莫采露水，给我摘只桃子。"雷峰尖有棵桃树，异常粗壮茂盛。但时值严冬，哪来桃子？想不到小和尚去时，桃树上竟有一只鲜桃光彩夺目。他去摘，鲜桃忽焉上移，他随之上攀。又移。又攀。终至升天，修成正果。

我静静听着，渐渐出神，恍若隔世。迷离中，隐约泛出山下双井村黄庭坚墓碑上镌刻的手迹：

似僧有发，
似俗无尘，
做梦中梦，
现身外身。

古塔的风铃声

岭南怀古

佗城古街

佗城的早晨，像所有的早晨一样安静；佗城的老街，像所有的老街一样质朴。

我徘徊在佗城老街，寻觅岭南开发第一人赵佗的踪迹。

广东河源下辖的龙川，前214年（秦始皇三十三年）即已置县，是中国保留最古县名的县份之一。

佗城是龙川故城。

"佗城"，因赵佗得名。

那一天是在一千八百年前，汹涌的马蹄震撼了沉寂的亚热带雨林。大秦的虎狼之师乌云一样翻过了南粤山岭，刀枪迸溅划破了朦胧的黎明。

统一六国之后的秦始皇挥师平定岭南，设郡立县。兵符最终交到了赵佗手上。赵佗是副将，却有远过于主帅的雄才大略，上书朝廷从中原迁五十万居民至南越。于是北方浑厚粗犷的乡音，汇入了南国富于乐感的方言。

赵佗封关、绝道。分隔了山那边改朝换代的血腥。三年，统一岭南，建南越国，号"南越武王"。

汉朝立。赵佗接受汉高祖赐南越王印绶，南越为汉藩属国。

历史是怎样的诡谲。刘邦死，吕后临朝，发兵南下攻打南越，赵佗断然弃汉，自称"南越武帝"。吕后派遣的大军不敌南方的湿热，止步于岭北。一年后，吕后死。赵佗以皇帝之尊施令，建都番禺（今广州）。十七年后除帝号复归汉朝。"东西万余里"的南越国，正式进入中国的版图。

治南越广大地域数十年间，赵佗仿汉制；行汉文；废"火耕水耨"，兴稻、果、牧、渔，制陶、纺织、造船、冶铁、交通、商贸，百业竞生。自赵佗始，岭南有了人类文明的标志——城堡和文字。

南越国成为岭南文明的奠基。岭南社会形态从原始社会的分散部落，一跃跨入华夏文明的有序发展。

于是，《粤记》说"广东之文始尉佗"。《大越史记·赵纪》称其"英武之成，岂让汉高"。

享年百余岁，赵佗去世。

"佗死，营墓数处，及葬丧车从四门出，故不知墓之所在。"（《番禺杂志》）越王府邸故土，旧时堂上燕，飞入寻常百姓家。

远古的阳光灿烂而新鲜，商铺卖的竹笠还保留着秦汉的形制。当地人为赵佗建祠立庙，有记录的祠堂近百座，尚有半数保存完好。堂奥幽深，青苔爬满了台基。古城楼、古码头、古牌坊、百岁街、秦城墙、越王井……再现秦汉风貌。

极目万木葱茏的百越大地，赵佗以降，多少人曾在奇异的岭南山川挥洒豪情。一次次的生死存亡，一场场的革故鼎新，一幕幕的慷慨悲歌，一代代岭南豪杰在历史的舞台叱咤风云，写就了高古雄迈、瑰伟奇绝的岭南文化史诗。

韶关古寺

同行的友人去庙堂的深处看坐跏趺的古僧，我独自留在寺庙外面，想象一千年前僧侣的跋涉。

那一年，南雄关外的梅树著花未？那一月，粤北的木棉花是否格外烂漫？那一天，南华寺对面的大小山峰是否也像今天一样迷茫在烟雨？

破碎的皂袜芒鞋，在扬尘的乡野踉踉跄跄；褴褛的宽布大衣，在曲折的峡谷飘飘摇摇。悄无声息地，僧侣被遗落在林木茂密的岭南褶皱。群星闪烁，野火远燃，新月从树梢落入潭底。僧侣疲惫的步履浸渍晨露，晨露浸渍旅程。

弧形的南岭山脉，丹霞峰林起伏，曲江曹溪蜿蜒。僧侣"掬水饮之，香味异常，四顾群山，峰峦奇秀，宛如西天宝林山也"，驻锡授禅凡 37 年，南禅一花五叶大播天下。南华寺因之著称于世。旷达如苏东坡亦不免执着："不向南华结香火，此身何处是真依？"严正如文天祥亦心向往之："有形终归灭，不灭惟真空。笑看曹溪水，门前坐松风。"

南华寺，"东粤第一宝刹，禅宗不二法门"。古树参天，浓荫蔽日。僧人一粥一饭，持午因时，一步一趋，悉守仪范。人从桥上过，桥流水不流。烟收山谷静，风送幽花香。永日萧然坐，澄心万虑忘。

菩提本无树，明镜亦非台。本来无一物，何处惹尘埃！

荒园的野草枯了又生，穷乡的野花开了又谢，山雀噪醒岁月。竹林外幽幽一潭，盛着绿荷的阔叶。芭蕉在窗外颤抖，消磨了多少暗夜。茅檐泥墙下，雨痕是岁月的证明。没有香烟绕上殿宇，没有飞檐下的铃铛在午夜叮铃。夜静兀自对残灯，谁识我，茫茫苦海任浮沉，无怨亦无憎。淡淡把黄卷掩上，期待来日的黎明。

守护着最初一诺，守护着优昙奇花。冬风尽折花千树，历劫了无生死念。僧侣唤众生为"善知识"，身上只有春天的气息。一生心力绽放出千年的花朵，从此有了万年的传说。

漫天的雨丝，忽而悠远，忽而切近。

穿金戴银，多少男女声称皈依了佛门；灯红酒绿，时见贪官暗予寺庙"捐款"。信佛成了一种时髦，菩萨岂不是罪孽的同谋？

身后的寺院，香客接踵，信众熙攘。燃烛跪拜者，多少人只为祈福，多少人诚心问道？莲花盛开，多少人花篮空空，多少人芬芳满心？来来去去，多少人依旧是迷人，多少人豁然贯通？

"一切有为法，如梦幻泡影，如露亦如电，应作如是观。"现代人性的失落，是无常的一种。

以某种目标诱人，是一种古老的诡计。释迦牟尼从没有自封为佛，也从没有说过成佛。"佛"者，梵语乃是"觉者"；觉乃是人的常态，恰是依靠自身内在的力量从任何外界的教义脱离。

所有的教义和仪式，都意在取消体验内在智慧的可能。未经理解的"真理"，未必是真理。心理无所仰赖，才可能有真正的信念。

是谁敲起木鱼？叫人寻求精神的净化。木鱼声从黑夜穿过，让沉睡者听到智慧的呼唤，却又不至中断世俗的美梦。

学者们的探究，高深莫测。空与无，原是存和有。大道至简，凡是真理都最朴素。简洁到极致，才是让人从心底温暖的最大方便。

人生如闪电稍纵即逝。僧侣用独特的方式，留给世人以金玉良言：既不攀缘善恶，也不沉空守寂，一切时中行住坐卧动作云谓，皆有禅的境界。彼岸即是此岸。法在世间，觉也便在世间。沉沦痴迷的众生，如同月亮背面的鸢尾，不被太阳温暖，也无法自我温暖。常自见己过，常须下心，就是普行恭敬，就是见性通达。若已觉时，山河大地皆是法身；若尚痴迷，翠竹黄叶岂有般若。

听流水潺潺过庭前，看落叶寂寂飘阶下。青菜豆腐和水煮，晨钟暮鼓答青磬。经书在案上翻动，念珠在指间轮回，袈裟飘忽在雨巷，菩萨微笑在莲座。没有孤独只有永恒，安详是直照心底的暖意。归来偶对梅花嗅，春在枝头已十分。

法号穿透时光，清越的声响，让昏冥的心灵泅出神圣的金色。

而岁月在觉者，便是云淡风清的一串声音。

佛山古祠

年轻的城市大抵是相似的，老迈的城市各有各的韵致。

佛山，"肇迹于晋，得名于唐"，与汉口镇、景德镇和朱仙镇并称为国中四大镇，与北京、苏州、汉口并列为国中"四大聚"。

南国的深秋，洒脱而茂盛。花香和着绿色的风，拂过沧桑。

伸向天空的楼宇，静坐在月光里聆听星星的流动。

祖庙，氏族的宗祠，珠三角万庙之首，居佛山老城中心，是城市的地标。园林、街道、商铺、作坊、民居、食肆，以及粤剧、武术、民间工艺、民间习俗，熔岭南特色、地方风情和时尚元素于一炉，令来自四面八方形形色色的旅人摩肩接踵。

撑开心情的伞，漫步古祠的殿堂。能听见一百年前的呓语，有痴情深深沉淀。戏台高耸，粤韵铿锵。落寞时，形单影只悄然远行；得意时，名车美眷衣锦还乡；涌动的悲欢离合，揪心的生死聚散……古祠本就是家族的戏台。

曲曲折折的陌巷，隔开了闹市的喧嚣。梁园在轻飞的梦里，恬静地散发着温情。"十二石斋""寒香馆""汾江草庐""刺史家庙"，绿水荷池、曲径小桥、奇峰异石、庭院幽深。不愧广东四大名园之首。灯笼瓦舍，窗上的剪影，静美如诗。翠幕轻卷，青灯摇曳，倚窗对月叹息的，那是何人？武师黄飞鸿，抑或书生梁启超？箫声未歇，幻影已去，亭亭玉立的池中荷，欲把君留。倾听细语呢喃，欲说还休。诗人们于此结社，为没有结尾的故事续写诗意的篇章。

墙砖残留着斑斑伤痕，石缝渗出苍凉。20世纪的别墅镏金的屋檐上，生出苔色。流离的子孙近乡情更怯，不敢问来人。无论走到哪里，故乡永远是灵魂深处解不开的情结。多少风过雨散，多少故人不见了踪影。曾经日思夜想的故乡，多了惆怅。

那个更夫还在吗？他曾经做着梦似的，敲沉了别人的梦，老烟袋咀嚼着长长短短的掌故。石板路坑坑洼洼，他深一脚浅一脚，蹒跚在明暗中，听着墙里谁家小子三更的啼哭。他知道哪一块石头低，哪一块石头高，哪一家门户关得严密，哪一家的女儿将要出嫁。

千年酒香，逸出静谧巷陌；剥落的瓦当，让人触摸到消失的岁月以及祖先油光的脊梁。老街老了，老成了历史。无数匆匆的脚步匆匆走过，把依恋远远地留在后面。被时间磨蚀的堂皇，定格成文物和遗产。老街重生了，生气勃勃。衰朽中生长了新的故事。所有老旧的店堂华灯高悬如同白昼，现代商业的洪流汹涌流淌。红男绿女们卿卿我我毫无顾忌，祖传的乡饮盛典和舶来的万圣节营造出眼花缭乱的倾城之欢。再也见不到一个丁香一样结着愁怨的姑娘，默默地走近，投出太息一般的眼光，飘过像梦一般的凄婉迷茫。

我在现代的钟楼下踟躇，期期艾艾，往返流连。一切都来得轰轰烈烈，好像云霓的铺陈。一切都走得匆匆忙忙，如雨露打湿荷叶。天地以默无声息的方式化育了万物的灵动。一种空明间的超凡，诗韵里的悠远，凝练了物我的默契。

深夜的古祠，在寂然中肃立。时间的荒涯，搁浅了谁的絮语？日子的涟漪，拨乱了谁的心弦？花开叶落，诠释一路坎坷。纷繁世间的孑然过客，阅尽炎凉，在灯火阑珊处独立。静静地追忆多年的彷徨，终至放弃所有的挂牵。但愿拾一份采菊东篱下的悠然，与天地共老，与日月同眠。让温柔的风放飞思绪，让低沉的钟打破记忆的终点，用哲人的情感把一生的旅途收成诗行，在沸腾的声音里让沉寂的心灵波澜壮阔。请别笑多情似我早生华发，请包容我的多愁善感。此后，呼吸里必有你的气息，回忆中必有你的风姿。

端州古砚

　　肇庆有鼎湖山，泉水流进大城市的千家万户；肇庆有七星岩，溶洞里刻满大人物的长吁短叹；肇庆有古端州，端砚居四大名砚之首。

　　端州砚石，"石出蛮溪百丈深"。以之作砚，"断金君有古人心"。质坚可闻金声，质润如同璞玉，"秋江印月平不波""紫花夜半吐虹霓"。竹影横移尺楮，野泉声入砚池。端砚与红袖，让光阴寸寸生香。陶醉了多少文人骚客。墨池清，可令文成锦；墨池浊，可令心如墨。寒窗孤灯，一泓墨池，寄托了多少鲲鹏志向；楠案香烟，一方青石，深藏了多少攀龙机心。

　　哪里有宝藏，哪里就有贪婪。朝廷贡品，使贿赂公行。从中谋利，更成为流弊。

　　哪里有污浊，哪里就有清高。

　　"天姿峭直"（欧阳修）的包龙图，把言志诗书写于墙壁：

　　　　清心为治本，直道是身谋。秀干终成栋，精钢不作钩。
　　　　仓充鼠雀喜，草尽兔狐愁。史册有遗训，毋贻来者羞。

　　　　　　　　　　　　　　　　　　（包拯《书端州郡斋壁》）

　　知府任满离开端州时，"不持一砚归"。

　　来时一身尘埃，去时两袖清风。

　　"廉者，民之表也；贪者，民之贼也"，包拯的好恶，为他赢得万世清名，但于端砚之弊，并无匡正之效。端砚作为贡品的历史，结束在失去了进贡的价值。

端砚不成其为贡品，并不等于世间没有了贪欲与贿赂。包公依旧被世间景仰与呼唤，泉下的"青天"不知做何感想。

历史有用沉默作答的习惯。飘零的树叶，自然、真实，又荒诞不经。仿佛蝴蝶和庄子在对话。我来寻找一个身影，一个耿介而孤独的身影，叙述、怀念、反思、想入非非。

时间是无情的，结局早已清楚，股肱与王朝都将归于沉寂。

没有前世，也不会有来生。伟大和平凡，都会在华丽的或灰色的外壳里消失，像雨水渗进石头，只剩下传说在发霉的书页里吟哦。但我依然会写出一些长长短短的文字，尽管并不比一块碎石珍贵，只为触摸一种岸然的气息。

粤东古村

天蓝得透明，阳光干干净净。江水澄彻似练，舟楫欸乃，沿岸翠峰如簇。田野的气息，像滤过一样清新。

仿佛跟随着一千多年前的田园诗人，回到阔别已久的故乡：远远的村落朦朦胧胧，依依的炊烟缥缥缈缈。深巷里狗在叫，桑树顶鸡在啼。被田亩环绕的草房，榆树、柳树遮掩着后檐，桃树、李树罗列在堂前。路途上没有竞逐的烦扰，门庭中有的是闲散的时间。生来就只爱山川田园，从没有迎合世俗的本性，却长久地困于樊笼，遇到过多少蝇营狗苟，目睹过多少作威作福，多少次违心地服从差遣，多少次强作笑颜送往迎来。仕途的忧患，官场的沉浮，行役途中的风霜雨露，而今都归于澹然。一朝归田，如释重负。饱经世态炎凉的长者，将他对往事的无限感慨，融入平易的言语。怨与恨已经杳然，写诗明白如话，"田家语"般的诗句，情至深而语至浅。在一个汲汲于"招权纳货"、争名逐利的时代，独不苟合流俗，洁身自好。

倾听诗人平白的絮语，时时拨动自己的心弦。

然而脚下是南中国滚烫的经济热土，充满了现代的奇迹和神话。这里开发区的智能化，让千百人的企业悄无声息；这里的机械臂狮舞，高难度的仿真挑战舞狮人的极限；这里的现代通信设施，可与世界各地通话；这里的货轮可直达异国港口，高速与高铁穿境而过，机场就在境内；即使是唱地方戏的女孩，也穿着时尚的衣裙。

只是时光，似乎遗忘了乡村。

悠悠古村落。时间打磨的家族，如同来自远古的河流，流水绵绵不止。石头斑驳的古村，家谱上的文字，浸满中原的风雨。浑黄的泥墙和深灰的盖瓦，爬满了茂盛的藤蔓，诉说着重重叠叠的往事。

村道的卵石，早已被琢磨如玉，殷勤地上下盘桓，在幽深的巷陌时隐时现，像一位矜持而忧郁的主人，数点着曾经的辉煌。

古厝的石阶上留着喜庆炮仗的碎屑，门楣上的"双喜"泛着笑意。而门前盘根错节的大树，默默无语，在回忆那一夜的月光？在期盼新的花好月圆？

满脸皱纹的母亲，是古村真正的牌坊。一双昏花的眼睛，演绎了多少慈爱的传奇。石磨一样的等待，沉重了思念的翅膀。一年又一年，寒烟衰草凝绿。一年又一年的风，吹瘦了坎坎坷坷的村路，吹不尽对远方儿女的惦念。

远近闻名的龙舟，散发着桐子油的芳香；祥和静谧的老祠堂，积厚流光。坐饮中堂，一杯清茶，沁透了百年沧桑；绿道迤迤逦逦，茂林修竹尽是金镶玉。长椅掩蔽在浓荫中，等待耳热心跳的花前月下。桥边盛放的红豆，知为谁生？九曲桥下的锦鲤花团锦簇，忽而来去，相忘于江湖；夕阳西下，少年们在晒场赛球，老人们在堂屋抽烟，谁家的窗口，低眉的女子淡然如菊。躬耕田地的人忘归，悠悠长长的深巷中，哪家的女人，挑着担桶，扭动腰肢，不知自己是一种淳朴的风景。

乡村的行走，是一次身体与心灵的返璞归真。古村是有脉搏的生命，触手就可以感到温度。熟悉的烟火气，是乡村最大的魅力。

高速成长的繁荣，没有抛弃生养万物的故土：

崭新的楼群与古老的村庄遥相呼应，争论着文化的高度。新与旧是两种面貌，映照在历史的镜中；古和今是两种修辞，岁月在对比中前行。

此中炊烟老，彼处日月新。

古村是一部教科书。百年的龙眼树，硬朗地立在村道边，苍翠如初；百年的柿子树，骄傲地挂着果实，蓬勃如新妇；百年的老井，依旧像最早的晨露一样清洌甘甜。满壁的青苔，无数的传奇，不一样的内容，千篇一律的形式，从改朝换代，到家长里短，都在这里传播。而主题只有一个：应该在哪里安顿漂泊的心灵。

老井是语言的出口，有一种叮嘱直抵心扉：

即使井台的青石板再也无人踏响，即使井圈的花岗石再也不会增添凹槽，一定要记住第一个无名的拓荒者，怎样捧出了天地恩赐的甘泉；一定要记住无数的后来人，怎样哺育了一代代生命，同时造福未来。

侨乡古镇

开平潭江，南为乡村，北为市镇。堤东堤西路上，骑楼或淡黄或暗红，绵延数里。几乎一楼一式的西洋屋顶，镶嵌了彩色玻璃的门窗，石雕精美的拱券阁台，依然是百年前的样貌。欧陆风情的格调，成就侨乡为"中国第五名镇"。

潭江最早是侨乡通往世界的黄金水道。定期有班船去澳门、广州数十港口；清朝是木帆船，之后是当地人称"蓝烟囱"的电轮船。江面上往来于侨乡与港、澳、穗的船只井然有序，载出当地的大米、特产，运进欧美的花布、铁钉、钟表、火柴、煤油……至今，侨乡古渡的踏跺、船只系缆的石墩依旧完整，让人听到当年的渔歌唱晚；五大会馆遗址，让人遐想当年无数商贾的摩肩接踵；几乎曾有的所有商行名号，都能从斑驳的字迹上辨认。

康雍年间，侨乡为圩市。

晚清，乡镇形成。

由乡镇始，开平有了公路，有了汽车营运。取代了明朝的官轿肩舆。镇民建马路，修长堤，筑骑楼，扩铺业，兴教育，极一时之盛。历"二战"涂炭，侨乡梅开二度，进入黄金时代。交通恢复，邮电畅通，江海交汇、中西合流的商贸通衢，舟楫如梭，樯帆如林，侨汇物资滚滚奔流，镇上商号相继复业，尤以侨资商铺遮蔽半边天；金银珠宝门连户对；茶楼酒馆鳞次栉比；粮店、绸庄、诊所、相馆一应俱全；每逢圩期节日，猪牛羊肉、鸡鸭鹅鱼供不应求。

内战。商号倒闭，繁华梦破。

十万同胞远去海外。此地随后成为侨乡。

侨乡的碉楼站立在平畴和深林，列阵风蚀的岁月，见证侨乡生民的艰辛与坚韧。一代代男子背井离乡，倾囊寄回的银圆，每一枚都能挤出血滴。他们把居屋建成抗御匪患的碉楼，成为中国乡土建筑的特殊类型。碉楼祈求安宁，神色凝重地张望，等待千万里外的游子。即使远隔再多的国度，也不会模糊思念的经纬。

碉楼，端庄严正，是一枚家族姓氏的印章，烙印出千古传承的尊严。

而老镇如同弃妇，铅华褪落，姿色凋零，精致而又跌宕的前世今生，让后人嗟叹。曾经风光的，渐次黯淡；曾经喧嚣的，悄无声息；曾经年轻的，两鬓斑白。钱庄、当铺结了蛛网；"巴黎"旅馆形容枯槁；王谢堂前无飞燕；烟花青楼埋没草丛。身强力壮的汉子远走他乡；拖儿抱女的妇人沿街哭号，华厦懒卧苍凉，层楼十室九空，宅门黯然锁，院花寂寞红，祠堂香火明灭，喑哑地絮叨；灰灰菜和狗尾巴草在屋檐上疯长。对于漫长的岁月，它们只是时间的附庸。百年的兴旺随了潭江水，荡荡没入海空。

多少人的户籍已被勾销？多少人的过去已经隐匿？多少故人已被忘记？对于从不停歇的时间，他们仅仅是岁月车轮上的尘埃。街边的老人和生意人神色迷惘，看着行色散漫的外地人，不知他们在寻找什么。

一步步走在砖石斑驳的街道，踏着一部厚重的史册。

恍然走进一个旧梦，就像孩提时遇到的生字。面对沉重的，轻浮的，清晰的，混乱的，真实的，抑或虚妄的历史，困惑而好奇。

跟随一位老人沉稳的脚步，踏上钟楼的楼梯。厚实宽大的木梯，沿着大楼的墙壁曲折攀援。

世人喜欢为祈求命运敲钟。我来登楼，是为推敲楼内的阴影。我想要知道，被高高供奉的钟，腹内回荡着怎样的无人知晓的心绪。

钟楼是镇子的至高点，高耸在苍劲茂密的树冠上面。俯首就看到潭江，遥想一次次过尽的千帆，一番番远去的激情，一场场周而复始的潮汐。

钟楼是仁慈的老者，默默地注视着镇上的众生：忙碌或是悠闲，幸福或是不幸。给他们以提醒和抚慰，给是非以公正的裁决。钟是恒久搏动的心，听它远播的声音，便是谛听岁月。有灵魂的钟摆永远那样从容不迫，古朴的声音是侨乡的脉搏。

我久久地在大钟前站立，屏气静息，凝视清新的机油的滴落，凝视沉重的钟砣的升降，凝视节奏分明的齿轮的咬合，等待半小时一次的鸣响。如果还有值得祭祀的事，我期望钟声联系今昔，带回所有丢失的信息。

钟声蓦然响起。

一片水上的月影，朦胧照亮先贤的骨胳和前世的高贵。太茂盛的抒情，写满了天空的横竖撇捺，追忆似水的诗酒年华。钟声厚重而锋利，执着地雕刻日夜，雕刻四季，雕刻所有的生命，直到我们在钟声中消失。

侨乡在现实中，更在历史中，是追求和寻找的出发地，一场华丽的没有尽头的梦开始的地方。

镇子是静止的，时间在流动；屋舍是静止的，居者在流动；树是静止的，风在流动；风景是静止的，看风景的人在流动；潭江一如既往地流淌，早晨有清新的愿望，满街是飘散的炊烟；落日时有安详的静谧，鸟儿疲倦地归巢。

历史常常颠三倒四，但没有人会忘记故土。

侨乡百年的兴起与规模，仰赖流徙海外的儿女。他们把汗水、屈辱和祖传的陈旧抛在异国，把财富、荣耀和见识的新奇捧回故园。他们依照国外的图纸，建造出一幢幢洋楼，一条条洋街，甚至水泥、瓷砖和彩色玻璃都从国外运来。侨乡于是充满了西欧北美南洋的建筑元素：古希腊柱廊、古罗马穹隆，葡萄牙骑楼，伊斯兰窗户，意大利贝饰，哥特式尖拱、巴洛克山花，科林斯柱头……惊艳了外部世界的侨乡人，即便是完整复制中世纪欧洲宫廷，也毫无禁忌。

三江六岸，是百年的戏台。家族的兴旺充满了竞逐荣誉的主题，岁月的翻动藏满了悲欢离合的故事。

两大家族划分了侨乡的地盘。堤西堤东最气派的骑楼街，是两大家族竞赛的记录。一场场心照不宣的争强斗胜，让侨乡成为奇观。

两座钟楼皆表情庄严，在上下埠的两端对视。分别来自德国和美国的时钟，跟百年前一样精确。节奏一致的唱和，让沧桑的岁月如歌。它们都在坚守，思考同一个历史命题。作为两大家族数百年竞赛的见证，始终是侨乡的地标。

街边的杜果树行绿荫婆娑。所有年轻的和衰老的、墙角的和街上的树，是镇子的生命。高大的树的枝条撒向天空，天空透明的蓝色，仿佛侨乡干净的镜子。

像赴一场世纪之恋，在会讲故事的骑楼下徘徊，去寻找百年的繁华和风情，去邂逅从异国回来的老人，一起手握长长的烟筒，在茶铺里闲聊，听潭江蓝烟囱的汽笛或桨声的欸乃。

被遗弃又被拥抱的生命，即便寂寥，也有一种无法超越的优越。曾经精致而又跌宕起伏的前世今生，后来者甚至难以攀比。每一扇紧闭的门后，都有一段尘封的浪漫。想象中的灯火，连接起所有的故事与章节。

欧式的窗台下面，立着中式的泰山石敢当。紧锁的门里，碧绿或燃烧的爬墙虎照旧灿烂。青砖脚下的通道，满目疮痍。逼仄的巷子，长脚的蜈蚣在时光深处蜿蜒踯躅。尽管故园的徽记被岁月剥蚀，依旧有温暖的念想。大门口的石兽远望异乡，连绵悠长的目光古瘦。江上寒烟缥缈，云挥洒水墨，似有锦书来。梳妆台上的沉香木梳，还有暧昧的体香，留住瞬息光阴，等待归人。时间刻意的痕迹，是一把开启昨天的钥匙。

清晨和黄昏是灵动的日历。燕子飞了，江水退了，老去的容颜不必祈祷。灰尘掩盖了岁月的疤痕，泪水带走了儿时的天真。平静庸常的生活让人忘了时间和衰老，外婆呼唤外孙的声音，是镇上最美丽的语言。

百年老店热气腾腾，豆腐角、猪仔薯、煲仔饭、烧鸭和蒸鹅的浓香满街飘散。观光客仿佛穿越而来，年轻的惊呼烧松枝的柴灶火光熊熊，年老的感叹手工的小食是童年的味道。

大排档的女主人，头上满是白发，善良而沉默。人们喜欢她亲手煮的肉粥和濑粉，喜欢她任从客人随意坐在店门口的板凳上，打盹儿和拍照。她偶尔的走神和叹气，像极了过世或健在的母亲。

做过木匠的老头，一生最得意的时光，是他的绳墨生涯。他端坐着的旧宅子，和他的质朴那么相称。在我眼里，他是20世纪留下的大师，浅浅地隐居着，直到化为尘土，让院子四季都在开花。

侨乡是一部外来语的辞典，一件来路明白的舶来品。老树下小小的酒吧，写着花体英文。绚丽的颜色，带来欧美的蓝天。遥远辽阔的海洋另一面，竟然与这个小镇有了联系。吉他在悦耳地叮咚。仿佛有个戴牛仔帽的吉他手，斜靠粗犷的走廊木栏，面对苍茫西部的落日余晖，唱自己心底的歌，不是唱给谁，不是为了谁。偶尔有些诗人，坐在故土，却在寻找家园，把漂浮的啤酒泡沫，称作乡愁，在这里宣告新诗的诞生。写诗的人很多，读诗的人很多，但谁能遇见谁的诗，谁又会被谁的诗打动，需要一种情境。沙龙，沙发，洋酒，咖啡，三明治，巧克力，幽默，爵士，罗曼蒂克……异域美妙的色彩和声音，装点了侨乡的文明。

深深的庭院，老屋是活的，有脉动，能呼吸，很容易让人迷失。谁能确定先前的金粉之家，不再有人粉墨登场，成为大起大落的主角？

院墙下的流水像歌谣。深青色的水泥地上有小板凳，小板凳上坐着懒懒的阳光，屋檐下晾着干豆角，灰色的瓦棱上，有老主人的神秘信息，瓦隙间的枯草什么也不说。一截残存的断碣，无意揭露了世间的几度秋凉：人生的最高点在哪里？是权倾天下？是富可敌国？还是饮一杯老酒，沏一壶新茶，写一首只有三五知己能耐心读完的古体诗？

百年侨乡，几近完整地存在。

曾经的乌托邦，成为一种奢侈的藏品，迎迓慕名而至的过客。历史不会结束，只有遗忘。总有被毁灭的，总有被掩埋的，但永远没有终点；总是在变迁，总是在流逝，但总是有一些坚硬或柔软凝固然后沉淀，并且永恒。

江上无人，只有永恒的风在吹。

风是历史的箫声，是一支悠远壮阔的旋律。

大海的奇迹

再见了，奔放不羁的元素！

……

你高傲的美色闪闪耀眼。

……

我的心灵所向往的地方！

多少次在你的岸边漫步，

独自静静地沉思，

……

我最早读到并且永远喜欢的关于海洋的诗，是普希金的《致大海》。这首浪漫主义杰作，把大海作为知己，在诗人笔下，大海掀起碧蓝色的波涛，诗人的心像大海的波涛一样激荡起伏。诗人热爱大海，也羡慕大海。

《致大海》深深震撼了我几乎还是少年的心灵。我由此对大海、对与大海相关的一切：海浪、海岛、海礁、海滩乃至海滨城市始终充满了向往。

成年后知道的深圳，自然是其中之一。客居岭南以后，我记不清多少次去过深圳。

岭南，南中国的五岭之南。气势磅礴的山峦，水网纵横的平原，海天一色的港湾，以及岩溶洞穴，川峡险滩，婀娜多姿。日照长，雨水丰，不见霜雪，四季常青。战国时，岭北汉人逐渐南来。唐张九龄开大庾新道，"然后五岭以南人才出矣，财货通矣，中原之声数日进矣，遐陬之风俗日变矣。"

北靠五岭，南临南海，西连云贵，东接福建，从中原遥想，是为岭外；于珠三角仰观，乃为领表。蛮烟瘴雨的时代早已消失，依稀尚存的断瓦残垣，仍可领略热带雨林的斑斓气息。温润的神山秀水孕育出岭南人能屈能伸、张弛有度、敢为天下先的性格特征。以农业文化和海洋文化为源头，不断吸取和融汇中原文化和海外文化，逐渐形成自身独有的务实、开放、兼容、创新特点。中华民族的每一次重大变革，几乎都活跃着他们的身影，至近代更成为中西文化交流的重要津梁，多种文化思潮交错而织成绚丽的画卷。岭南文化"得风气之先"，又"开风气之先"，在近现代中国文化发展中占有重要地位，成为中国政治、思想、文化发展的先导。善于吸收外来文化的开放风气，努力超越"传统导向"的进取精神，实利重商的文化倾向，使得岭南文化在中国近代史居于突出地位。

在 20 世纪 80 年代开始的历史变革中，广东承担着率先进入现代社会的使命，已经日益显示出其与时俱进的生命力的岭南文化由此面临着新的发展机遇。

多年来，我跟随着许多像我一样追求社会进步的人们，进企业、访社区、上海岛、下村镇，在历史与现实的交叉点，极目俯瞰万木葱茏的南部中国，在充满奇迹的大地，纵横奔走：为世界最前沿的科技成果震惊，为经济特区引领时代潮流的业绩振奋。一代代抛洒汗水的历史创造者在中国新世纪舞台叱咤风云的壮举，洋洋洒洒，蔚为大观，为岭南文化这部宏大的史诗作出了生动的注脚。

而深圳，是岭南的华彩！

因为职业的缘故，从北国海湾到南海西沙，我几乎去过我国所有的海滨城市。在我的印象中，同时拥有国际一流的现代繁华和漫长海滩的城市，是深圳。

一个高速的、闪光的、现代的国际化大都市，一切新兴的事物都突飞猛进，气象万千。以零距离贴近这座伟大的城市，会感到一股沸腾的血液，流淌在这座蓬勃的城市的每一个角落，让所有站在这块土地上的生命，都绽放出最亮丽的花朵。

深圳很前卫，深圳也沧桑。水火既济，山海相依。以闹市为中心的滨海风景区，依山傍海。森严矗立的岬角，仿佛传说中的神迹；热带雨林的名贵树种，洋溢着性感的热带风情；被海风和海浪侵蚀得形状狰狞的红褐色岩石，像是一些纪元前的武士；较为大众的大、小梅沙，较为小众的桔钓沙、大鹿湾……数不胜数的大大小小、林林总总的海滩，每一个都有自己独特的风姿。有东方夏威夷之誉的海滨度假胜地，一年四季，人流不竭。

完备的功能区域，是粤港澳大湾区的重要节点。三面环海，东临大亚湾，西抱大鹏湾，遥望香港新界。大鹏所城，南部中国的海防要塞，六百多年的血与火，在历史的深处燃烧。将军的府第和墓茔，沉默于消失的烽烟。深圳唯一的国家级历史文化名村，保留着七千年前的生物化石以及远古的舞草龙风习，亿年前火山喷发的遗迹和万年形成的海岸地貌，火山与海蚀的奇观、古生物化石埋藏地、新石器时代人类遗址……是东南沿海晚侏罗纪火山活动演化的永久文献。

而今的大鹏半岛，是深圳的生态特区，深圳最后的"桃花源"。森林覆盖率接近百分之八十；珊瑚群落率百分之五十；近海水质达到国家一类标准。这里有世界最大的生态基因库。生态走廊串联起生态岛、生物岛、生命岛。生命科学产业吸引了世界科技界顶级泰斗的团队。

大鹏半岛的边缘，海岸连成一线。三百多平方公里的海域，一百四十公里的海岸线，是深圳全市的一半，最为著名的沙滩，占深圳沙滩的百分之九十六。金沙银滩，未经人工雕琢；蔚蓝色的海浪，没有任何污染。突兀的礁岩、清澈的泻湖、茂密的山林、滨海的田园……全深圳最绵长的高水准沙滩，最洁净的海域，展示出自然最原始的面貌；绝佳地缘，无敌海景，被国家地理列入"中国最美的八大海岸"之一。

海水蓝而透明，洁白的浪花一排接着一排，气势澎湃。满是贝壳的沙滩，在深圳沿海独一无二。沿岸行走，在蜿蜒小路上穿越，留下一路酣畅的歌声；攀上海礁，在凸凹的岩石上跳跃，躲避遍山带刺的野菠萝。

广阔的海滨浴场，是深圳最大的露营基地：白天快艇出海，激情冲浪、驾船海钓，上三门情人岛；夜间篝火晚会，慢摇酒吧，送孔明灯漂流，烧烤野生海鲜，在烟花里狂欢起舞，在帐篷里谛听浪花亲吻沙滩；晨起，在寥廓的静穆中等待海上日出，向苍茫的远处遥望月亮岛，习习晨风中的渔船，如梦如幻。

古老的村落，一片静谧。芭蕉林、灌木丛、银叶树、长满绿草的滩涂的翠绿与远方蔚蓝的海岸线相映成趣。水上看山寺，山间听鸟鸣。滩涂上食草的黄牛与白鹭和睦相处，静寂中偶尔可闻犬吠鸡鸣。葱翠茂盛的林中，小木屋面朝大海，远离都市的喧嚣。天造地设的神秘角落，瑰丽和浪漫半遮半掩，是情侣的天堂。在红尘的喧嚣中蓦然回首，一些赶庙会的女子，在灯火阑珊处双手合十。

潮流与淳朴，创造与守护，开阔与包容，在这里融会贯通。

海天一色无纤尘，滟滟随波千万里。海边何人初见月？海月何年初照人？人生代代无穷已，白云一片去悠悠，斜月沉沉藏海雾，鱼龙潜跃水成文。

无限的缠绵进入海的深处，思想的触角皆已诗化，走不出深沉的主题。

在云淡风清的蓝天下，鸥鸟低吟着古老的恋歌。四季轮回的往事，在永不沉默的海面翻滚。情感漂泊的船，载不动刻骨铭心的记忆。心灵的双桨划开了起伏曲折的岁月，付出的所有在波涛里写满了难舍难分的情韵。

曾几何时，无以数计的开拓者、创业者、探险者和淘金者潮水般奔向南方，奔向这片处女的海岸，奔向未知的命运，不知道前面是否就是他向往的海岸，不知道前面是否就是真正可以依靠的港湾。风暴给了奔赴者太多的担忧，脆弱的心在痛苦和幸福的烈焰中接受煎熬。是大海，给了闯海者最多的自信。在深圳的海滩，在现代生活的情调中，他们坚韧如树，他们执着如风。也许旋涡睁大过危险的眼，也许暴风张开过贪婪的口，也许生活断送过无数纯洁的梦想，但更多的人抛下了眼泪和骄傲，倾注了血汗和智慧，海鸟一样在暴风雨中疾飞，任大海真实地咆哮，或是虚伪地平静，掠走过去的一切和一切的过去。他们始终相信，这个世界有沉沦的痛苦，也一定有重生的欢欣。天边灿烂的早霞和晚霞，五彩斑斓。大海拓展了他们新的疆域，大海赋予他们新的生命，他们和大海合作，写下了世界和人生恢弘的史诗。

站在深圳天文台下的栈桥，夹杂着鱼腥味的海风扑面而来。海的气息，如歌如诉。我闭起双眼，张开双臂，接受海的拥抱，所有的忧郁随之消失，好想就永远在这里站着。

这是美好的一天。人们追逐着海浪的花朵，收获一个又一个惊异：

在闪闪发光的楼群森林领略财富和奢华的珠光宝气，在老旧幽深的府邸废墟翻阅沉重和悲壮的前朝旧事，在绵延的海滩尽情享受阳光、海浪、海风的洗礼，感受深圳最纯最美的抚慰。

一直沿着沙滩行走，身后深深的脚印，画出长长的曲线，一如人生走过的长路。沙滩椅上的老人，在夕阳下聆听海的絮语，也在告诉我们，他已赢得人生的风平浪静。

城市点缀着宇宙浩瀚的自然力，海洋衬托着人类伟大的创造力。深圳海滩，满足所有人放飞心情的所有愿望：是燃烧青春的舞台；是凌云壮志的起点；是咀嚼人生的温床；是对所有辛劳过奋斗过的成功者和失败者一视同仁的慷慨赠予。

深圳海滩，可以找到所有城市海滩的亮点，是城市海滩的经典。

宝安区，处深圳市西，珠江口东，珠三角核心，深港穗黄金经济走廊的重要节点，与前海、后海共同构成深圳市城市中心。境内有山名"宝山"。"山有宝，得宝者安，故而得名"。

滨海，宝安得天独厚的区位优势和资源禀赋，是宝安城市发展的灵魂。宝安西部的滨海岸线，是一条充满活力的滨海生态带，极大地强化了滨海城市特质、丰富了宝安的城市功能，是滨海宝安的重要载体与标志。

在这里，我们看到的是一个现代化花园城区。

长达数公里滨水岸线，近凭水色，远眺山光；城区的主轴和外环，被连续不断的绿荫遮蔽。图书、展览、演艺、青少年宫；星级酒店、体育中心、商业街和办公及配套公寓、高品位社区，是一圈又一圈涟漪，在郁郁葱葱的开放空间荡漾。这样的花园适宜幻想，展开清晨的翅膀，寻获秘密的宝藏。有别于黄金城的传说如辰星闪耀，展现在蔚蓝天空下的是一幕幕从未上演过的神话。芬芳，提醒飞鸟。奇迹的光环，灵动的气息，带着亘古的渴望，将奢侈的美丽昭示在世人面前，与现代相联合，与未来共一室。

在这里，我们看到的是一个以绿色交通方式主导的一体化综合交通体系。

地下城，活力之城。将地面阳光引入地下，将商业与交通的河流引入地下，将汹涌的人潮引入地下。流动是那么可喜，摩肩接踵的人们，衣袂飘然，浩浩荡荡。弥漫的灯光、音乐和香水的气息，复制着城市的繁华。风和风在吟唱，叶子和叶子在回应，激情传达激情，许多的感动迎面而至。在千百首诗篇背后，寻寻觅觅叩访惊喜。

在这里，我们看到的是一条世界一流的亲水亲海的唯美岸带。所有的壮阔与浪漫，应有尽有！

西湾是红树林的繁衍地，承载着宝安的海洋精华。西湾红树林湿地公园，深圳西部活力海岸带示范工程，开启了宝安的亲海时代。绿道、栈桥、多级观海平台，构成公园的无敌海景。美哉红树林，是南国嘉木。高速是迢遥的长虹，横越过波翻浪涌的海面。宏大的画作迤逦在曲折的岸壁，繁花中喧闹着鸟鸣。涨潮像千军万马的降临，风涌云动。退潮的水流静静穿出幽深的树林，悠闲，而后激越。在梦幻中等着杏花、烟雨、绿水江南岸。听步履远去，而岁月悠悠。

观景平台，悬空在海上；十里沿海绿廊，延伸至高速桥底；穿过红树林的亲海步道，拾级而下是海堤栈道。海浪拍打，微风吹过，大海的味道让人心旷神怡。婆娑的红树林在悠扬的古筝声中摇曳，孩子们奔跑嬉戏，情侣们挽手漫步，游人跳跃追螃蟹，飞机划过高速，列车在浪上飞驰……红树林激发了人与自然的亲和，奇林护海、霞兴绮梦、听潮忆月、彩沙扬笑，固戍的码头与碉楼、绮云的书苑与锦庭、爱情的出发与归宿，滨海美景与艺术创造融于一体，"西湾湿地"不辜负上天的恩赐。

独具海滨特色的国际化城区，是深圳独一无二的城市名片。充满激情与活力的深圳，是一首灵动的诗。惊人的经济数据，茂密的铁石森林，已不仅仅是这座城市最大的骄傲。突出绿色的理念和内涵，创造绿色的生态环境以推动经济结构的调整，进入人类跨世纪追求的前列，是这个前卫城市最大的共识。当不懈追求的光芒照亮深圳，这座城市就被放大为中国大地上一个探索、创造、美好的符号。

绿色的福利，展现出国际化滨海城市新形象。

作为中国现代化的神话般的缩影，三十多年时间，深圳从中国南海之滨的一个小城镇，成长为世界级的创新型城市和国际化大都市。在中国高新技术产业、金融服务、外贸出口、海洋运输、创意文化等多方面占有重要地位。在中国的制度创新、扩大开放等方面承担着试验和示范的重要使命。

深圳拥有完备的公益文化设施，市级主要文化设施总占地面积四十多万平方米，总建筑面积七十多万平方米：

深圳是图书馆之城、钢琴之城、国家动漫产业基地之一。是联合国教科文组织授予的全球第六个"设计之都"。

我印象特别深刻的是深圳观澜版画原创基地。版画村是一个典型的客家人居住的古村落。古村落依山傍水而建，排屋形制，水塘、古井、宗祠、碉楼古色古香，构建成独特的客家居住风情。村子被参天大树环抱，椰树、杧果树、榕树等亚热带植物成片相连，一派风光怡人、静谧安详的气象，是深圳最后的世外桃源。

版画村将客家文化主题融合到现代景观元素中，集原创、收藏、展示、交流、研究、培训和产业开发为一体，建立相对完善的市场化动作机制，基地工坊的建设无论是从规模上还是从设备上在世界范围内都堪称一流，是一个配套设施完善、环境优美，具有良好社会、经济效益的国家级文化产业示范基地。版画作为艺术的一个门类，曾经消沉数十年，而今在深圳大放异彩，在世界范围散发出耀眼的光辉。

深圳的文化活动频繁。"中国（深圳）国际文化产业博览交易会""深圳读书月""市民文化大讲堂""深圳外来青工文化节""深圳社科文化普及周""深圳客家文化节""中国（深圳）国际钢琴协奏曲大赛""深圳沙滩音乐节""鹏城金秋艺术节""深圳国际旅游文化节""青春之星电视大赛""大剧院艺术节""国际水墨画双年展""国际双年钢琴比赛""中外艺术精品演出季""深圳客家文化节"，皆成为深圳文化的品牌。

深圳有由世界广场、世界雕塑园、巴黎之春购物街和侏罗纪天地共同构成的人造主题公园的世界之窗；深圳河口的红树林鸟类自然保护区是我国唯一位于市区的自然保护区，每年有白鹭、黑嘴鸥、小青脚鹬等189种、上10万只候鸟南迁于此歇脚或过冬；西丽湖畔的野生动物园每日推出的大型动物广场艺术表演是目前世界动物园中绝无仅有的大制作；深圳民俗文化村是国内第一个荟萃各民族民间艺术、民俗风情和居民建筑于一园的大型文化游览区；深圳青青世界以其浓厚现代色彩的山林野趣，被誉为"第四代旅游产品"的典范。文化产业在深圳正在成为充满生机与活力的"第四大支柱产业"。在发达的新闻出版业、广告业、文化产品制造业、文化娱乐业、体育业、文化旅游业、广播影视业等骨干文化产业中，印刷、媒体、文化旅游等产业，在全国处于领先地位。

然而，人们在谈起一个经济高度发达的新兴城市或区域的时候，常常会因为其缺乏历史的遗存而将其冠之以"文化沙漠"。即便它拥有远超于无数历史文化名城的骄人的文化成就，依旧会被认定为缺乏文化底蕴。

那一年，我应邀到深圳书城与读者交流。事先我有些忐忑。在传统文学式微的当下，又尤其在深圳这样一座技术与资本密集的城市，一个不经官方组织、仅凭海报招徕听众的文学讲座会有听众吗？后来的事实证明我的忧虑完全是多余的。在与挤满了讲堂的那些陌生而真诚的人们的问答对话中，我其实是真正的受益者。

我在这次交流中的最大收获，是在更深刻的程度上坚定了我对文化的一种认识。

文化从来就是一个不断变化的过程，文化的发展和进步就是不断挑战传统界限的过程。城市的命脉不在于遗产式的文化积淀，而在于代表着创意和创造力的文化流动。一个城市的文化兴盛，有时候并不需要文化积淀作为根据和理由。在工业社会和后工业社会，文化上后发的城市或地区完全可以依托日益流动的资本、人流和文化资讯、文化产品，在较短时间内实现文化发展上的超越。文化在一些没有积淀的边缘地区兴起，乃是一种常见的历史现象。近代以来，无数文化积淀相对薄弱的城市或地区后来居上。世界上不少国家与地区都有欠发达地区凭借自身的有利条件以及中央与地方政府有力的政策支持，使区域内经济发展赶上并超过比较先进的发达地区的成功经验。今天，谁也无法否认这些当年的"文化沙漠"在世界城市中的文化地位。

同样的历程，我们在深圳的诞生和发展中再一次看到。利好因素在 20 世纪 80 年代之后越来越多：先进的发展模式和管理经验让人耳目一新，极大地甚至是从根本上提振了生产力迅猛增长的动力；来自内地的移民势如潮涌，带来了各自的文化传统，并与当地的文化交汇融合，形成更为广阔强大的崭新的文化形态。经过数十年的经营，深圳从边陲乡村走向了全国性直至国际性的大都市。一个新兴移民城市独特的地缘和人文环境，造就了深圳文化的开放性、包容性、创新性。独特的机遇引发了城市化进程的一系列创新，年轻而又热爱冒险的人们走到一起，用前卫、进取和开放的精神洗刷传统的封闭和惰性。城市人口构成的多种多样，为多元文化的产生和发展提供了创造性的思路和答案。代表原有封闭生活的传统意识被新一代的朝气蓬勃的现代观念取代。在很大程度上我们可以说，深圳是靠梦想和灵感而不是自然资源建造的辉煌城市。菲兹杰拉德评论菲尼克斯的《太阳城》所言的"任何社会在其历史上都没有此类记载……深思熟虑的创造"，同样适用于深圳。

深圳，一座充满活力、欣欣向荣的新兴城市，犹如一颗灿烂的新星，照亮了中国的世纪。

中国沿海经济特区的开发，是 20 世纪中国的重大事件之一，没有经济特区的开发也就没有现代中国。新型的经济开发区以其复杂多样的文化成分和社会历史背景构建起全新的文化体系，并且凸显出自我的文化价值与意义。

在深圳这幅不断展开的现代化宽广画卷中，可以清晰地看到：深刻认识文化的本来意义和它的真正动力及规律，而不是沉浸在文化底蕴和文化沉淀中裹足不前，是一切文化创造的前提。

我国作为五千年不间断的文明古国，作为多民族一体化的文化大国，其最重要的构成特征就是在发展中丰富，同时又在丰富中发展。生产力越发展，经济与文化的关系就越密切。文化与经济是人类所创造的财富中的整体与部分的关系，物质财富、经济财富的总和即是文化。文化渗透于经济的全过程。开放性、包容性和创新性，是文化得以绵延发展的根本要素。深圳文化的形成和发展的过程，就是一个开放、包容与创新的过程。

未来学家曾经预言："一个高技术的社会必然也是一个高文化的社会，以此来保持整体的平衡。"

深圳的发展正印证了这一预言。

世界上有许多伟大的城市，有的千年凝滞如一夜而成为古迹；有的一夜超越似千年而成为奇迹。

深圳就是后者。

四十多年过去，今天的深圳依旧年轻。

不久前，我坐在深圳麒麟山上明亮的阳光下，听几位年轻的公务员和企业家侃侃而谈他们服务的街道怎样刻画生态框架、塑造组织三宜街区；怎样立体开发、产城融合、构筑城市新客厅；怎样布局新的文体设施集群、挖掘活力空间、完善民生服务；怎样用现代理念创办企业，怎样延请国外的导师现场指教，怎样运用让人耳目一新的先进发展模式和管理经验，从根本上提振生产力迅猛增长的动力……几位都有着高学历或国外留学的背景，国际视野，决定了当地建设的高起点、高标准、高品质，令我浮想联翩，心潮起伏。

这是深圳发展的又一个鲜明的标本。眼前的这些年轻人，是当年深圳开发出生的全新一代。他们身上承续着那个时代的基因，流动着那个时代的血液，焕发着那个时代的远大追求、充分信心和一往无前的勇气。这是深圳最大的财富、底气和希望。

站在蛇口的海边，想象当年移山填海的壮伟景象，想象当年惊天动地的爆炸是怎样开拓了历史进步的道路，我感慨万千。蕴藏在民众中的创造力，是那么难以想象的伟大。一旦释放，会创造怎样难以想象的世界奇迹！

那个时代就是大海，风云激荡，浪潮汹涌，深圳是诞生在时代大海的奇迹。它自身也是大海，创造了无数的奇迹。

深圳，中国的一个亮点，世界的一个奇迹，一个民族走向兴盛的缩影。

……

我满怀欣喜地祝福：
愿我诗情的滚滚巨澜
穿越你的波峰浪谷！

……

心中充满着你的形象，
你的港湾，你的峭岩，
你浪涛的喧哗，你的水影波光。

（注：文中引用的诗句全部出自普希金《致大海》）

诗人的云南

撒尼有两万多音乐家

撒尼有两万多舞蹈家

撒尼有两万多诗人

撒尼有两万多牧羊人

撒尼有两万多农民

不要以为他们有十多万人

撒尼只有两万多人

——徐迟《撒尼人》

元阳山上的梯田

哈尼人的家乡，晒布一样挂在高高的哀牢山，从干热的河谷直上寒冷的云端，一山分四季，十里不同天。

哈尼农民个个是诗人，梯田像诗集，从山下一直堆叠到天边；哈尼诗人个个是农民，把山地当纸张，在云和阳光下写出磅礴的诗行。

祖先从西藏来到云南边陲，已有两千五百年。砌起石块，引来山泉，把崎岖山地开垦成良田。梯田在连绵的群山起伏盘旋，旖旎的线条，闪亮的镜子，满山满谷。梯田蒸腾的气息，漂浮成云海；梯田溢出的水流，漫泛成瀑布。春天是气势；夏天是蓬勃；秋天是盛大的节日；冬天是祖母的安详。

哈尼梯田远离世俗的喧嚣，寨子像天上的白云，像山野的风，在山间游荡。黑下来的时候，像一个刚刚诞生的婴儿，在大山母亲的脚上熟睡。

田边的布谷鸟叫了，山上的鲜花开了。太阳照亮了寨子，天地空阔明亮。鸽子在寨子上空飞翔，燕子也兴高采烈。婴儿一样的小草醒了，比水牛还要强壮的群山醒了。

父亲抬着烟筒蹲在火塘边，像箐沟边的一截木头。岁月从他的脚下流去，阳光晒干了他的头发，火塘边的猎枪，是他的手杖。父亲的肩膀石头一样坚硬，没有扛不住的事情，伞一样遮风挡雨，让种子一样的孩子安心生活。

寨子里最先醒来的是公鸡，然后是母亲。母亲早早起床做饭，白天背着背篓上山，夜里在火塘边纺线。深夜火塘渐渐熄灭，线团越纺越大，母亲越看越小。勤劳的母亲，饲养牲畜的母亲，母亲创造的家庭是温暖的。

放牛娃娃披着母亲缝的蓑衣，戴着父亲编的篾帽，在村尾十代人走过的路口，拉着牯子的尾巴出去，在山野里与白天的云霞交谈，与蝴蝶和蜜蜂交谈，与雷声和雨声交谈。峡谷里长满树和苦竹，和很多果子。春天摘苦笋，秋天摘果子，爬遍了谷里的树。看见一对蟒蛇，头上长着红红的冠子，像母鸡一样叫唤。

花朵还来不及凋谢，雨季就到了。乌云在天空走过，山洪像奔腾的马群吼叫。夏天的山冈绿了，干瘦的老人站在田埂上，腰间别着镰刀。吹扎比的青年告诉放晴的蓝天，秧姑娘出嫁的日子到了。

蝉鸣叫的傍晚，人和牲口一起回家，浑身沾满了泥巴。大地静悄悄，传下千年规矩的老人，围着桌子唱酒歌。他们的脸庞如夕阳，留在子孙的心中。

哈尼人的苦扎扎节来了，寨子多情起来。孩子们在村边缠着秋千、老人们站在门口微笑、年轻的男子高声说话，心中有九匹马驮的歌曲；妹妹扯下绿头巾，低着头轻轻微笑。

夜里月光明亮，星星在空中聚会，棕榈树的阴影里有人发呆，想要拿起竹子做的巴乌，背起梨树做的三弦，去蹲在姑娘的房子背后。见到吃人的虎豹也不知道害怕，活着是汉子死去是龙。

哈尼人的心像小鸟，从屋檐下飞走。飞过红河，飞过十座百座大山，飞翔在天涯海角。

哈尼人一天唱十次山歌，唱起山歌就想起元阳的山坡。歌唱大山、河流、梯田、耕牛、寨子，还有永远不熄灭的向往：

> 明天在哪里啊，明天躲在黑夜下面；明天在哪里啊，明天被天上的莫咪藏起；明天在哪里啊，明天跑到天涯海角去了。明天后面还有明天，明天永远追不上。

天空没有留下翅膀的痕迹，而我已经飞过。

云南的山峰高高耸立，山上建立了许多寨子。路像网一样交织，每一条都通向寨子。河流匆匆地走，河上搭了许多木桥竹桥。人从桥上走，马从河里走。树木不断地生长，森林里野物很多，它们是人们的朋友，一起居住在山林。山林边有茂盛的田，二十五个民族在田边过日子。

千百年过去，哈尼的土地长出了美丽的传说，长出了出色的诗人，他们和大自然有着一样惊人的质朴，一样惊人的单纯，一样惊人的真实。《哈尼族培聪坡坡》是哈尼族史诗。寨子中最老的老人，是人类充满智慧的儿子。他像花的种子，留下千万个诗句，撒播在人们的心中。为了漫长的人生，记住先祖的祭坛。

哀牢山是天造地设的舞台，梯田是哈尼人无与伦比的杰作。梦幻一样的画，是美的一种经典，有一点深奥，有一点曲高和寡。在云雾变幻中气象万千，让哀牢山成了艺术品而惊动了世界。莽莽苍苍的哀牢山是一本打开的书，云遮雾绕的哈尼梯田便是山上的诗行。

我认识的哈尼诗人，带着纸和笔，把花和情歌深藏在心里，在梯田中间走来走去，有了灵感就坐在田埂上，"默默钦佩先祖们的气魄""写关于梯田的诗歌"。他住的房子也在梯田中间，矮矮的泥墙茅顶。朋友顺着田埂走来，要走过很多梯田。田里的水会映出身影，让人心情愉快。他坐在泥土墙的根脚沉默不语。如果谁要去寨子狂欢，他不会作陪，他的任务是热爱、思索和沉默。山民儿子的心只属于原始而沉默的山冈，只属于宁静而深邃的树林，只属于清澈而湍急的峡谷河水。他是一个寡言的人，总是在静静地回忆。记忆忧伤而美丽：

回忆春天的田野上女人们的秧歌，回忆夏天的阳光照耀双肩，回忆冬天的火塘烤着双膝，回忆小时候放牛的山冈，回忆父亲的脸庞，回忆母亲的乳房，回忆天是高远的，回忆地是宽阔的。

想念儿时的朋友：放鸭子的伙伴，打猪草的伙伴，读书的伙伴，人生一世，要经历千百种事情，但是多半，一边经历一边消失，没有一件事情能够像儿时的事情一样记住。人生长一世，出门便可遇上千百人，但是没有一个人能够像儿时的朋友一样记住。远方朋友不是常常相聚，林中的鸟儿不是常常集会。说出父母杀鸡取的名字，不是一张饭桌边长大的人也可以相爱。朋友的脸是一轮明月挂在天空，一辈子怀着甜蜜的回忆。

想念山坡上姑娘的叮咛：过了藤条江不要忘记，过了红河也要清醒。我们拥抱的地方已经长满青草，你说过的甜蜜话语，我用手心攥住。太阳骑在山头，我的情人背水回来了，清甜的泉水在竹筒里晃动，太阳也在竹筒里晃动，我的一颗心被她背来背去……整整一天，我不知道要站在哪里，跑到山冈上，面对我的情人唱情歌。她站在苞谷地里，像一朵花一样开放。她是我情歌的伴侣，开放在我生命中的花朵。一年十二个月，有千百种花开放，但每一种花都不像我那情人的身子漂亮，不像我那情人的声音悦耳。我情人的身子一辈子也漂亮，我情人的声音一千年也悦耳。

想念祭寨神：一月到了，哈尼要祭寨神了，杀猪宰鸡，把糯米染黄，把鸭蛋染红，献给寨神……寨神住在寨子里人们的心中，住在远古先祖放牛的地方，住在父母洒下汗水的梯田，赐给人们健康和财富。

哈尼山民的儿子，沉浸在热爱、思索和沉默中。他有一张黝黑的脸，一头卷曲的头发，一双深凹的眼睛，高高的鼻梁和厚厚的性感的嘴唇，还有一副天生的情歌王子的嗓子和一颗充满才华和柔情的诗人的心。

爱神和艺术之神没有理由不宠爱哈尼诗人：

> 不长脚的岁月／比奔驰的骏马还要快……你的内心能像萝卜一样洁白吗／你的内心能像清泉一样透明吗／如果是这样／夜里有美好的梦境／早晨的阳光照到心里／梯田是美丽的／心灵是明亮的。

我用哈尼诗人自己的诗句，祝愿梯田上的诗人早早地、多多地收获，收获稻谷，收获诗歌，收获幸福。

泸沽湖边的锅庄

泸沽湖在丽江的最边缘，却像丽江一样出名。泸沽湖畔的永宁坝子，吸引了全世界的眼睛。

从古至今的摩梭家庭，是母系家园最后的一朵玫瑰。

"放牦牛的人"，依旧是那么淳朴；神秘的女儿国，依旧是母权制；口诵经和算日子书，是不同形体的图画；母亲或舅舅主持成年礼：

母亲主持穿裙礼，少女留起长发辫，戴上耳环、戒指和手镯，拥有了自己的花楼；舅父主持穿裤礼，少男握起了古长矛，矛头上悬挂布旗，穿过正房的屋顶。舅舅给的长刀，是终身携带的武器。换上成年的服装，听过达巴的祷词，举起牛角的酒杯，向客人叩头敬礼。

火塘边最好的位置，留给了尊敬的祖母。母亲主宰家庭。所有的成员都是母性血缘的亲人。"天上飞的鹰最大，地上走的舅舅最大"，"舅掌礼仪母掌财"。没有男子娶妻，没有女子出嫁。男子夜晚去会女阿夏，女子夜晚等待男阿夏。"走婚"是摩梭人独特的风情。崇母的摩梭人，有害羞禁忌。从小就温柔热情，举止端庄规矩，女子豪爽而重义，男子多情而内向。摩梭人走婚只凭感情，与地位、钱财毫无关系。家酿的苏里玛酒，清香甜酸，是走婚最佳的饮品。

摩梭人会跳七十二种舞，甲蹉舞最为多姿多彩；摩梭人会唱七十二种歌，女神歌最为高亢豪放；笛子是赶马人旅途不离的伙伴，摩梭男子都会吹。鼓钹、唢呐、葫芦笙、铜铃、口弦、拨浪鼓，奏出摩梭人日子的精彩。每个礼仪，每种风俗，都是一个优美的故事。几分神秘，几分浪漫，以及无尽的遐想。

泸沽湖边的客舍，晨光亲吻着松木的窗户。拉开窗帘，涌进一湖金光。高原的太阳落在泸沽湖，湛蓝如梦幻。天边的云彩，染上了令人目眩的蓝。泸沽湖朦胧而安详，揭开了明丽曼妙的面纱。一丛丛芦苇簇拥的小船，静静地停在岸边。世上珍贵的净土，是神明专宠的地方。格姆女神多情的泪，早已滴落成诗。楼下的石板路，背包客步履匆匆。最解风情的是风，吹皱了湖水，弄乱了女孩翩翩的长发。风是嫁衣，吹进了追梦人的心扉。

漫步在充溢远古气息的湖边，任随心情荡漾于湖的纯洁。街边成都女孩开的咖啡屋，用"狼"做了店名。对面湖中的两座小岛，情侣般长相厮守。岛上不知名的鸟，在聆听水性杨花的窃窃私语，述说相聚和分离。

伫立的群山，注目波浪的幸福。用苍翠和沉默，应对尘世的喧哗。用母爱的怀抱，给予泸沽湖无尽的温柔。亘古不变的风景，演绎山民质朴的情怀。

沿着弯弯的山路，我走进摩梭人的村寨。山上的沟壑，是音乐般的写意。草莽深处的窸窣，诉说着世俗的神秘。

风吹过来，彩云飘浮。雾还没有散开，虹就出来了。

花旗在灰灰的石头上，是摩梭人扬起的臂膀。碉楼在青青的山顶上，脚下开满了野花。山坡成千上万的蝴蝶，是摩梭村寨的盛装。松木造的房屋，就像童话中的城堡。屋后红色的山地像旗帜扬起，村前清清的水塘像明镜闪耀。乌鸦和老鹰飞过寨子，寻找遗失的珍宝。

唢呐吹响了！

孩子们像吮足奶水的马驹，拨浪鼓挎上男人的肩，耳环和脚圈叮当悦耳，月亮一样的是摩梭女子的脸。打跳是美好时辰的舞蹈，像冬天的树木一样简练，又像夏天的花朵一样热烈。无拘无束的节拍，是生命力量的震颤；热火朝天的呼喊，是对山川大地的礼赞。

谁能相信，跳出这舞步的，是砍柴的脚板、牧牛的脚板、犁地的脚板、扛石头的脚板、背草运肥的脚板，月亮出来之前，才从田里拔出的脚板？

谁能相信，那个吹葫芦笙的人，那个跳得无休无止的人，那个粗布包裹的身体，消化老南瓜、老玉米的身体，是个古稀的老人？

谁能相信，那个背着三弦的小伙，白天是放牛牧马的帮工，夜晚是弹琴的好手。他走到哪里，哪里就有少女追在身后。她们骑着快马，山花插满头。她们唱着情歌，为了美好的投奔永不忧愁？

乐器是摩梭人的另一副喉咙，打跳是摩梭人骄傲的才华。摩梭寨子最受敬重的，没有一个不是奏乐跳舞的行家。

打跳是土生土长的舞蹈，打跳是无名无姓的杰作。烧过的灌木桩烫脚，播种时不能不跳起跳落，刀耕火种的祖先，用舞蹈诠释了劳作。打跳是山里的大树，有自己的地力和脉膊；打跳是天上的云彩，有自己的阳光和魂魄。

坨坨肉和苞谷疙瘩在一起，歌舞和米酒在一起，星星和月亮在一起，时间的河流无始无终，摩梭人和快乐在一起。

从此我记住了那朴素的音响和跳跃，哪怕走遍了世上的城乡山河；从此我懂得了什么是艺术的永恒价值，哪怕世俗的装点纷纷剥脱。

我跟随的是当地的诗人朋友。他带我去篝火边跳锅庄，与摩梭青年男女，围着熊熊的篝火狂欢。简单却热烈的舞姿，引起隐秘的冲动。想要在怒放的花丛中尽情流连，在熊熊的篝火前尽情跳跃，在生命的潮水里尽情徜徉；他带我去走婚桥听脚步的咯吱作响，去走婚的花楼寻找热恋的印迹；去摩梭人的祖母房触摸历史，让烟火缭绕的火塘映红了脸膛。然后寄来了他的诗。他的诗纯净像泸沽湖的水，坚硬像小凉山的石头，灼热像火塘长年不灭的炭火。

诗人朋友出生在山民的家。"在我生长的地方 / 开门见山 /

山里有猎人谛听／渐渐远去的踪迹／有背系羊皮的女人／背着花篮穿过密林。"

　　诗人朋友"以树的名义／生长在滇西北高原／相信这片土地／能收获语言"，他"不想重复／被别人重复过的主题／独自默默地撑起／一个梦想"。

　　于是他深情。"我是小凉山／是把女人从传说从苦海荡来的／猪槽船／为寻梦而至的蓝眼睛黑眼睛们／一个如意的归宿"，"是不肯回头的目光流水／是鹰划过长空的一声嘶鸣／也是爱得深恨得深的男人／无法忍住的／眼泪。"

　　于是他浪漫。"踽踽而行／与夜为伍／只因你是唯一让我心跳的女人／你是我全部的痛苦和欢乐／我无法堂堂正正走出你的家门／只有越墙而逃。"

　　于是他豪迈。"习惯于崎岖／走出并不崎岖的感觉／属于梦的年龄／一切算不了什么／山道，不过是我手里一根鞭子。"

　　于是他朴实。"那些水稻很实际／那些水稻就在田野里／金黄金黄的／代表秋天发言"，"母亲站在十月的晒场／高高地扬起手臂／秋天就这样生动起来。"

　　于是他忧伤。"山里有很多小溪少女／她们没有见过海／却常常做着／海的梦／她们呆呆地坐在床上／听风吹打着古老的门窗／这时候，海便咸涩地挂在／她们的眼角。"

　　于是他多产。"与山有关的诗／堆积如山／常有警句从坡上滚下来／沉甸甸如石头。"

　　于是他清醒。"喝苏里玛酒的父亲读我／目光常追逐起一只翱翔的鹰／背系羊皮的母亲读我／眼里一片绿色的希望。""我曾属于原始的苍茫／属于艰难的岁月／如今，我站在脚手架／把祖先的梦想／一一砌进现实。"

于是他激昂。"穿着披毡麻布从刀耕火种／走来／风餐露宿从黎明前的黑暗／走来／看呀／我用手臂掀动狂风巨浪／荡去枯枝败叶无尽的灾难／在新的枝头／吐露心曲。""不想知道天有多高地有多深／只想以山民后代的名义／吆喝着群山／走向没有回声的平原。"

诗人朋友身高一米八，黝黑，细眼，鹰钩鼻。他的诗已经获得全国文学奖。他自己也有足够的信心："只是在静默里学会了／把忧郁的日子／塞进酒壶"的岁月早已过去，"时光的落叶纷纷／如今，我无愧地说／山，可以远远地出嫁了。"

泸沽湖的夜晚，像湖水一样澄澈，黑白分明如同刀切。月光流淌的小镇，亮处如雪，暗处如墨。

真静啊。天地一片肃穆。远远的什么地方，好像有人在动情地唱歌。那是幻觉。只有风，只有不甘寂寞的冷杉和云杉在私语。

一再地想起那些似乎遥远的、已经忘却的过去，心里无端地涌起一种莫名的、淡淡的却是幽深的甜蜜或忧伤。好像早就有过这种体验，要不就是做过一个和眼前的情景极为相似的梦。但是究竟是在什么地方、是在一生中的哪个幸或不幸的时刻，怎样也记不起来了。生活就像流水一样，淙淙地从身边流过，失落了很多，却不知道那是些什么。泸沽湖像人的心灵——当心灵纯净而充满幻想，它就变得无比深邃——深邃得能容纳整个世界。一切都是那么神奇古朴，让人释放掉现代文明的负重。

花与树的缠绵，云与雾的交融，风与雨的相伴，泉与湖的交响，无处不是诗的流淌。云聚云散是诗，花谢花开是诗，莺飞草长是诗，月圆月缺是诗。泸沽湖是诗的宠儿。

在泸沽湖任何一个无人知晓的角落，都会有风吹落潮湿的种子。季节更替，到处荡漾的，是自由的意志。倾听自然的语言，生活的困惑与感伤便随风而逝。

因为惰性和缺乏勇气，我任从自己常年禁锢在嘈杂的城市。城市的楼群像树林，但没有枝叶没有花朵没有果实，没有令人恋眷的仅仅是狗尾巴草的清香。孩子们长大了，不会唱"采蘑菇的小姑娘"。楼群的颜色顽固，隐去了季节的界限；窗口在夜晚筛下星星，挤窄了无边际的想象；钢筋水泥傲然挺立，带来了坚硬的压抑。在这里，躺着的心事结成青苔，站立的思想竞争阳光，人们掩起私下里表情丰富的脸庞，让善意和温情在陌生中蛰伏窥望。

只有摩梭人才会有真正的歌唱。摩梭人的歌，嘹亮、清逸而深远。摩梭村寨最多的是树，每棵树都是歌手。

泸沽湖像美人的镜子，映照着蓝天的纤尘不染和青山的雄浑与妩媚。走进泸沽湖，走进锅庄的激动。让漫天的音乐的羽毛，化作无边的新绿与嫩黄。等待心灵的撞击，等待灵魂的再生。

泸沽湖锅庄有一种凝重的隐喻性质，暗示出生活最为深沉的一面。

潮湿的凉意从四面八方袭来。鸟悄悄地离开被太阳晒得温暖的树梢，振起翅膀，依恋地、默默地在泸沽湖上飞过。让我想起世上所有我经历过的美好事物。我多么愿意住在这样的湖边：在静静的镇街上徘徊，看或枯或荣的草在夕阳下泛着柔柔的光，鼻翼里全是青涩的气味；在绿叶沙沙的伴奏下唱歌，唱消失的爱情和不可知的未来，安静面对树叶的飘零。发现东风沉醉的秘密：摩梭村寨的暗香诱着彩蝶，在树木之间传递着甜蜜。绿肥红瘦都被遗忘。一声鸟鸣，心便永不寂寞。

这一天多么好！整个世界像在童话里变了模样。这样的日子一生也许只能遇见一次。这样的日子一生只要遇见一次。

感谢你，泸沽湖！感谢你金灿灿的光，蓝湛湛的水，甜丝丝的风和轰轰烈烈的锅庄。

河西走廊行吟

题记：1993年夏季旅行的回忆

黄 河 石

曾在西沙的礁洞，发现过弥勒坐像；曾在三峡的浅滩，捧起过阴阳太极；曾在尼罗河畔的国王谷，捡拾过法老头形。而这一次，在兰州，与黄河石不期而遇。来自黄河底部的石头，大者如车，小者如斗，砺者如刃，润者如玉，堆满了一大片空阔的院落。周边高大的回廊，时隐时现。

黄土高原的风，埙一般地，如泣如诉。

曰：遂古之初，谁传道之？上下未形，何由考之？冥昭瞢暗，谁能极之？冯翼惟象，何以识之？明明暗暗，惟时何为？阴阳三合，何本何化？圜则九重，孰营度之？惟兹何功，孰初作之？斡维焉系，天极焉加？

（屈原《天问》）

恢弘而深切的询问，穿越时空，在苍天下回旋。

坚硬的石头，冰冷但有脉息。无声的生命，凝固了轰鸣与喧器，在深渊中孕育自我。亿万斯年的固守与沉默，为了更有力的释放。岁月无尽的激流，淘洗出多姿多彩的筋络，等待着有一天用自己的方式来诠释生命。

石头走出大河，于是大河的神话，传遍世界。

击碎须弥腰，折却楞伽尾。浑无斧凿痕，不是惊神鬼。

（八大山人《题奇石图》）

通透怪异的石头，毫无斧凿的痕迹，似乎是从须弥楞伽折断下来，应该没有惊动山上的鬼神。

巨石严酷，再大的重压也心灵笃定，是一个圆满具足的世界；细石奇巧，即便状若芥子，也蕴藏着三千大千。

石从深深的河床走出，依旧在汹涌咆哮。一道道曲曲折折的起伏，蜿蜒着绚丽的光芒；一个个明明暗暗的凸凹，闪烁着神秘的表情。形状、纹理、色彩各异，彰显出造化的莫测；静穆、坚实、卓然自足，充满了强悍的张力。内在的气息，氤氲周流。独立于它所表现的物象，艺术符号的诞生自然天成。

我在高高的石堆中穿行，来与石头进行一次灵魂的约会。石头是有语言的，用心与石对话，就能听懂石的语言。

石是一部巨著，拥有无数拜读者，熟识洪荒的标识，感悟真正的永存。

地球致密而坚硬的岩石圈，构成了作为陆地的稳定台地。造物以之撰写地球的历史，人类以之撰写自己的历史。石头是大地上丰厚的纸张，一个灵智的物种用它表达的内容，比用诗歌、绘画、舞蹈和音乐加在一起还要多且深刻。

石是星球上阅历最深者，无尽时空，万象世事皆如轻烟散尽，唯石汲日月精华，聚山川灵气。天工造物，平实而恬淡；混沌如愚，冥顽而深邃。历经天崩地裂的洗礼，成为一种精神象征。盘古化石造地、女娲炼石补天、精卫衔石填海、夏禹凿石治洪……人们在石头中寄托了情操、个性和愿望。

石文化是人类文化的开山。"最坚者石，最灵者人；何精诚之所感，忽变化而如神。"（白居易）

每一块石头都是独特的生命。即便眼睛昏花如雾，这时也会晶莹明亮。多少石痴一方美石在手，领略了天地的精神；多少名匠一生心血挥洒，刻镂出天才的文章。对于中国文人士子，石是崇尚自然的审美对象，又是磊落清高的品性象征。经由艺术的移情，转化为人格的结晶。

爱此一拳石，玲珑出自然。溯源应太古，堕世又何年？

有志归完璞，无才去补天。不求邀众赏，潇洒做顽仙。

（曹雪芹《题自画石》）

曹雪芹"生于荣华，终于零落，半生经历，绝似'石头'"（鲁迅）。石的兀傲与孤愤，是艺术的自尊，更是做人的自尊。

一石一世界，需要独具慧眼；一握一琢磨，是意味深长的叩问。每一块石头都有自己的生命密码。徜徉其间，感受石头绽放的心情。石以饱满的生命装饰世界，在永恒的时间里，牵挂起一片风景。

"天地有大美而不言，四时有明法而不议，万物有成理而不说。"（庄子《知北游》）天不语，自有高远；地不语，自有广博；石不语，自有境界。

不是河流使石头神秘，不是时间使石头古老。石头的生命，比最有想象力的传说更遥远。在人类出现之前，早已存在。宗教、艺术、神话和殿堂，都只能为之倾倒，永远不能比拟自然力的创造。

石的强韧和恒定显现出格外的意义。无视时间的更替和季节的变化，严峻而安详，永远不会有蛛网般的额纹和霜雪般的鬓发。

永远不会在时光里枯竭。

陶　罐

那时的人们粗犷，不知精致细腻为何物；那时的人们阳刚，没有清脆轻薄纤巧透明的阴柔趣味。出土的陶罐平静地站在博物馆的橱窗，不知何为浑朴而浑朴坦然；不知何为端庄而端庄天成；不知何为高贵而高贵自在。不输铜晕绿，漫拟玉无瑕。素面无粉黛，如人披肝胆。没有含蓄，没有朦胧，没有婉约，没有雕龙描凤的安排，没有江南四月的惆怅。

目光与陶罐对峙，在咫尺之间凝固。数千年的时间，弯曲在优美的弧度里。

原始天地的蛮荒，目光野性温柔。神祇居住的山谷，幻影迷离。洞穴散落在河岸，草泽中的水流，独木舟往若飘然。我听见了击缶，以及巫舞与歌声。

已经有了"玄鸟生商"的颂歌，太阳和河水是部族的父亲和母亲。现代语言隐退。目光轻柔地抚摸陶罐斑驳的身体，粗略的印纹是它默诵的古歌。越过千年古道，穿过风干已久的灵感，在日渐枯竭的思想里成为一泓甘泉。

现代人迷恋珠宝，对远古的陶罐也许不屑一顾。陶罐在遥遥岁月中，等待着一双知己的眼睛。

晨曦初露。河水被汲起，有残星在波纹上轻跳，叮叮咚咚的滴水绵绵不绝，细细密密的软泥从指缝渗出。泥土终于等来了一个凤凰涅槃的机遇，被一双双坚硬或柔软的手抟埴，注入暖流，缠绵而持久，成为一个独立的世界。然后，我听见匠人杂沓的声音，响成一种节奏，为陶罐烧最后一把柴火。古树的枝条在古窑里迸发激情，水与泥土，在火中羽化了自己。

于是，苍老的青烟掠过荒原。一个生命被创造，留在陶罐上的绳纹，记载着远古部落的憧憬。

于是，唯美开始有了自己的命运。

匠人走出作坊，褴褛而油亮。坡上的陶罐与落日的余晖相互映照。像慈祥的老人，在悠然中静静地回忆老去的光阴，一个个生灵闪着点点光焰，带着部落的印记，从野蛮走向文明。

一切远在天边，又近在咫尺。

我注视陶罐，重温一种久违的韵律。先知镂刻的铭文，寄宿着早已消失的逝者。数千年的风沙掩埋，数千年的冰雪侵蚀，苍然如初。一定还有些什么，是无法流传的浪漫。这朴拙的身躯，承纳了数千年的悲喜。占卜和释梦，诡异的线条和魅惑的歌声，古老的咒语以及原始的图腾，成为陶罐上粗粝的图案。

在岁月的流逝中，陶罐深藏一种慑魄的力量，幽幽与你对视，让你不由得怦然心动。

面对陶罐，就是面对先辈、故乡和历史。

陶罐是人类造型的滥觞。每一个都显现出时间的质感，透露大地最初的气息，让人思考物质与精神的价值与虚无。而陶罐经受数千年的沉寂，有了累世的生命，在不同的年代，给人们带来思索：关于过去、现在与未来。

在人类文化的系列，陶罐无疑居于前茅。那些灵动的流线，是祖先临摹树枝草叶的指纹，是他们男欢女爱追逐嬉戏的镜像。于是，有了甲骨文，青铜器，有了诗经、楚辞、唐诗、宋词……如果人类至今还没有陶罐，也不会有人工智能。

从钻木取火，茹毛饮血，到渔歌唱晚，耕作晨昏，到转瞬万变、量子纠缠，人类时刻在与过往的自己告别。

生命凝固，高原沉寂，远古的先知在安谧的时光中独处，留下一个个断层。悠长的风声，萧瑟而邈远。

陶罐在掩埋中幸存，历经岁月的洗礼，留住了荏苒的时间。说什么千年鼎彝，说什么国朝陶瓷，我只见陶烟五色长，数千年内纷纵横，虞夏商周谁复数。

瞩望烟云过后早已宁静的角落，默然无语。穿越时间的隧道，感悟历史的启示。

铜　奔　马

武威，天下要冲，河西都会。中原与西域的枢纽，亚欧大陆桥的咽喉，三大高原于此交汇。雪域、绿洲、大漠，多民族兴替往复。西夏碑，揭开西夏的帷幕；《凉州词》，受汉风唐韵滋润；昭武门，有夜雨打瓦；天梯山石窟，乃是石窟鼻祖。河西宝卷，凉州攻鼓子，华锐藏歌，天祝土族格萨尔……是漫长的文化驼队。

雷台汉墓幽深，却让人一步走过两千年；雷台汉墓寂静，却让人震撼于滚滚车仗。

墓室里隐藏着一个辉煌的时代。铜奔马是那个时代的标本。令后人惊异的力学平衡，是一次真正意义的美学飞跃。生猛不驯的意象，一往无前的韵律，写照了大汉骠骑将军的武功军威。

神清骨峻的骏马，昂藏跃然半空。骄纵的奔跑，超过了流星般的飞鸟。瞬间千里的动感，势不可当。纵骋驰骛，息如影靡，过都越国，蹶如历块。"竹批双耳峻，风入四蹄轻。所向无空阔，真堪托死生。骁腾有如此，万里可横行。"（杜甫）

那不是飞鹰走狗、裘马轻狂的年代，不是品行被嘲弄，名誉被漠视，尊严坍为废墟的年代。国力强盛，疆土开拓，书生寒士都渴望封侯万里，连工匠的情怀也超迈遒劲，充满了飞扬蹈厉的勃勃生气。奔马的骨相嶙峋耸峙，状如锋棱，鼻翼偾张，风驰电掣。固有的文化隐喻，解构了苍白的语言，在非凡的想象中构成宏大的表达。

高耸的大陆板块空旷恒大，弓起球面的脊线。乳汁洗出的天空，云舒云卷如峨峨高髻、荡荡裙裾。苍鹰盘旋，大道似瀑布。

最远的地方，热浪涌动的高坡，马首悄然耸起。最初是一个，然后是一簇，然后是一片。然后，生命交响的高潮赫然来临。

万种天风骤然狂作。骏马雄壮的肌群，突起为跳跃的峰峦。马群纵姿跋扈，从远方和更远的远方潮涌而出。

大宛汗血天马从西极承灵威、涉流沙而来，从黄河负图而来。与犁铧一起耕耘生民的艰辛；与刀斧一起划破凝滞的血海；与所有为人喜爱的生灵一起，成为力和美的化身。

神骏是大漠的王者至尊。自由与奔放是固有的特权。风云滚滚，海山苍苍，真力弥满，万象在旁。铺张恣肆的野性行神如空，行气如虹，走云连风，吞吐大荒，呼啸在无边无际的天穹。狂放的马，不羁的马，越过关山苍茫的峰峦，在浩瀚云天纵情狂奔。飞溅的马蹄踏着寂寥，无限穿越空白而又充满热切的季节。

编钟在帝王的宫殿叮当作响，尊爵在将军的帐幕浅斟低唱，戈戟在生死存亡间钝锉折断，盔甲在血腥弥漫中沉思默想。没有热血就无法铸就铜筋铁骨。挽雕弓如满月，兵车踏破山阙，奔向山重水复的地老天荒。万里奔走的马蹄，凝结着古老的音韵，激扬的声响穿透了广袤的疆场。辽阔的大漠旌旗如火焰，和大漠一样无垠的雄心，映红了天空。一个惯于远征的时代，弓箭永远蓄满雄风，青铜的魂魄万古如一。

狂舞的铁蹄在血管里奔腾，声震寰宇的轰响是冰河破裂一泻千里。在地震般的战栗和闪电般的快乐的瞬间，我忽然领悟了生命的开端和终结的全部欢乐和痛苦的奥秘：挣脱欲望的缰索，卸下诱惑的鞍辔，去呼应自由的性灵气吞山河的抒情！

什么地方，鼓声隐约，唢呐呜咽，落日似鸣金。铜奔马依然在飞奔，穿云破雾。日光在马背上抚摸，暮色像紫丁香，一点点醉意，一点点温暖。

放飞的想象，在蓝天上簌簌作响。一匹马横空而过，定格大漠的静默。一个被束缚的躯壳，渴望奔马沸腾的脉搏，渴望在风云激荡的天空奔驰，哪怕是大漠上的最后一名骑士。

我看到时光在两翼间摇摇晃晃，寥廓而丰腴。负重者远走天涯，岁月的马蹄愈陷愈深。一生都在为渺小的算计奔波，从未有过心志的放纵，不知道使步履轻松的，是应该与生俱来的飞翔的品质。

只能站在历史的豪气之末，荡气回肠。在春风沉醉的夜晚，不安分地想做一个马夫：在黎明的信风中牵起缰绳，走过万紫千红的原野，溅一身花香。

长城悬壁

嘉峪关城堡往北，十六里，黑山北坡，长城注入嘉峪关的最后段落，三十里的片石夹土墙从山上陡然垂落，凌空悬挂于倾斜的山脊。

六百多年的"河西第一隘口"，是明代长城沿线修筑时间最早、建筑规模最为壮观、保存最为完整的关隘。

明墙与暗壁，是嘉峪关的南北两翼。明墙止于关南的长城第一墩；暗壁止于关北石关峡口的悬壁长城。悬壁沿南、北两侧山脊顺势而上，平坦处如履平地，险峻处如攀绝壁。嘉峪关伸出一双铁臂，封锁了石关峡口，扼守在河西走廊的咽喉。

去过最东端的山海关，那是天下第一关。老龙头矗立海面，巨浪拍击高墙，浪花飞溅，惊心动魄。而今，我来到嘉峪关，登上长城最西端。

正午，西部的阳光烈焰蒸腾。烈焰中的悬壁，悄无声息。

烽火台兀立于峭崖之巅，给世界一个惊艳的姿势。雄性的山，跃动如苍虬的长城若隐若现，平添了几分温柔。

城楼，垛墙，甬道，长城向万里之外延伸；谷地、校场、吊桥，色彩在早晚不断变幻。时而明丽，时而黯淡，或青灰，或土黄，那是古道烽烟的反光。风雪冰霜，刀光剑影，造就了表情的森严；更深漏残，虫鸣蛇行，疑似荒野幽魂哭泣。

整个视野所及的大漠，都处在高台的威仪之下。触摸着它粗糙的肌肤，仿佛触摸一个久远的符号。边塞守备的思维构架倚山而立，暗示着决绝的意志。

山脚下的沙丘如海，看上去异常平静，流淌着太阳、月亮、云与朔风。仔细谛听，会得到时间深处的消息。一行行来自远古的歌谣，像一阵阵行云流水涌进鼓胀的心房。

关隘并非只有荒凉和冷漠。

长城是猛士驰骋的道路，男儿意气的舞台。击筑豪饮的骄傲，舍我其谁的霸气，视死如归的奋勇，所向披靡。

与长城有关的一切都大气磅礴：狼烟如柱，旌旗蔽日，戈矛喋血，琵琶激越，喜悦如瀚海卷地的狂风，愤怒如冻裂金甲的严寒，柔情如胡笳羌笛的怆然。唯独没有恐惧。恐惧在这里意味死亡。

在长城的任何地方，你都会想引吭高歌，并且决不会孤单。北国中原，长城内外，所有的英灵都会与你唱和。战阵的勇毅，韩幄的智慧，穹庐般高远。纵然眼前血流成河，仍镇定自若。

日光耀眼，天空拥抱地面。绝崖如削，势险岩危，崖壁的皱纹错错落落。阴时雾截山腰，晴日云缠峰头。烽火台气宇轩昂，君临百丈深渊，沉浸在酣畅的太息中。关下的幕府、兵营、廊庑，历历罗列，等待着辨认前朝的荣辱盛衰。

秋夜人静，一山月色，满怀星辉。刚毅与剽悍下面，浪漫融化于故乡的思念。

上路的时候，是谁打开了含泪的窗，告诉你：风寒，路远，保重。从此戎马倥偬。有一天老了，步履蹒跚，回头望，再也寻不到那断肠的一瞥？是谁打马走过夜的长街，鞍上的情思，一如身后的追风。阳光明媚的土地，稻麦飘香。火红的花姬，在飞驰的视线上粲然盛开？是谁在暮色中，横刀倚马赋诗。远处柳梢低徊驼铃的悠远，穿越黄尘古道，风火边城，唱和大漠孤烟，抚慰强悍的生命。长河落日，在经纬交叉点描绘律动的地平线？

想起王之涣的"羌笛何须怨杨柳，春风不度玉门关"；想起王昌龄的"秦时明月汉时关，万里长征人未还"；想起王翰的"醉卧沙场君莫笑，古人征战几人回"；想起高适的"借问梅花何处落，风吹一夜满关山"；想起岑参的"中军置酒宴归客，胡琴琵琶与羌笛"；想起李益的"不知何处吹芦管，一夜征人尽望乡"；想起陈陶的"可怜无定河边骨，犹是春闺梦里人"；想起"腹中有数万甲兵"的范仲淹是怎样地慨叹"将军白发征夫泪"；想起张孝祥是怎样地"悄边声，黯销凝"；想起辛弃疾是怎样地"醉里挑灯看剑，梦回吹角连营"……

在风暴中站稳了脚跟，在霜雪中挺直了身腰。长城自有长城的威严。万里长城的每一座堡垒，每一扇城门，每一孔垛口，每一个烽火台，一砖一石，一草一木，概莫能犯。

饮马长城的将士，铠甲冰冷寒光闪烁，荒草流淌着鲜血，刀锋亲吻着枯骨。绵延的城墙，义无反顾地割断了归途。关内遥远的村庄，轻拨灯芯的老母亲，正默然捻着针线，一串又一串烛泪，汩汩滚落。

一川碎石大如斗。一个人在那里站立，巍然握着剑柄，阴郁如一座凛然的遗碑。他身后是苍茫的戈壁，戈壁上的沙棘正被秋风剪碎。一马离了西凉界，抛下了葡萄美酒红粉佳人。大漠沙如雪，苍山月似钩，金络脑踏碎了清秋。鼙鼓声动的晚上，慷慨地奔赴火光。

有云横塞，无月倚楼，凝噎无语，止不住一背冰冷一抱清凉。多少麾下壮志难酬，多少烈士饮恨苍天。天空飘落的雁翎，是亡者的魂魄，挽住风的缰绳，在夜的沙场嘶鸣。风声陷落于沙尘，血色的字词板结着斑驳的铁锈。断壁残垣上回荡夜光杯撞击的铿锵，无数横卧大漠的亡灵，留下深沉的叹息。

投笔从戎的书生，独立三边静，轻生一剑知。血战归来，浊泪湿了胸襟。在茫茫的风沙中，抖一下血染的马鬃，一声长啸。用溅血的声音，祭奠惨烈的岁月。

万丈光芒燃烧着群山，所有华丽的颂词，黯然失色。群山隐忍了喧哗和呐喊。没有应制的诗赋，没有妙曼的霓裳，只有犀利的檄文，刚健的剑舞，贯穿万世而不绝，承载无数壮士的豪情，进入后人的瞻仰。

烽燧暂歇。白炽的日头继续着火的炙热。悬壁峥嵘的岩石，刻下了黄沙百战的铁血。是无言的呐喊，也是坦露的胸怀。一蓬蓬劲草，在猎猎的风中，摇曳倔强的手势。

一种古典的情怀，汹涌地穿凿，构成悬壁如虹的气度，让人探索到时空和人生的深度。

四周一片寂静。我注目凝视的，是一双双睁开在历史中的眼睛。

悬壁耸峙。目眦欲裂的墙缝中，那一双双眼睛，利刃般闪烁。看不到幼稚的激情，唯有坚不可摧的信念。雁阵中依稀的角声，唤起群山刚健的歌吟，高亢中含着不尽的苍凉。

悲歌从生命的最深处爆发，颤抖在漫天的风中。

挥手别离悬壁，回望的并不只是一段风景。

不登悬壁，不足以语雄关；不登嘉峪关，不足以语长城；不登长城，不足以语华夏。

悬壁是历史横亘的一道门槛，它属于过去也属于现在。站在这道门槛，你既会有漂泊归来的沧桑，也会有出门远行的豪迈。

悬壁是精神的墙仞：巍峨，冷峻，博大。离天最近，离太阳最近。

悬壁是伟岸的脊梁，是一种永恒的守望。而嘉峪关，是守望灵魂的驿站。

后 记

本书（简称《古》）付梓之日，适逢拙著《漫长的路》（简称《漫》）由作家出版社出版。两书可视为姊妹篇。

《漫》结稿于两年多以前，因疫情延宕出版。《古》于今春结集，收入了近两年发表的文字。其中《燕子与麋鹿》和《多情只有珞珈树》在《漫》中已经收入过，本书重复收入，是为了使笔者早期的写作状况呈现一个连贯的面貌。

《漫》与《古》共同的主题是一个写作者的心路历程。所不同的是在行文上前者接近随笔，后者接近散文。

收入拙著的丛书主编兆骞先生早在 20 世纪 80 年代就对我的写作给予了热情关注与扶持。由他约稿并刊发的中篇小说《研究生院的爱情故事》，是笔者在大型文学期刊《当代》刊发的唯一作品，该作后来扩展为长篇小说《裸体问题》，由中国青年出版社在 1993 年出版，是笔者本人相对看重的一部作品。此后，我对兆骞先生疏于问候，几乎没有接触，但数十年后，已入耄耋之年的兆骞先生对我的关注与扶持依然如故，《古》得以出版，是他一再鼎力推荐的结果，令我铭感至深。借此机会，聊表谢忱！

2023 年 6 月 30 日凌晨于岭南